JN314035

虐待と親子の文学史

平田 厚

Atsushi Hirata

論創社

目次

はじめに

虐待と文学というと、どうもそぐわない言葉の組合せに見えるかもしれない。文学は虐待を表現するためのメディアではないからである。文学のなかで、虐待問題が主たるテーマになってきたのは、つい最近のことにすぎない。昔は、子どもが親に殺されようが売り払われてしまおうが、ごく例外的な場合を除いて、小説などの主たるテーマにはほとんどなっていなかった。しかし、虐待問題を政府の正式統計だけでとらえられるかというとそれも難しい。虐待は、家庭や一定の施設のなかで行われていて、外からは見えにくく、特に性的虐待は、ひそかに隠されていてなかなか表に出てこないからである。

しかし文学は、表現されたその時代の雰囲気を的確にとらえている。ある問題について、直接的な歴史的資料で確認できない場合、文学者の感受性と観察力を信用していい。文学者は、社会あるいは世間に対する鋭敏な感受性と観察力をもってある問題をとらえ、鍛えられた文体でもって自己のモチーフを表現する。そうだとすると、文学に表現された親子関係に関する表現から、その時代における子どもの虐待状態を推測していくことはできるだろう。直接的な歴史的資料があまり存在していない問題だけに、文学を通して虐待問題を考えるのも少しは役に立つことがあるのではないかと思う。

この本では、文学の中でも小説を主たる素材にし、虐待の中でも子どもに対する家庭内虐待に対象を絞って考えることにしたい。

もっとも、虐待という概念自体はあまり明確ではない。子どもを殺したり、捨てたり、売り払ったりする行為は、古くから犯罪として扱われて虐待といわれていたものの、犯罪として刑法で処罰する以外に、虐待として抑制しようと考えることは少なかった。早くも、一九三三年(昭和八年)には、児童虐待防止法という法律が存在したのであるが(以下「旧児童虐待防止法」という)、旧児童虐待防止法は刑法違反になるおそれがある場合に、地方長官が訓戒命令を出したり、子どもを施設に委託したりすることを定め、虐待につながる行為を禁止するにとどまった。そこでの禁止行為は、子どもを見世物にしたり、子どもにこじきをさせたり、子どもを酒の席にはべらせたりする行為などであった。この禁止条項は、現在の児童福祉法第三四条に引き継がれ、旧児童虐待防止法は一九四八年(昭和二三年)に廃止された。

法律の世界に本格的な虐待の概念が登場したのは、二〇〇〇年(平成一二年)成立の「児童虐待の防止に関する法律」(以下「児童虐待防止法」という)によってである。児童虐待防止法によって児童虐待が法的に定義され、虐待対応制度も法定化された。児童虐待防止法では、児童虐待の定義として、①身体的虐待(児童の身体に外傷が生じ又は生じるおそれのある暴行を加えること)、②性的虐待(児童にわいせつな行為をすること又は児童をしてわいせつな行為をさせること)、③ネグレクト(児童の心身の正常な発達を妨げるような著しい減食又は長時間の放置その他の保護者としての監護を著しく怠ること)、④心理的虐待(児童に著しい心理的外傷を与える言動等を行うこと)、の四つが挙げられている(第二条)。したがって本書では、児童虐待防止法にならって、①身体的虐待、②性的虐待、③ネグレクト、④心理的虐待の四つを中心とするが、子どもの殺害や売買、捨て子なども虐待として扱うことにする。ただし、虐待行為自体が小説の中に表現されることはそれほど多くはないのであるから、親子関係のあり方を含む小説が発表された当時の家庭を取り巻く環境についてもできるだけ言及し、分析してみようと思う。

この本の文学資料としては、基本的に小説を取り上げるが、日本の近代文学が成立するのは、明治時代も中期にあたる明治一八年に出版された坪内逍遥『当世書生気質』からと言われている。明治初頭には仮名垣魯文や成島柳北などが活躍したが、当時の文芸作品は江戸以来の戯作の伝統を引き継いでいる。戯作もそれはそれで面白い。特に風来山人（平賀源内）の戯作などは、少し下品であるが、ヴォルテールやラブレーに匹敵するのではないかと個人的には思っている。しかし、戯作は戯作であって、社会や世間の状態を反映しているとは必ずしもいえない。したがってこの本では、明治時代の前から話をはじめるが、明治時代の初期までについては、お雇い外国人などの日記や記録も資料とする。

文学作品は、本来、まとまった全体を読んで味わうべきもので、本書のように部分的にぶつ切りにするのはよからぬことに違いない。しかし、文学作品には、ハッとするような優れた表現があるので、別に声に出して読みたいわけでなくても、その部分を取り出して味わうというのも悪くはない。そこは許していただきたい。だから、本書でオッと思った作品については、ぜひ全体を読んで作品そのものを味わってほしい。そこで、ちゃんと作品全体を読んでみたいという人のために、本書の構成に従って巻末に出版年次年表もつけておいたので、参照して利用していただければ幸いである。

なお、この本に引用する文学作品は、さまざまな分野に及ぶことになるが、文学賞を受賞した作品については、できるだけ文学賞名も挙げておく。文学賞を受賞したということは、それだけその時代のリアリティを的確にとらえているから受賞に値したのだろうと考えるからである（まあ、そうでもない場合もあるけれども）。また、小説などを引用する場合、論文のようにいちいち正確な注をつけていると読みづらいから、引用した版、出版社と頁数だけを示しておくこととし、出版年などについては巻末の参考文献を見てほしい。

私は弁護士で明治大学法科大学院の教授（民法担当）であるが、法律家がどうして文学史なのか。もしかしたら、虐待と文学よりも、法律家と文学史のほうがそぐわないかもしれない。私は経済学部を卒業して弁護士になったが、小説は昔から相当読んできているつもりである。法律家が描く文学史なので、文体の美しさとかプロットの素晴しさとか、純粋に文学的なことは語れないが、社会経済史的に家庭小説を読んでいくことはできるだろうと思う。そういう意味でこの本は、美学的なことはまったく扱っていないのでご了承ください。

第一章　外国人の見た日本の親子

一　明治以前の観察

1　江戸以前の観察

(1) ルイス・フロイスの観察

明治以前における外国人の日本観察で最も有名なのは、なんといってもルイス・フロイスのものだろう。ルイス・フロイスは、ポルトガル人でイエズス会の宣教師として日本にやってきた。一五六三年から一五九七年にかけて日本で活動している。そして、一五八五年(天正一三年)に『日欧文化比較』(岩波書店)をまとめた。一五八五年といえば、一五八二年に織田信長が本能寺の変によって没し、豊臣秀吉の天下となっていた時期である。まず、ルイス・フロイスは、日本の親子関係について次のように書いている(以下7ないし16までは『日欧文化比較』第三章)。

「7　われわれの間では普通鞭で打って息子を懲罰する。日本ではそういうことは滅多におこなわれない。ただ〔言葉?〕によって譴責するだけである。

＊フロイスの一五六五年二月二十日付、都発の通信には『子を育てるに当って決して懲罰を加えず、言葉を以て戒め、六、七歳の小児に対しても七十歳の人に対するように、真面目に話して譴責する』と記している。」（五三七頁）

フロイスが接したのは、主として上流階級の人々であっただろうから、これが一般的なものだったかどうかは分からない。おそらく、武士階級では、このころから社会的なエリートとしての自尊心をつけさせる養育がなされていたのだろう。それにしても聞き分けのよい子どもたちだったようだ。しかし、ちょっと気になる記録もある。

「10　われわれの教師は、子供たちに教義や貴い、正しい行儀作法を教える。坊主は彼らに弾奏や唱歌、遊戯、撃剣などを教え、また彼らと忌わしい行為をする。

＊仏僧が忌わしいおこないをするというのは男色を指している。この風習は当時、衆道とも呼ばれ、ひろくおこなわれていた。はじめてキリスト教を伝えたフランシスコ・シャヴィエルは、その報告の中で『僧侶たちは寺院の中に武士の少年をたくさん置いて読み書きを教える傍、彼らと共に罪を犯している。一般の人々はそれが習慣になっているので、これを好まないでも、別に不思議とも思っていない』と書いている。」（五三八頁）

まあ武士社会で男色が行われていたという話は有名であるが、意に沿わない男色がなかったとは言い切れない。記録がないためよくは分からないが、少年に対する性的虐待もあったのではないかと考えておかしくはないだろう。

また、子どもへのしつけについては、次の記述がある。

「13　われわれの子供はその立居振舞に落着きがなく優雅を重んじない。日本の子供はその点非常に完全で、全く賞讃に値する。」

「15　ヨーロッパの子供は多大の寵愛と温情、美食と美衣によって養育される。日本の子供は半裸で、ほとんど何らの寵愛も快楽もなく育てられる。」

「16　ヨーロッパの親たちは事があれば、息子と直接に交渉する。日本ではすべて使者または仲介人を通じておこなう。」（五三九頁）

ここらへんになってくると、それぞれの話のトーンが違ってくる。武士社会では、親子でも他者と等しいほど厳格に隔たりをもって養育が行われていたのだろうか。それはある意味優雅であるかもしれないが、ある意味無味乾燥であったかもしれない。また、夫婦関係などについては、意外な記述が多い（以下29ないし39までは『日欧文化比較』第二章）。

「29　ヨーロッパでは夫が前、妻が後になって歩く。日本では夫が後、妻が前を歩く。」

「30　ヨーロッパでは財産は夫婦の間で共有である。日本では各人が自分の分を所有している。時には妻が夫に高利で貸付ける。」

「31　ヨーロッパでは、罪悪については別としても、妻を離別することは最大の不名誉である。日本では意のままにいつでも離別する。妻はそのことによって、名誉も失わないし、また結婚もできる。」

「32　汚れた天性に従って、夫が妻を離別するのが普通である。日本では、しばしば妻が夫を離別する。」

「35　ヨーロッパでは妻は夫の許可がなくては、家から外へ出ない。日本の女性は夫に知らせず、好きな所に行く自由をもっている。」

なるほど。現在のわれわれが考えている封建制度下における家族像というものは、後で作られたイメージにすぎないのだろう。さらに、母子関係については、もっと衝撃的なことが書かれている。

「38　ヨーロッパでは、生まれる児を堕胎することはあるにはあるが、滅多にない。日本ではきわめて普通のことで、二十回も堕した女性があるほどである。」

「39　ヨーロッパでは嬰児が生まれてから殺されるということは滅多に、というよりほとんど全くない。日本の女性は、育てていくことができないと思うと、みんな喉の上に足をのせて殺してしまう。」

ヨーロッパでは嬰児殺害がほとんどないというのは疑わしい。フロイスの本音だとしても、イエズス会には見えていなかったというにすぎないのだろう。いささかショッキングな表現になっているが、日本には、「七歳までは神のうち」という再生思想もあったので、一概に野蛮だとはいえないのかもしれない。子どもにとっては迷惑なことではあるけれども。しかし、フロイスの記述を読むと、当時の日本は、おおむね子どもにとって、それほどひどい世界ではなかったという印象は受けていいのだろう。

(2) アビラ・ヒロンの観察

アビラ・ヒロンは、主として長崎に在住したエスパーニャ商人である。アビラ・ヒロンが来日したのは、一五九四年（文禄三年）のことである。その後は東南アジア諸国をめぐりながら、日本へ戻ってくるという生活を続けていたが、一六一九年をもって消息が消えてしまう。いったいどうなったのだろう。アビラ・ヒロンの『日本王国記』（岩波書店）は、一六一五年までを含んでおり、前文にも一六一五年の編輯とあるようだから、その頃にまとめられたと思われる。アビラ・ヒロンの観察によれば、日本の親子関係は次のようなものである。

「子供は非常に美しくて可愛く、六、七歳で道理をわきまえるほどすぐれた理解力を持っている。しかしその良い子供でも、それを父や母に感謝する必要はない。なぜなら父母は子供を罰したり、教育したりはしないからである。神の与え給うた良い天性と、たとえ彼らが片眼であったとしても真直ぐに歩かせる領主、すなわち殿の刀に感謝することである。なぜなら法を犯したら殺されなければならないが、年齢の少ないことは何の役にもたたないからである。」（六〇頁）

これらの観察は、だいたいフロイスの観察と一致しているといっていいだろう。また、夫婦関係については、次のような記述がある。

「女は美しくても金があっても、少なくとも夫からは私たちの間のようには重んじられない。願わくばかなたでも、多少なりとこういう風習がおこなわれたらありがたいのだが。」（六〇頁）

アビラ・ヒロンがニヤリとしながらここを書いている姿が目に浮かぶようだ。ここはちょっとフロイスの観察と違うところである。どちらがより真実に近かったのだろうか。今となっては確かめようがない。少なくとも、当時の日本では、男女間の格差はあまりなかったといっていいのだろうと思う。

2　江戸以後の観察

(1) ツュンベリーの観察

カール・ペーテル・ツュンベリーは、スウェーデンで生まれ、リンネに師事した植物学者であるが、一七七五年(安永四年)にオランダ船の主任医官として来航している。ツュンベリーの滞日期間は、たった一六ヵ月にすぎないが、一七九一年から一七九三年にかけて『江戸参府随行記』(平凡社)を記している。まずは、日本人の国民性について、次のように記述している。

「一般的に言えば、国民性は賢明にして思慮深く、自由であり、従順にして礼儀正しく、好奇心に富み、勤勉で器用、節約家にして酒は飲まず、清潔好き、善良で友情に厚く、率直にして公正、正直にして誠実、疑い深く、迷信深く、高慢であるが寛容であり、悪に容赦なく、勇敢にして不屈である。」(二一九頁)

いくらなんでも、それは褒めすぎだろう。たった一六ヵ月の滞在では、表面的なことしか知りえなかったのだろうか。子どもに関する観察は次のとおりである。

「注目すべきことに、この国ではどこでも子供をむち打つことはほとんどない。子供に対する禁止や不平の言葉は滅多に聞かれないし、家庭でも船でも子供を打つ、叩く、殴るといったことはほと

んどなかった。」（一二一頁）

「お上に対する服従と両親への従順は、幼時からすでにうえつけられる。そしてどの階層の子供も、それらについての手本を年配者から教授される。その結果、子供が叱られたり、文句を言われたり打たれたりすることは滅多にない。」（二二二頁）

このあたりの記述は、フロイス以降、ずっと一貫している。やはり自尊心を鍛えるために体罰は行わないということは広く行われていたのだろう。なお、ツュンベリーは少し気になることも書いている。

「町では、たった一人の罪人のために、しばしば通りの住民全員が罰せられる。主人は自分の下男の、また両親は自分の子供の犯した過ちのために、その罪状へのかかわり方に応じて罰を受ける。哲学や神学の強い影響のもとに啓蒙されたヨーロッパでは、誰かをそそのかしたり迷わせたりした者が罰せられるのは稀であり、自分の子供や親戚のしつけを怠ったとして、両親や親戚に累が及ぶことは決してない。一方、この異教徒らは、このような罰が不当であるとは思っていない。」（二九二頁）

こういう記述を読むと、最初の記述もどうもただの賞讃ではなく思えてくる。まだ日本は蒙が啓かれていないと言いたいようである。まあこういう連座制は、近代法の個人主義原理のもとでは許されるべきではないのであるから、仕方ないのであるけれども。

(2) フィッセルの観察

ファン・オーフェルメール・フィッセルは、オランダ商館の事務官として、一八二〇年（文政三年）に来日し、九年ほど滞在していた。この滞日経験をもとに、フィッセルは、一八三三年に『日本風俗備考（日本国の知識への寄与）』（平凡社）を刊行した。まず、家については、次のように記されている。

「男は家族に対して主人であり、支配者であることが当然となっている。婦人、子供それに召使たちは厳格に主人の規則と命令を遵奉するが、その際にも何の強制的な支配もない。また何ら主人に従属せねばならないなどと感ずることもなく、主人に対しただ真心から奉仕するのである。しかしながら、それはすべて感謝の心から発するものであり、家長として主人に課せられている配慮と責任に対するお返しとして行なわれているのである。」（一一二頁）

全く強制的な契機がなかったのかどうかについては、疑問の余地がないでもないが、江戸期の安定した武家秩序はそのようなものだったのかもしれない。また、子どもに関する記述は、次のようになっている。

「日本人は、ふつう子供たちを学校へやるか、または子供たちに家庭で習字や語学の教師を付けて

勉強させるのであるが、そのほかは息子の教育の面倒は大部分父親が見ており、娘の教育の面倒は母親が見ている。」（一一八頁）

「日本人の性格として、子供たちの無邪気な行為に対しては寛大すぎるほど寛大であり、手で打つことなどとてもできることではないくらいである。むしろ乳のみ児に危害が加えられるような場合があるとしたら、情ぶかい母親はいちはやくその前に自分自身を犠牲にして乳のみ児をかばうことであろう。」（一二五頁）

この観察は、明治中期までの日本国内の記録にも合致している。当時の養育責任は、父親と母親とが性別に従って分担していたのであって、かなり合理的になっていたし、体罰も制限されていたのである。そうであるからこそ、虐待は生じにくい構造になっていたと評価することができよう。また、フィッセルは、次のように興味深いことも記している。

「日本人の間で相続分指定の権利がどの程度まで行なわれているかについては、私は疑問の余地がないほど明確に知っているわけではない。しかしながら、あらゆる場合に、後継者に対してその地位やまたは生計の道がちゃんと配慮されていること、また血族関係の上から見て、婦人たちや未成年の子供たちが残っている限り、息子すなわち後継者たるものの負担となること、したがってまた家族と親類とは、家族の長が死去したからといって、よその国の場合のようにばらばらになることはなく、常に家族を結びつけておくのに役立つ絆が依然として続くということは、私も確かに知っ

ているのである。（中略）

私は子供と親の愛こそは、日本人の特質の中に輝く二つの基本的な徳目であるといつも考えている。このことは、日本人が、生れてからずっと、両親がすべてを子供たちに任せてしまう年齢にいたるまで、子供のために捧げ続ける思いやりの程を見るとはっきりわかるのである。そのような場合、すべてがちょうど返礼であるかのように、子供たちが親に報いるのである。そして死以外には何ものもこの密接な関係を引き裂くことはできないのである。日本人は時としては、子供が生れた場合に、赤子の息を止めてしまうことがある〔間引きのことか〕と、ある著者は述べているが、どうしてこのようなことを述べることができたのか、私には理解し難いことである。そのような野蛮な取扱い方は日本では知られていない。」（一二四頁）

これは少し過大評価しすぎかもしれない。間引きの風習は、その後もずっと残っていたし、飢饉時のことや山間部の貧困地帯のことには、さすがに観察が及ばなかったのであろう。もっとも、このような予定調和的な家制度が存在したことは否定できない。ただし、それは必ずしも安定的な秩序であるとはいいがたいように思われる。社会変動が著しくなると、このような予定調和は崩れてしまうおそれがあるし、現に最終的には国家の強制力をもって家制度を守らなければならなくなるのである。

(3) オールコックの観察

ラザフォード・オールコックは、イギリスの初代駐日公使である。オールコックは、一八五九年（安政六年）に総領事兼外交代表として来日し、一八六二年（文久二年）に日本を去るまでの三年間を『大君の都』（岩波文庫）に記した。オールコックは、当時の日本の子どもたちの様子について、次のように書いている。

「いたるところで、半身または全身はだかの子供の群れが、つまらぬことでわいわい騒いでいるのに出くわす。それに、ほとんどの女は、すくなくともひとりの子供を胸に、そして往々にしてもうひとりの子供を背中につれている。この人種が多産系であることは確実であって、まさしくここは子供の楽園だ。」（上巻一五二頁）

この最後のフレーズ、「まさしくここは子供の楽園だ」は、その後もいろいろと参照されて引用され続けることになる。しかし、今までの観察に照らしても、この表現は不適当なものではない。キャッチコピーにしてもいいくらいだ。ただし、当時も貧困や飢餓を理由とする子殺しや捨て子、人身売買などの子ども虐待は存在していたのであって、闇の部分があったことは忘れてはならない。ただし、一般庶民の間では、子どもにとってそれほど苛酷な現実はなかったと評価していいだろう。オールコックの観察は、これにとどまるものではなく、当時の養育関係についても次のように記している。これらも他の観察者のものとそう違わない。

「子供と犬はどこにもいる。子供は歩けるようになるまでは、母親の背中に結びつけられているのがつねである。このばあい、子供は母親が家事をするさいにも彼女につきまとうわけだが、彼女の両腕は自由になっている。不幸なことには（これは見る人によりけりだ）、かわいそうな赤ん坊は、頭が自由になるだけで、そのからだは一種のポケットのようなものにいれられて、それだけでささえられている。その結果、親のからだが動くごとに赤ん坊の頭が、まるでくびが折れそうなほど左右に曲がり、前後にゆれる。だが、心配は無用である。母親はよく知っている。子供たちは何十世代にもわたって、代々まさしくこのようにして育てられてきたのだ。（中略）だが、幼い子供の守り役は、母親だけとはかぎらない。江戸の街頭や店内で、はだかのキューピッドが、これまたはだかに近い頑丈そうな父親の腕にだかれているのを見かけるが、これはごくありふれた光景である。父親はこの小さな荷物をだいて、見るからになれた手つきでやさしく器用にあやしながら、あちこちを歩きまわる。ここには捨て子の養育院は必要でないように思われるし、嬰児殺しもなさそうだ――ただし、例外はある――中国では、嬰児殺しがさかんであって、とくに女の子が犠牲に供されているが、日本のばあいにはそうではなかった。たしかな筋によると、未婚者間の堕胎はけっして珍しいことではなくて、女性の専門の技術者がいるとのことである。」（上巻二〇一頁）

二　明治前期の観察

1　お雇い外国人の観察

(1) ブスケの観察

お雇い外国人とは、幕末から明治にかけて、「殖産興業」や「富国強兵」などという目的のために、欧米の技術や知識を導入しようとして日本に招聘された外国人たちのことである。確かに給料と待遇はかなり良かったようであるが、尊王攘夷の嵐が吹き荒れたりする中で、よく日本まではるばるやってきたものだという気がする。だから、お雇い外国人たちは、多少なりとも日本にシンパシーを抱いていることが多いはずである。そうだとすると、お雇い外国人たちが日本をほめる場合には、少し割り引いていいかもしれない。

一八七二年（明治五年）に日本政府に招聘されてフランス法教育に携わったブスケ『日本見聞記』（みすず書房）は、次のように述べている。

「苦境にある父や母はその娘を売るが、法律はそれに文句をつけるべきものとは思わない。この契約を無効にしようとしたり、『ヨシワラ』（吉原）の嘆かわしい女の募集方法をやめさせようとする企てがあったが、いずれも無駄だった。この慣習は今日に至るまできわめて強固である。貞潔で献身的な処女が、その父を貧困から救いだすためにまたはその婚約者の負債を払うために進んで苦役に身を投ずることが、小説には飽きるほど繰り返されている。」（第一巻九四頁）

ブスケの記述は、けっこう仮借がない。法律家としての正義に反するものとして、女性の人身売買はよっぽど許せなかったのだろう。そのような小説のひとつが、一八九〇年（明治二三年）に発表された尾崎紅葉の『おぼろ舟』である。ブスケは、当時の子どもたちについては、次のように描写している。

「能書家であり、従順な生徒であり、敬虔な息子であり、規律正しい臣民であり、古代の讃美者であり、健全だが活気のない孔子の道徳の徒であり、礼儀正しく、形式主義者で、規律正しく、確かに世界中で最も統治しやすい国民を構成していた」（第二巻三八九頁）

ここでも日本の子どもたちは、規律を守る「良い子」として登場している。ただし、「古代の讃美者」とか、「活気のない道徳の徒」とか、「世界中で最も統治しやすい国民」とか、そのような「良い子」が国家によって強制されている結果とでもいいたげな皮肉な言い回しになっている。

(2) モースの観察

エドワード・シルヴェスター・モースは、アメリカの動物学者であり、日本近海に産する腕足類を研究するために来日した。モースが来日したのは、一八七七年（明治一〇年）であるが、来日直後に大森貝塚を発見し、日本の考古学や人類学の基礎を築いた。一九一七年（大正六年）に刊行した『日本その日その日』（平凡社）において、当時の日本に関する観察をまとめている。当時の子どもたちについては次のとおりである。これもモース自身が認めているように、今までの観察と一致している。

「小さい子供達は赤坊を背中に負って見物人として田の畔にいるらしく見える。この、子供を背負うということは、至る処で見られる。婦人が五人いれば四人まで、子供が六人いれば五人までが、必ず赤坊を背負っていることは誠に著しく目につく。時としては、背負う者が両手を後に廻して赤坊を支え、又ある時には赤坊が両足を前につき出して馬に乗るような格好をしている。赤坊が泣き叫ぶのを聞くことは、めったになく、又私はいま迄の所、お母さんが赤坊に対して癇癪を起しているのを一度も見ていない。私は世界中に日本ほど赤坊のために尽す国はなく、また日本の赤坊ほどよい赤坊は世界中にないと確信する。」（第一巻一一頁）

「ここでまた私は、日本が子供の天国であることを、くりかえさざるを得ない。世界中で日本ほど、子供が親切に取扱われ、そして子供の為に深い注意が払われる国はない。ニコニコしている所から判断すると、子供達は朝から晩まで幸福であるらしい。彼等は朝早く学校へ行くか、家庭にいて両親を、その家の家内的の仕事で手伝うか、父親と一緒に職業をしたり、店番をしたりする。彼等は満足して幸福そうに働き、私は今迄に、すねている子や、身体的の刑罰は見たことがない。

（中略）

日本人は確かに児童問題を解決している。日本人の子供程、行儀がよくて親切な子供はいない。また、日本人の母親程、辛棒強く、愛情に富み、子供につくす母親はいない。だが、日本に関する本は皆、この事を、くりかえして書いているから、これは陳腐である。」（第二巻六八頁）

2　その他の人々の観察

(1) イザベラ・バードの観察

一八七八年（明治一一年）に英国から旅行者として来日したイザベラ・バード『日本奥地紀行』（平凡社ライブラリー）によれば、村の学校における体罰について、教師からは「学校に居残りをさせることだけが現在用いられている処罰である」との説明を受けたようであるが、「悪い行いをすれば処罰として鞭で膝を数回殴られるか、あるいは人差指にモクサ（もぐさ）をつけて軽くお灸をすえられる」というものであった。そして、「これは今も行なわれる家庭内の懲罰である」と述べている（一二〇頁）。後に見るように、子どもをしつける際に「お灸をすえる」のは、けっこう長く行われていたようである。谷崎潤一郎から壺井栄まで作品にお灸が登場するし、その後も「お灸を据える」という表現は残っている。

バードは、わが国の子育てについて、次のように述べている。

「私は、これほど自分の子どもをかわいがる人々を見たことがない。（中略）他人の子どもに対しても、適度に愛情をもって世話をしてやる。」（一三一頁）

また、子どもたちについては、次のように描写している。

「子どもたちは、私たちの考えからすれば、あまりにもおとなしく、儀礼的にすぎるが、その顔つきや振舞いは、人に大きな好感をいだかせる。（中略）彼らは子どもというよりはむしろ小さな大人というべきであろう。」（一三二頁）

バードは、かなり好意的に日本の子どもたちを評価している。やはり明治中期までは、日本は子どものの天国といっていいくらい、子どもを大切にする文化があったと考えていいのだろう。

(2) メアリー・フレイザーの観察

最後に、メアリー・クロフォード・フレイザーの観察を引用しておこう。メアリー・クロフォード・フレイザーは、一八八八年（明治二一年）に夫ヒュー・フレイザーが駐日全権公使に任命され、夫が病に倒れて一八九四年（明治二七年）に不帰の人となるまで、駐日全権公使夫人として滞日した。彼女の子どもに関する観察は、『英国公使夫人の見た明治日本』（淡交社）に次のとおりに記載されている。

「思うに、子供時代の折々の輝かしい幸福を奪うことなしに、いかなる環境にある子供にも完全な礼儀作法の衣を纏わせるこの国の教育制度は、大いにほめられるべきです。これに匹敵する例は、オーストリアとイタリアの幼い王子王女のあいだで一、二度見かけた以外、ほとんど見たことがありません。」（二三六頁）

「こちらでは、うまく説明できないのですが、しつけというものが血のなかに流れていて、例外なく外にあらわれてくるのです。日本の子供が、怒鳴られたり、罰を受けたり、くどくど小言を聞かせられたりせずとも、好ましい態度を身につけてゆくのは、見ていてほんとうに気持ちのよいものです。彼らにそそがれる愛情は、ただただ温かさと平和で彼らを包みこみ、その性格の悪いところを抑え、あらゆる良いところを伸ばすように思われます。日本の子供はけっしておびえから嘘を言ったり、誤ちを隠したりはしません。青天白日のごとく、嬉しいことも悲しいことも隠さず父や母に話し、一緒に喜んだり癒してもらったりするのです。そして子供のちょっとした好き嫌いは、大人の好き嫌いに劣らず重要視されます。じっさい、ものごころがつくかつかぬかのうちに、日本の子供は名誉、親切、孝行、そして何よりも愛国心といった原則を、真面目かつおごそかに繰り返し

て教えられます。」（二三七頁）

「英国では幼児虐待、打擲、飢餓その他、筆舌に尽し難い残虐行為が行われ、それらをいくらかでも暴き出し罰するために、仕方なく児童虐待阻止協会なるものがあります。ところが　日本にはそんな残虐行為はまったく見あたらないのです。日本の端から端まで、子供は、身内であれ他人であれ、神聖なものとして扱われます。幼児はひとりひとり住所氏名を書いた札を首から下げており、まことに万にひとつ、迷い子になっても、どこでも食物と宿と親切が待っているのです。ただつぎのことには慄えあがらないで下さい――父親はもし子供の将来に欠乏と悲惨以外に何もないとわかるや、巧みに、痛みをあたえずに、その子供をただちに殺すのです。けれども子供が生きているかぎりは、けっして苦しみを受けることはないのです。」（二五一頁）

フレイザーの観察は、明治中期にさしかかっており、明治二四年頃のものであるから、すでに教育勅語が制定され、内村鑑三不敬事件も起きて、日本がどんどん天皇制国家を形成しようとしている最中であった。だからこそ、このような観察になるのであるが、まだ子どもが虐待を受けるような事態には陥っていなかったといえよう。ただし、最後の二文は気になるところである。これはいったい何を指しているのか、よく分からない。とにかく、当時が子どもにとっての楽園であったという評価には、そのような闇の部分もあったということなのだろう。

第二章　明治時代——「やさしい父親」から「おそろしい父親」へ

一　明治中期の「やさしい父親」

1　明治中期のしつけ

(1) しつけの役割分担

明治時代の話を始める前に、幕末の水戸藩における家庭内でのしつけについて貴重な記録がある。それは、山川菊栄『武家の女性』である。そこには、次のような証言がある。

「家を尊ぶ建て前から、息子の躾けについては、学校と母親に任せておく者の多い今の父親より、当時の父親の方が熱心でした。というより男児の躾けは、父親の受け持ちであったという方が適当かも知れません。」

「若い間は主君はもとより、お客や上役の給仕をすることもあるので、いつ、どこへ出てもまごつかぬように、平生からしつけられるのでした。」

「女の方は己れを空しゅうして人に仕えるという、犠牲と服従の精神を涵養する点に重きがおかれ、女は大事にしてはいけない、粗末に育てよということになっていました。」

「ともかくも女たちが家庭で得た多少の教養や技術は、この大きな変革期（筆者注：維新のこと）の荒波を漕ぎぬけて、自分を救い、家族を救う上にも役立てば、新しい時代を育てる教育者の任務を果す上にも、大きな力となったのでありました。」（岩波文庫一七九頁以下）

つまり、ここで指摘されているのは、①男の子のしつけは、父親が受け持ったこと、②しつけといいながら、その内容は職業教育に近いものであったこと、などである。現在から想像する世界とは少し違った世界が広がっていたのではないか。柳田國男は、『明治大正史　世相篇（下）』（講談社学術文庫）で次のように述べている。

「家族の構成の今よりもずっと複雑であったころには、秩序の道徳は法則として励行する必要があった。家の躾がしばしば懲罰の制裁を伴うたのもそのためであったが、家が親子だけになればもうそうまでするには及ばず、第一に問題の起こることもなかった。」

「子女をめいめいの後の生活に適するように育てることは、以前ももちろん親々の本務ではあったが、いかんせん彼らの勤労の用途は始めからはなはだ制限せられていた」のであって、「奉公はすなわち彼らの教育権の委譲であった。」（八三頁以下）

(2) しつけと奉公

柳田國男は、子女を奉公に出すことがしつけの権利を委譲することに該当すると指摘したが、宮本常一は、『家郷の訓』（岩波文庫）で次のように指摘している。

「娘は年頃になるとたいてい家を逃げ出す。そして町の方へ奉公に行くのである。」

「もと米のほしかった島に、明治に入ってもっともほしいものが金に変わってきたことに大きな理由があると思う。つまり明治一〇年から一七、八年にわたる窮迫というものが、島の人たちの骨身にこたえて金をほしがるようにさせた」ために「出奔の形式をとった」。

しかし、「女中奉公よりも女工の方が収入の多いことに目をつけるように」なり、「村へ女工勧誘員がくるように」なると、「出奔形式から親の承認の形で出て行く有様になった。」（二三頁以下）

すなわち、明治中期より前には、子どもたちといえども、家で遊んでいるわけにはいかなかったのであって、下男や女中として奉公に出ていた。しかし、明治国家が殖産興業の道をすすむにつれて、お金を求めて工場労働に向かうようになったのである。女中奉公は奉公先が女中をしつけることになるとともに、女中は奉公先の子どもの子守やしつけを担当するというように役割が分担されていたのであるが、それでは子どもたちに対する父母のしつけはどうなったのだろうか。宮本常一は別の箇所で家庭内における教育についても指摘している。

「母の子に対する教育は、子がよく働く人になってもらうことだけではなく、次には神を敬う人たらしめることであった」のに対し、父と子の縁がうすいのは、「父親が子を可愛がらないからではなく、父の子に対する躾の範囲が母とちがっていたからである。父の場合はその仕事を主として教え込んだのである。」（八六頁、一〇一頁）

したがって、家庭内での父母によるしつけは、職業教育に近いものだったのだろう。江戸時代でも、武士階級では、武芸・立居振舞などの教育を担ったのは藩校であった。庶民階級では、寺子屋（手習所）で読み書きそろばんを学ぶとともに、習字という学習作業をとおして生活全般にわたる道徳的なしつけを受けていたのである。また、中流以上の階級では、家の中に子守を担当する女中がいる場合も多かった。すなわち、しつけのための体罰や虐待ということが、親子間では起こりにくい環境にあったといえる。ただし、子どもを寺子屋にも通わせられないし、女中も雇うことができない貧困層では、家庭内で体罰や虐待が横行していたのかもしれない。

そうすると、「昔は家庭のしつけがちゃんとしていたし、子どもも親の言うことをよく聞いていた」というイメージは当てはまらない。それは日本が戦争国家となって家庭内にも国家権力が及んでいくようになってからの話ではないのか。明治初頭から中期における家庭内では、厳しい職業教育は行われたけれども、むしろそれ以外の面では子どもは基本的に放任されていたのではないのだろうか。そう考えたほうがお雇い外国人たちの観察と矛盾しない。そうは言っても、それは一般論であって、それぞれの具体的な家庭では、親の子に対するしつけのあり方はさまざまだっただろう。医師であった森鷗外は、道徳的には子を全くといっていいほど「叱らない父親」ではあったが、衛生面ではかなり厳しかったらしい。娘である小堀杏奴は、『晩年の父』（岩波文庫）で、「父は驚くべき潔癖と衛生思想を持っていた。（中略）私たちは子供の頃からどのくらい衛生についてはきびしく仕込まれたか解らない」（二〇二頁）と指摘している点が面白い。

2　しつけの方法

(1) 自尊心を鍛えるしつけ

広津柳浪は、一八六一年（文久元年）生まれであるが、一八九八年（明治三一年）一一月に雑誌『太陽』に掲載された「幼時」（『明治の文学第七巻　広津柳浪』筑摩書房）に、次のような回想がある。なお、柳浪が八歳だとすると、明治二年頃の話だろう。柳浪が何の罪もない女児に対し、自分の命令に反して無礼であると小刀で切りつけたが、伯父からその責任を問われて「腹を切れ」とも言われる。しかし結局は、母親から、翌日まで次のような処分を受けただけであった。

「裏の竹藪の隅に在る味噌蔵の内に自分を入れて、外から錠を掛けられて了った」（三二九頁以下）。

広津家は元久留米藩士であり、そこには江戸時代の武家としての意識がそのまま反映されているだろう。そうすると武家では、子どもの自尊心を鍛えるため、「味噌蔵に閉じ込める」というしつけがなされたが、体罰はあまりなされなかったのであろう。藩校において適用される罰は、放課後の居残りや掃除が最も一般的であって、体罰が実施されたことは稀であったと言われている。

樋口一葉の「たけくらべ」は、一八九五年（明治二八年）に発表された。女児に対するしつけの例であるが、そこでも「親でさへ頭に手はあげぬ」として体罰がなかったことを示している（『にごりえ・たけくらべ』新潮文庫九二頁）。しかし逆に言うと、頭以外には手をあげていたのかもしれない。そうすると、お尻を叩く折檻くらいはあったのかもしれない。

森鴎外は、子どもに対して体罰は一切行わない。家長である鴎外は、「明治政府の多くの高官たちと違って、鴎外の青春には、『国家』に参加するにあたって『家庭』を捨てるという瞬間がなかった」（山崎正和『鴎外　闘う家長』新潮文庫一〇七頁）。小堀杏奴によれば、父鴎外は腹が立っても次のようにしたとある。

「『勝手にしろ』は父がいつも最後にいう言葉で、後は苦い顔でじっと本を見つめている」（『晩年の父』岩波文庫九〇頁）

しかし、森家では、鴎外の妻がしつけを行っている。その方法は、広津柳浪の場合と同様、「お蔵に入れる」という方法であった。

「弟は駄々をこねて母にお蔵へ入れてしまうといって脅かされていたものである」（『晩年の父』一一〇頁）

「母に叱られてお蔵に入れられそうになる」（『晩年の父』一一八頁）

やはり体罰は行わないのが武家たる証なのである。

河上肇は、一九四七年（昭和二二年）に刊行され第一回毎日出版文化賞を受賞した『自叙伝』で、自分の幼少期を振り返って、大学教授であった父親や家庭のことを次のように書いている（岩波文庫『自叙伝』1）。河上肇は一八七九年（明治一二年）生まれであるから、明治二〇年代の話であろう。

「考えて見ると金のことばかりでなく、総ての事について、私の父くらい自分の子に迷惑をかけることを遠慮した親は、――私はいろいろな思い出からそう云うのだが――世に稀であろう。」（二二頁）

「私は度々ひどい癇癪を起して、家中の者を手こずらした。駄々をこねると、懲しめのため押入などへ監禁されるのが普通なのに、私の場合は、大人の方が物置などに逃げ込んで難を避けた。祖母が隠れていたか、母が隠れていたか、それは忘れているが、内から固く締められている米搗小屋の板戸をドンドンなぐって暴れ廻った日のことを、私はかすかに覚えている。」（四二頁）

ここまでくると、いったい何だろうという気もしてくる。子どもが癇癪を起しても、閉じ込められるのは子どもではなくて、親のほうだと言われると、しつけというには程遠いというしかない。

(2)「やさしい父親」のしつけ

室生犀星（一八八九年〈明治二二年〉生）は、『幼年時代』（『幼年時代・あにいもうと』新潮文庫所収）、『性に眼覚める頃』（新潮文庫）をいずれも一九一九年（大正八年）に発表しているが、父親との関係に触れている。出版は大正期であるが、自伝的小説として明治中期の雰囲気を表現しているだろう。自伝的小説は、以下でも出版年にかかわらず、該当する幼児期を中心に取り上げることとしたい。もちろん、回想には、書かれた時代の雰囲気がバイアスとしてかかっている可能性は否定できない。しかし、自然主義文学の伝統からすると、実際とは正反対のことを書いたりはしないだろう。したがって、あまり厳密に考えないことにする。

室生犀星の小説に登場するのは「やさしい父親」であって、犀星の父親が宗教者であったことを差し引いても、全く子を叱責せず、もちろん体罰など考えられもしない父親が描かれている。

さらに徳冨蘆花（一八六八年〈明治元年〉生）は、一九〇〇年（明治三三年）に出版された『思出の記』で、父は「あまりやさしかつた」のであって、「僕は父を愛して、母を敬した」と述べている（新潮社八頁以下）。

(3) 庶民における体罰

これに対して、庶民階級では、体罰が行われていたこともあっただろう。寺子屋においては、体罰が行われていた。寺子屋で体罰の対象となるのは、「不品行にして他人に妨害を加ふる者」「怠惰にして学業未熟なるもの」「喧嘩争論するもの」「他人を欺き若くは盗するもの」などであったが、「謹慎」(師匠のかたわらでの正座)、「茶碗と線香」(右手に線香、左手に水を満たした茶碗を持たせての正座)、「鞭撻」(竹竿で手足を打つ)などの体罰も行われていた(沖田行司『日本人をつくった教育』四〇頁)。明治中期ころの私立小学校でも、「うっかり怠けると煙管の雁首でぽかり、悪戯がばれると尻をまくって竹杖で二十三十の叩き放し」という体罰があったらしい(山本笑月『明治世相百話』一五頁)。

谷崎潤一郎(一八八六年(明治一九年)生)は、一九一七年(大正六年)に発表した自伝的小説「異端者の悲しみ」(『刺青・秘密』新潮文庫所収)の中で、自分を起こすのに足蹴にしたとして、父親を「何と云う無教育な人間」「荒っぽい、野蛮な人間」と評している。また別の時には、父親は次のような体罰を加えている。

「邪慳に章三郎の手頸を掴んで、腕が抜ける程引っ張り挙げた」

「親父はいきなり章三郎の胸ぐらをこづいて、蟀谷(こめかみ)の辺を力まかせにぽかッと擲りつけるのが、殆んど一つの慣例になっていた」(一四〇頁以下)。

そして、父親について、「母親やその他の者に掴まると、寧ろ軽蔑されるくらいの好人物に見えるのだが、ただ総領の章三郎に対してのみ、猛獣のように威張りたがった。畢竟それは章三郎が、あまりに親の権力と云うものを無視して懸って、これまでに散々父の根性を僻めてしまった結果なのである。せめて表面だけでも、父の顔が立つように仕向けてやればよかった」と回顧している（一四〇頁以下）。

谷崎潤一郎は、一九五六年（昭和三一年）に出版した『幼少時代』（岩波文庫）では、母親によるしつけのことも書いている。母親にしかられた記憶としては、お灸をすえられたというものである。冗談ではなく、本当にしつけのために「お灸をすえる」。

「『よしよし、そんな分らないことをいうなら、今日はふんとに据えてやるから』と、ばあやに手伝わせて、足の小趾にお灸を据えたことがあった。」（二四二頁）

イザベラ・バードも観察していたように、お灸をすえるのは、当時の家庭内での一般的な懲罰であった。しかしその後の小説には、後述する壺井栄の『母のない子と子のない母と』以外、お灸をすえるシーンはあまりなくなっていく。しかし、谷崎潤一郎の母親も、あまりに子どもが強情すぎると、お灸にとどまらず、体罰を行っている。

「私は母の前に呼びつけられて、畏まって坐ったまま、いくら聞かれても『知りません』を繰り返していたので、母も意地になって、長火鉢にかかっていた長五徳の鉄灸を一本外して、それで私の股の上を打った。その鉄灸は表面を銀色に研いた、鉄製の四、五寸ぐらいの棒であった。ばあやが止めに出たことを覚えているから、十二、三歳の頃であったに違いないが、母はその時ばあやの執り成しを聴き入れなかった。打つといっても、着物の上から加減して打ったのであるが、

『なぜいえないのだ、いえないというのが怪しいじゃないか、さあおいい、いわなけりゃ堪忍しないよ』

と、母は私が『知りません』という度ごとに一つずつ打った。加減しながらではあったが、同じ所を何度も打つので、私はだんだん痛さが骨身にこたえて来た。」（二五〇頁）

もっとも、この程度の体罰では、現在の法的定義の虐待には当らない。しつこいかもしれないが、母親は手加減もちゃんとしている。打たれている谷崎少年もこれを単に「折檻」と呼んで、不合理な虐待などとは感じていない。この時期の他の小説にも折檻という表現は頻出しており、体罰が全くなかったわけではもちろんないだろう。折檻という表現は、一九五一年（昭和二六年）に第五回毎日出版文化賞を受賞した田宮虎彦『絵本』にも「父の折檻に苦しめられつづけて家を出た」というように、まだまだ後の時代まで出てくるのであるが（正進社名作文庫三四頁）、その後の戦後民主主義の中で「折檻」という表現は少なくなっていく。

谷崎家では、以前は裕福だったのだが、その後に経済的に磊落してしまっており、そこに描かれている生活実態は下層階級に近くなっていたのかもしれない。つまり、しつけという機能を家庭の外に

委託した家庭では体罰があまりなかったようであるが、そうできなかった家庭では体罰も行われていたといえよう。ただし、この段階では、児童虐待に該当するような表現は全く見られない。私が見落としているものもあるだろうから、全くないとはいえないのであるが、見落とすくらいに少ないのは間違いないだろう。

ただし、子どもを殺したり、売り払ったりする犯罪行為はあった。現在の虐待の定義には該当しないが、一般的な意味では虐待である。一八九〇年（明治二三年）に読売新聞に連載された尾崎紅葉『おぼろ舟』では、ブスケが指摘していたように、貞潔で献身的な処女が、その父を貧困から救いだすために、またはその婚約者の負債を払うために進んで苦役に身を投ずることを描いている（坪内祐三編『明治の文学第六巻　尾崎紅葉』一〇〇頁以下）。また、明治中期には子の賃貸借も行なわれていた。一八八七年（明治二〇年）には、東京に「子を貸し屋」なるものが登場している。これは、「行商や物乞いをする時、子どもがいると同情を引きやすいというもので、子どもの賃貸料は一日五〜八銭」であったといわれている（『近代子ども史年表　明治・大正編』一三〇頁）。明治二〇年における白米の値段は、一〇キログラムで四六銭であった（週間朝日編『値段の〈明治・大正・昭和〉風俗史』一五九頁）。そうすると、子の賃貸料は、一日当り一合ないし二合程度であったことになる。浅草六区の女（私娼）が警察の目をたぶらかすためにも子を借りたとのことである。そのような話をもとに、一九二三年（大正一二年）には、宇野浩二『子を貸し屋』（『蔵の中・子を貸し屋』岩波文庫）が出版されている。

3　明治中期の親子関係

(1) 明治中期の親孝行

それでは明治中期の親子関係はどのように考えられていたのだろうか。まず、親孝行がどのように考えられていたかについてみておくこととしたい。一八八七年（明治二〇年）に発表された二葉亭四迷の『浮雲』（旺文社文庫）では、主人公文三が「親より大切なものは真理」というお勢の言葉に感動するシーンがある（三〇頁）。しかし、文三はお勢に対して、「もうおっかさんと議論することはやめてください、私のために貴嬢を不孝の子にしてはすまない」（六四頁）とも述べている。これに対して文三のライバル昇は、「何も足腰さするばかりが孝行じゃあない、親を人によく言わせるのも孝行サ」（七六頁）と述べている。明治中期は、「親より大切なものは真理」とまだ堂々と書き連ねることのできた時代であった。

二葉亭四迷らが筆を絶った後、欧化主義に対する反動として起こった国粋主義運動を背景として、尾崎紅葉、山田美妙、石橋思案、丸岡九華らによって硯友社が結成されたが、彼らの小説も儒教の倫理観を打ち出すものではなかった。たとえば、一八八八年（明治二一年）に出版された山田美妙の『夏木立』（日本近代文学館復刻版）では、「仇を恩」などにごく一般的な倫理観は示されているが、「籠の俘囚（とりこ）」では親子間の愛情自体が「孝行」と呼ばれているにすぎない（三七頁）。また、一八九二年（明治二五年）に出版された巌谷小波の『當世少年氣質』（ほるぷ出版復刻版）でも、子にひたすら甘い親は頻繁に登場するが、子の親に対する報恩は全く出てこない。親に対する「孝心」は一度出てくるが（五二頁）、ここでもやはり一般的な親子間の愛情を示しているにすぎない。

一九一二年（大正四年）に発表された夏目漱石（一八六七年〔慶応三年〕生）の自伝的小説『道草』（新潮文庫）には、次のくだりがある。漱石が養子先から実家に帰ったころのことであるから、九歳頃（明治八年頃）のことだろう。

「実家の父に取っての健三は、小さな一個の邪魔者であった。何しにこんな出来損いが舞い込んで来たかという顔付をした父は、殆んど子としての待遇を彼に与えなかった。今までと打って変った父のこの態度が、生の父に対する健三の愛情を、根こそぎにして枯らしつくした。」

「実父から見ても養父から見ても、彼は人間ではなかった。寧ろ物品であった。ただ実父が我楽多として彼を取り扱ったのに対して、養父には今に何かの役に立てて遣ろうという目算があるだけであった。」（二三六頁以下）

こうなると、親孝行も何もあったものではない。親子の心情的関係は何もない他人に等しい。しかし、この時代には、このような表現が許されたのである。巌谷小波の「人は外形より内心」には、親に対する孝の観念などは一切語られていないが、「天子様のお写真を拝むのに、袴がなくっちや失敬だと思ふなあ」という表現が出てくる（『當世少年氣質』九八頁）。同書の出版は一八九二年（明治二五年）一月であり、約一年前の一八九〇年（明治二三年）一二月には内村鑑三不敬事件が起きていたにもかかわらずである。その後の国家主義的な締め付けを考えると、明治中期は非常におおらかな時代であったといえるだろう。

一九〇九年（明治四二年）に発表された『ヰタ・セクスアリス』（新潮文庫）では、森鷗外が少年時の回想として、「いかにも親孝行はこの上もない善い事である。親孝行のお蔭で、性欲を少しでも抑えて行かれるのは結構である。しかしそれを為し得ない人間がいるのに不思議はない」（六五頁）と述べている。ここでは、親孝行と性欲とを同一次元で対比しているのであり、孝という観念は儒教一色に染まっていたわけではない。この小説は明治四二年七月一日発行の『昴』第七号に掲載されたのであるが、月末にはこの小説のために『昴』第七号は発売禁止となった。しかし、その発禁処分はポルノグラフィーでいけないという理由であって、儒教的精神を害したという理由ではなかった。

(2) 離婚と親子関係

次に離婚の場合の親子関係についても見ておこう。当時の慣習法では、離婚の場合の親権者は、男児は父、女児は母とされることが多かった（風早八十二解題『全国民事慣例類集』）。離婚については、樋口一葉がいくつか文章を残している。一八九五年（明治二八年）に発表された「にごりえ」によれば、主人公の主張として、次のような記述がある（『にごりえ・たけくらべ』新潮文庫）。

「太吉（筆者注：息子）は私につくといひまする、男の子なればお前も欲しかろうけれどこの子はお前の手には置かれぬ、何処までも私が貰って連れて行きます」（四四頁）

また、同年に発表された「十三夜」（『にごりえ・たけくらべ』新潮文庫所収）では、次のような発言がある。

「離縁を取って出たが宜いか、太郎（筆者注：息子）は原田（筆者注：夫）のもの、其方は斎藤の娘、一度縁が切れては二度と顔見にゆく事もなるまじ」（六二頁）。

すなわち、慣習法に従えば、離婚した場合の男児の親権者は父親であり、離婚して縁の切れた母親は二度と男児と会うこともできないとされていた。しかし、男児であっても、父親が納得しようがしまいが、子どもの意思に基づいて母親を親権者と決定することができたようである。また、父親の納得づくであれば男児の親権者を母親とすることに問題はなかったようである。したがって、離婚の際に子の親権者を決定するに当たり、父親と母親との間で熟談が行われたことは案外多かったのではないかと思う。

明治二〇年代をリードした「紅露逍鴎」の一人、幸田露伴（一八六七年〈慶応三年〉生）は、「少年時代」で幼児期のことを書いており、次のように書いている（『作家の自伝八一・幸田露伴』所収）。

「朝も晩もいろいろの事をさせられたのは、其頃下女も子守も居なかったのに、御父様は昼は家に

居られないし、御母様は私の下に妹やら弟やらを抱えて居られたのでしたから是非もない事でした」（八頁）

このような状況下で、眼病の灸治療に連れていく役割を担っているのは父親である（一六頁）。より小さな弟や妹がいたからではあろうが、病気の場合の養育担当についても男児は父が責任を持っていたのかもしれない。

二　明治後期の「おそろしい父親」

1　明治後期のしつけ

(1)「やさしい父親」から「おそろしい父親」へ

明治三一年に国民新聞に掲載された、徳冨蘆花の『不如帰』（岩波文庫）には、明治中期の「やさしい父親」像をまだひきずっている場面も出てくる。これは前述したように、徳冨蘆花自身の父親像でもあった。

「厳父慈母と俗にも申しますに、あなたがかあいがッてばかりおやンなさいますから、ほんとに逆さまになッてしまッて、わたくしは始終しかり通しで、悪まれ役はわたくし一人ですわ。」（四一頁）

これは妻の愚痴である。父親が叱り役を引き受けないから、母親である自分が叱り役として憎まれ役になってしまうという愚痴である。このような愚痴が飛び出すくらい、明治中期までの父親は、「やさしい父親」だった。もっとも、父親のやさしさは、いわば美味しいところ取りの「やさしさ」にすぎない。母親からすれば、「それはずるい！」ということだろう。しかし徐々に日本が戦争国家へと邁進していく時代になっており、そのような「やさしい父親」像が失われていき、「おそろしい父親」像が支配するに至る段階に来ていたのである。

一九一〇年（明治四三年）、読売新聞に連載された島崎藤村の自伝的小説『家』（新潮文庫）では、小泉三吉の兄（長男）である実につき、かなり厳格な父親像が描かれる。

「家長としての威厳は何時までも変わらなかった。彼は、家の外では極めて円滑な人として通っていたが、家の者に対っては厳格過ぎる位」であった（上・四七頁）。

家を担う家長としての顔は、もはや物分りのよい顔ではいられない。家長の責任が公的なものとされていくにつれ、厳格な顔とならざるをえないのである。戸主と家長と父親が重なり合えば、必然的に「おそろしい父親」となるだろう。

(2)「おそろしい父親」の叱責

一九〇八年（明治四一年）発表の正宗白鳥「何処へ」（『何処へ・入江のほとり』講談社文芸文庫所収）では、主人公の父親が「何とか中将の姦通事件」に触れて、「どうも軍人が腐敗しちゃ困るな、武士道の精神が衰えるとそんなことができて来るんさ。今の中に社会に士気を鼓吹しなければ、日本の国家も将来が案じられるて」と次のように慨嘆している。

「今じゃ学校教育も柔弱に傾いているからよくない、それに家庭で小さい時分から武士の魂を叩き込まんから、堅固な人間ができないんだ。」（六八頁）

このおよそ百年前の言い回しは、現代においても、再び全く同じように繰り返されているのである。

それはさておき、永井荷風（一八七九年（明治一二年）生）の父親は、「内閣を『太政官』大臣を『卿』と称した頃の官吏」であったが、馬術に熱中した後、ふと大弓を始めた（「狐」『現代日本文学大系二三　永井荷風集（一）』所収一七五頁）。荷風の父親が武芸に邁進する姿は、「家長の権威は〝武〟をもって家族を守る義務にも結びついていた」ことを象徴している。このような父親の懲戒権行使の方法は、次のようなものであった。

「云ふ事を聴かないと家を追出して古井戸の柳へ縛りつけるぞ。」(一七五頁)

ここまでは、明治中期の自尊心を尊重するしつけにほかならない。しかし、主人公が可愛がっていた鶏が狐に食べられてしまい、主人公が泣いていると、次のような叱責に変わる。

「『泣虫ッ朝腹から何んだ』と父は鋭い叱咤の一声」(一七七頁)

まだ子どもを体罰をもって痛めつけるには至っていないが、もはやここには明治中期までの「やさしい父親」は見られない。

明治後期の懲戒権の行使については、「おそろしい父親」像とともに、このように小説の中でも従来とは異なった厳しさが表れてきている。島崎藤村の『家(上)』(新潮文庫)でも、主人公小泉三吉が小説家であることを「あの可畏い阿爺」(こわいおやじ)が生きていたらと、次のような体罰を予期している。

「弓の折かなんかで打たれるような目に逢います」(一四頁)

永井荷風の家族に君臨する父親の趣味も弓であった。明治後期の「厳父」を象徴するスポーツが弓だったのだろうか。日本が戦争国家へと進んでいく中で、弓術をはじめとする武道が再評価されるようになり、一八九五年（明治二八年）には、京都の有識者によって大日本武徳会が設立されている。

2　明治後期の体罰

(1)「おそろしい父親」の体罰

そして、単に言葉で叱責したり、納屋に閉じ込めたりするのではなく、とうとう父親は現実に体罰を行うようになってくる。長塚節の農民小説『土』（新潮文庫）は、一九一〇年（明治四三年）に東京朝日新聞に連載されたものであるが、主人公である勘次が一五歳の娘おつぎに対し、次のような体罰を行っている。

「怒鳴りながら彼は突然おつぎを擲った。おつぎは麦の幹と共に倒れた。おつぎは倒れたまましくしくと泣いた。」（七一頁）

そしてこの暴力は繰り返されることになる（一五五頁）。ここに引用したところは、かなり衝撃的な表現である。少なくとも明治中期までは、女の子に暴力をふるってはいけないという風潮があった。『土』の世界は、貧困にあえいでおり、それまでの中流家庭小説の世界とは異なっている面がある。

それでも、小説のメイン・ストリームにこのような表現が出てくるようになったのであるから、それを許容するだけの社会的条件が整ってきたといえるのではないだろうか。ここから先は、子どもたちにとってもっと厳しい世界が待っていることになる。

(2) 母親による体罰

それでは、母親による体罰はどうだろう。母親による体罰はまだほとんど小説世界には出てこない。せいぜい納屋に閉じ込めたり、お灸をすえたり、谷崎潤一郎の母親のように、手加減しながら鉄灸で足を撃ったりする程度にとどまっている。後で述べるように、養育費目当ての養子を虐待死させる例は、多数にわたって報道されているが、そのような犯罪はしつけとは無関係である。一般的には、母親は体罰まで加えるような存在ではなかったと言っていいのだろう。家制度が徐々に母親を追いつめていき、母親が体罰を加える表現が出てくるようになるのはもっと先の時代である。

母親によるしつけについては、長野県の近代学校教育の草分けの一人とされる正木直太郎が清国の教官として赴任するに当たり、その子供たちが「六六日記」という日記形式の父親宛手紙を残しており、明治四〇年から明治四四年まで、子供の目から見た社会の状況を知ることができる。記載はわずかにすぎないが、父親が不在である間の母親によるしつけの様子も記されている。

それによれば、明治四〇年一二月二一日には、「俊二兄様が口ごたへをしたので母上にしかられました。そして学校においだされました。」とある。明治四二年五月一九日には、「六郎がどうしても尾じぎをしませんから外へおんだされました。」とある。明治四二年一一月四日には、「母上が子供の尻など叩かれた事もありました。」などの記載がある（正木直子編『六六日記』四七頁、一五三頁、一八二頁）。母親による叱責は、小さな子どもに対しては「尻を叩く」、大きな子どもに対しては「家から出す」という方法が一般だったのであろう。母親は、やはり大きな子どもに体罰を加えるような存在ではなかった。

3　明治後期の親子関係

(1) 明治後期の親孝行

ここでも、まず、親孝行がどのように考えられていたかについてみておこう。徳冨蘆花『不如帰』では、姑に対する親孝行と夫婦間での愛情とに「一時に踏み難く岐ることある」のを主人公浪子が悩んでいる（岩波文庫八三頁）。明治中期までの小説とは異なり、すでに親孝行が夫婦間の愛情に優先すべきものとして登場してきているのである。浪子の夫武男も「いつでも此家ではおかあさまが女皇陛下だからおれよりもたれよりもおかあさまを一番大事にするンだッて、しょっちゅう言って聞かされるのですわ。」（八七頁）と嘆かれている。浪子が病気になった際、夫武男は姑から「妻が病気すッから親に不孝をすッ法はなか」（一〇五頁）と非難され、ついには家をつぶさないように病気の妻とは離別するよう迫られ、妻の命よりも「川島家が惜しい」と言われる。そして、姑の言を否定する武男に対し、姑は「御先祖代々のお位牌も見ておいでじゃ。さ、今一度言って見なさい、不孝者めが‼」「妻が大事か、親が大事か。エ？　家が大事？」と先祖までを含んだ家の論理で対抗するのである（一一二頁以下）。

島崎藤村の『家』は、時代設定がほぼ明治三〇年代のこととなる。主人公の義兄である達雄は「青年の時代には、家の為に束縛されることを潔しとしなかったので、志を抱いて国を出た」のであるが、現在は「先祖は失意の人の為に好い『隠れ家』を造って置いてくれた」との感慨にふけり、「先祖の畏敬すべきことを知った」のである（『家（上）』新潮文庫二三頁以下）。青年の心にじわじわと家と先祖への思いが押し寄せてきている。

もはや維新当初の個人主義的観念は主人公たちの内心にとどまり、家制度による親孝行のイデオロギーが支配的になってきたことが読み取れる。もっとも『不如帰』では、姑が、親孝行と愛情が両立しえない場合には「かの愛をすててこの孝を取るならん」と思い、独断によって武男が不在の間に浪子を離別させたことに対し、武男の激しい憤りに遭って、「いわゆる母なるものの決して絶対的権力をその子の上に有するものにあらざるを」知ることにもなる（一六四頁）。

すなわち、親孝行の制度化による家族の人間性圧殺の歴史が始まっているのである。夏目漱石は、一九一一年（明治四四年）の講演「文芸と道徳」で、「昔の道徳すなわち忠とか孝とか貞とかいう字を吟味して見ると、当時の社会制度にあって絶対の権利を有しておった片方にのみ非常に都合の好いような義務の負担に過ぎない」（『私の個人主義』所収一一五頁）と指摘している。まさに夏目漱石が指摘した「片方にのみ非常に都合の好い」国家体制が作り上げられようしているのである。

一九〇八年（明治四一年）に発表された正宗白鳥の「何処へ」では、主人公菅沼健次の父親が「兄さん（筆者注：主人公健次のこと）は菅沼家には大事な宝だ、うんと勉強して立派な人間になって貰わにゃ、おれが御先祖に申し訳がないじゃないか。（中略）菅沼家は代々高潔な考えを以て忠孝と武勇を励んだ家柄で、系図に少しの疵もないんだ。だから健次もよく心得て、名誉を世界に伝えるようにせねばならん」（『何処へ・入江のほとり』講談社文芸文庫七一頁）と語っている。夏目漱石が指摘した国家に都合のよい家制度のイデオロギーは、中産階級の中にまで早くも浸透していっている。

(2) 明治後期の家制度

次に、明治後期における親子関係がどうなっていったかをみておこう。明治後期における親権は、慣習法に頼っていた明治中期までと異なり、一八九八年（明治三一年）七月の明治民法によって定められることとなった。そして、明治民法が確立した家制度によって、父親の親権が絶対的優位に立つこととなり、母親の親権は補充的な軽いものにすぎなくなったのである。しかも母親の親権は、特別な制限を加えられ、財産上の重要な行為について子どもを代理するためには、親族会の同意を要するものとされた。さらに親権喪失制度は、母が親権者である場合に、母を家から追い出すために使われたといっても過言ではない。

自分を「われは明治の児ならずや」と謳った永井荷風（一八七九年〈明治一二年〉生）は、それまでの明治の文豪たちとは異なり、父との葛藤に悩んでいる（永井荷風「監獄署の裏」『現代日本文学大系二三、永井荷風集1』所収）。

「私はもう親の慈愛には飽々したやうな心持もしました。親は何故不孝な其の児を打捨てゝしまはないのでせう。児は何故に親に対する感謝の念に迫められるのでせう。無理にも感謝せまいと思ふと、何故それが我ながら苦しく空恐ろしく感じられるのでせう。あゝ、人間が血族の関係ほど重苦しく、不快極るものはない。親友にしろ恋人にしろ、妻にしろ、其の関係は、如何に余儀なくとも、堅くとも、苦しくとも、それは自己が一度意識して結んだものです。然るに親兄弟の関係ばかりは先天的にどんな事をしても断ち得ないものです。絶ち得たにしても堪へがたい良心の苦痛が残ります。実に因果です。フアタリテーです。」（一八〇頁）

永井荷風は、家族の粘着力に苦しんでいる。それは、「厳父慈母」という儒教的家族制度の描く図式であった。永井荷風の関心が向けられたのは、主として父親に対してであったが、芥川龍之介（一八七二年〔明治二五年〕生）は母親の粘着力に辟易している。芥川龍之介は「親子」について、「人生の悲劇の第一幕は親子となったことにはじまっている」と言い、「子供に対する母親の愛は最も利己心のない愛である。が、利己心のない愛は必ずしも子供の養育に最も適したものではない。この愛の子供に与える影響は――少くとも影響の大半は暴君にするか、弱者にするかである」と論じている（『侏儒の言葉　西方の人』新潮文庫五二頁）。

国木田独歩は、一九〇三年（明治三六年）に発表した「女難」で、主人公に「母はまるでわたしのために生きていましたので、一人のわたしをただむやみとかわいがりました。めったにしかったこともありません。たまさかしかりましてもすぐに母のほうからあやまるようにわたしのきげんを取りました。それでわたしはわがままな剛情者に育ちましたかというにそうではない」と述べさせている(『牛肉と馬鈴薯』岩波文庫六五頁)。母親の粘着性がマザコン男を早くも生み出しはじめている。

正宗白鳥は、「何処へ」で、一家の総領息子である主人公健次に、次のように語らせている。「私は家へ帰ると気が滅入って仕方がないんです、一時間もじっとして書物を見ちゃいられんのです。何だかこう穴の中へでも入っているようで、気が落付かなくなるし、黴臭い臭いがして息がつまります。お父さんは住み馴れてるから、此家が一番いいと云うんだけど、私にゃ一日居りゃ一日寿命が縮まる気がする」。そして、「鬱陶しい毒気が壁の隅から噴き出て、自分を圧迫する如く感じた」のである(『何処へ・入江のほとり』四三頁以下)。

第三章　大正時代の父親と母親

一　大正時代の「おそろしい父親」

1　大正時代のしつけ・体罰

(1)「おそろしい父親」像の強制

一九一四年（大正三年）に発表された岩野泡鳴の「毒薬を飲む女」では、小説に具体的に描かれないものの、「末の男の子は、父と云えば、恐れて少しも独りでは近よらない」（『耽溺・毒薬を飲む女』講談社文芸文庫所収一六八頁）と表現されている。ここでは父親は、完全に「おそろしい」存在となっている。

葛西善蔵の「椎の若葉」は、一九二四年（大正一三年）に発表された小説であるが、次のような体罰のシーンがある（『椎の若葉・湖畔手記』旺文社文庫）。

「我輩の娘、いまは十四になるが、七八年前僕等がもっと貧乏な時代、郷里で親父どもの世話になっておった時分だったものだから義理ある母の手前、不憫ではあったが、娘の頬ぺたを打った。打って親父の家を出て、往来の白日の前に立って見て、涙を止めることができなかった。打つまじきものを打った、この手に呪いあれ、呪われた手である」（一六五頁）

自分の親の手前、最愛の娘にも体罰を加えなければ収まりのつかない時代となっていたのであろうか。そうだとすれば、悲しい時代を迎えてしまったものである。菊池寛も、一九一七年（大正六年）発表の『父帰る』で、主人公の堅一郎が弟の新二郎に対して、父親について「俺はまだその人から拳骨の一つや、二つは貰った事がある」（新潮文庫二一頁）と記述している。

菊池寛は、一九二八年（昭和三年）に発表した『半自叙伝』（岩波文庫）では、現実の母親と父親について次のように書いている。

「家は貧しかったけれども、母はよく愛してくれた。私の母は、賢母であったかも知れない。忍苦欠乏に堪えて、多年私の家の貧乏世帯のきりもりをしたものである。私は、父の愛を知らなかった。しかし貧しい家庭では、父は容易にその愛情を示すことが、むずかしい。母は、衣物をこさえたり、第一食物を与えたりすることで、いくらでもその慈愛を示すことができるが、玩具を買うだけの金もない父親は、愛情を示す手段が甚だ少いのである。」（一二頁）

しかし、これほどまでに功利主義的に割り切られてしまうと、父親の立つ瀬がない。貧乏世帯では一切父の愛が存在しないことになってしまう。これはあまりにゆがんだ見方だろう。万引きをしたために、次のような体罰が父親によってなされたことが、たぶんこのような割り切りを生んでいるのではないかと思われる。

「私の父は、当時その小学校の事務係をしていた。面目を潰ぶされた父は、火のように怒って、玄関に立っている私を、つづけざまに殴った。玄関には体操用の銃器を並べてあった。私は、父に小突かれたために、その銃器の金物に、いやと云うほど、頭をぶっつけたので、その方が可なり痛かった。

家に帰ったとき、父はまた煙管で私を殴った。

『万引をしていたんじゃ此奴は、万引を』

そう云って、父は口惜しそうに、母に報告した。」（二四頁以下）

この記述によれば、必ずしも「おそろしい父親」像が強制されていたわけではないかもしれないが、この時代の雰囲気からいかにも乱暴であったがゆえに、菊池寛は父親を否定したともいえるかもしれない。

(2) 大正デモクラシーの中の体罰

大正期の中流家庭での体罰を表現している小説には、一九二五年（大正一四年）に出版された安成二郎『子を打つ』（合資会社アルス）がある。一九一七年（大正六年）には、安部磯雄が「子供本位の家庭」を唱えて、家庭内における意識変革を促していたのであるが、『子を打つ』の主人公純吉はこれに反発して次のように宣言している。

「子供本位などとよく言ふが、何のことか俺にはよく分らない。ともかく俺は、俺本位で俺の家をやつて行くのだ」（一八八頁）。

そして長男純一が長女春子をいじめていると、「噛みつくやうに怒鳴」り、「まだ読まずにある枕元の細長く折つた新聞を手にとると、ツカツカと純一のところへ行つて、ピシャツと頭を殴つた」が、「『あツ、俺は何といふことをするんだ』とすぐに自分を批難しながら、不思議な衝動の惰力で、彼は坐つてゐる純一の足を掴んでズルズルと二三尺も引き摺つた」（一九四頁）のである。

純吉は、俺本位の考え方を反省しはじめるのであるが、本質とは違う方向に思考が動いていく。

「女中がゐなくなつて、俺の自分本位が出て来たのか、何といふことだ。純一が明二や春子を苛めるのは毎日のことぢやないか。それだのに、俺は今までじつとしてゐたのだ、却つて優しく純一に教へるようにして来たのだ。それが皆んな、あの女中がゐたからなのだ。そして、今日はあさが居なくなつたので、いきなり殴つたのだ。俺は、それでは女中から解放されたのか――」（一九九頁）。
このような考察自体、まあ的外れもいいところだと思うのだが、それでも当時の親と女中による子育ての機能分担意識が出ているだろう。

2　大正時代の虐待

(1) 子ども虐待の登場

一九一五年（大正四年）に刊行された徳田秋声の『あらくれ』になると、母親による虐待行為も次々と羅列されている。主人公お島は、養子に出されるのであるが、次のように回顧している（新潮文庫）。

「自分に深い憎しみを持っている母親の暴い怒と惨酷な折檻から脱れるために、野原をそっち此方彷徨いていた」

「どうかすると母親から、小さい手に焼火箸を押しつけられたりした」

「焼火箸を捺つけられた痕は、今でも丸々した手の甲の肉のうえに痣のように残っている」

「父親に告口をしたのが憎らしいと云って、口を抓ねられたり、妹を窘めたといっては、二三尺も積っている背戸の雪のなかへ小突出されて、息の窒るほどぎゅうぎゅう圧しつけられた」（六頁以下）

これは虐待以外の何物でもない。母親による度重なる身体的虐待である。しかし、明治期から大正期にかけての小説には、直接的な虐待の記述はあまり出てこない。たぶん、ネグレクトとか心理的虐待とか、性的虐待もあっただろうと思うけれども、それは隠されていたとしか言いようがない。しかし、一九二七年（昭和二年）に出版された武者小路実篤『母と子』には、弱い者いじめの話の典型的な例として、「女を食いものにする男の話、工女をいじめる話、もらいッ子殺しの話、監獄部屋の話」が挙げられている（新潮文庫二九頁）ところからすると、配偶者間のドメスティック・バイオレンスや養子縁組をした後に子どもを殺害する話は世間的によく聞こえてきたのだろう。

(2) 明治以降の子ども虐待の諸相

現に、下川耿史編『近代子ども史年表　明治・大正編』（二二一頁以下）には、明治三四年以降、女工に対する虐待について、次のような記録が記載されている。①明治三四年九月八日の「時事新報」で機織ぎ業主の次女などが一六歳の女工を虐待して負傷を負わせ、同日の「新大和新聞」で二〇人あまりの女工が派出所に虐待を訴えたことが報じられている。②明治三五年一〇月三一日、浦和地方裁判所で機織業主が二四人の女工に対する虐待により、重禁固二年・罰金三〇円の有罪判決を受けている。③明治三六年二月一四日、浦和地方裁判所で機業主が一〇〇名中五九名の女工に対する虐待で、重禁固二ヵ月・罰金二円の有罪判決を受けている。④明治三六年一一月二七日、神奈川県の製糸女工が雇い主の虐待に耐えかねて鉄道自殺した。⑤明治四〇年九月三〇日、鐘紡熊本工場で女工一〇名が虐待に耐えかねて脱走した。⑥大正八年一一月二八日、大阪の繰り糸業者が女工三名に対し、焼け火箸を押し付けたり、糸繰り機で殴打して半身不随にしたりするなどの虐待で逮捕された。

また、『近代子ども史年表　明治・大正編』（二六三頁以下）には、明治四一年以降、養子殺害について、次のような記録が記載されている。①明治四一年三月、長崎県飛島で一五歳の養女を、納屋の梁につり下げ、こん棒で殴って殺害した。②明治四二年五月、佐賀市で一人あたり一〇円から二五円で乳児をもらい受けていた夫婦が、六〇人以上の乳児の首を絞めたり生き埋めにして殺害したとして逮捕された。③山形市内の塗師夫婦が養育費ほしさに乳児をもらい受けて養子三人を殺害した。④大正二年五月二四日、明治四一年からの六年間でもらい子一一〇数人を殺害していた女三人組が逮捕された。⑤同年六月三〇日、滋賀県で私生児を十数人もらい受けては殺害していた夫婦が逮捕された。⑥同年一二月、東京で養育費ほしさに二〇数人の乳児をもらい受け、一五名を殺害した女が逮捕された。⑦大正三年六月三日、横浜でもらい子五人を殺害した女が逮捕された。⑧大正五年四月七日、東京で養育費ほしさに乳児をもらい受け、栄養失調やのどに異物を詰めて六名を殺害した夫婦が逮捕された。⑨大正一一年七月、一〇歳のもらい子を虐待して殺害し、首と手足を切断して胴体をトランクに入れて隅田川に投げ捨てた夫婦が逮捕された（お初殺し事件）。⑩大正一三年六月二九日、東京で養育費目的の嬰児一〇人殺害事件が発覚した。

どちらもすごい数である。昔は日本は子どもの天国だったという評価は、この時期になると失われてしまう。家庭内虐待だけでなく、これだけの犯罪行為が堂々と行われていたのであるから、虐待を生む社会的構造は広汎に存在したといわなければならない。武者小路実篤が弱い物いじめの典型的な例として、「工女をいじめる話、もらいッ子殺しの話」を挙げているのは、当時の一般的な感覚であったと考えていいだろう。

二　変わる母親たちと家制度

1　専業主婦の誕生

(1) 専業主婦誕生の背景

大正時代には、専業主婦が誕生する。主婦に専業しなくてもいいくらい十分にお金がある家の妻は、社交や遊びにふける「有閑階級のマダム」である。また、主婦が家事に専業してては家計が成り立たない家の妻は、内職で家計をささえなければならない「貧乏な家の女房」である。その間に新しく「専業主婦」が誕生したのである（湯沢雍彦『大正期の家族問題』一〇六頁以下を参照）。

専業主婦が誕生するには、いくつかの条件が整わなければならない。まず第一に、夫がサラリーマンとなって、家計をささえるのに十分な給料を会社からもらってこなければならない。大正時代には、日本の工業化が進展し、労働者の賃金も相当程度上昇したわけである。次に、家事に専業しなければ生活が立ち行かなくなるくらい、家事が多忙をきわめるようになった。家族の食事、家の掃除・洗濯、子どもの育児、年寄りの世話、子どもの教育、近所との付き合い、などである。

専業主婦といっても、昼メロを見ながらポテトチップを食べているなどというお気楽な存在ではない。「亭主元気で留守がいい」などというCMが流行ったのは、一九八六年(昭和六一年)のことである(下川耿史編『近代子ども史年表　昭和・平成編』三八七頁)。もとより、家庭電化製品など全くない時代であって、どれをとっても結構時間がかかる作業である。だからこそ、大正時代の小説には女中が不可欠な存在となっており、子どもの養育にも女中が役割を担っていた。大家族であれば、家族内で家事を分担することも可能であるが、大正時代には核家族が過半数となっていたといわれている。それだけ女中は重要な存在であった。だから、この時期の小説には、女中が頻繁に出てくる。

ちなみに、一九五七年(昭和三二年)には、白黒テレビ、電気洗濯機、電気冷蔵庫が三種の神器と呼ばれたが、私が生れた一九六〇年(昭和三五年)でさえ、電気冷蔵庫の普及率は一〇〇人中六人、電気洗濯機は一〇〇人中四一人、白黒テレビは一〇〇人中四五人にすぎなかった(『近代子ども史年表』二二六頁)。電気掃除機になると、それらの普及よりももっと遅い。一九六五年(昭和四〇年)は、3C時代と言われ、今度は、車(カー)、カラーテレビ、クーラーの三つが家庭の必需品となる。家庭電化製品の中で、最も普及が早かったのが白黒テレビであったとは驚きだが、そのため、高度経済成長期には親子関係にテレビの影響が侵入してくるようになる。

(2) 母親による暴力の登場

明治時代は、母親が暴力的な場面で出てくることはなかった。もちろん、養育費目当てで嬰児を殺害していったのは、養母の役割が大きかった。しかし、自分の子どもに対しては、お尻をペンペンする以外、暴力的な表現はほとんど見られなかった。

ところが、一九一七年（大正六年）に出版された宮本百合子『貧しき人々の群』（角川文庫）には、早くも母親の暴力が出てくる。

「『食うてばかりけつかってからに、碌なことーしでかさねえ奴だら。これ！　わびしな。勘弁してやっとよ、何とか言いなてば』

と、子供の腕を掴んで、小突いたり何かしても、子供の方でもまだ強情なだんまりを守っている。

（中略）

私の言うことなどには耳もかさずに、怒鳴っていた彼女は、

『これ！　どうしたんだ？　う？　おわびしねえつもりなんけ？』

と言うと、いきなり大きな手の掌で頸骨が折れただろうと思うほど急に子供の首を突き曲げた」。

（二一四頁）

まあ女性の力であるから、それほどおおごとにはならないかもしれないが、母親による暴力も現実的なものになってきたのである。

2　大正時代の親子関係

(1) 親孝行と家庭の雰囲気

まず、親孝行についてみておくと、一九二七年（昭和二年）に出版された武者小路実篤『母と子』（新潮文庫）では、特別な意味は持っていない。子が親を愛するというごく普通の意味として次のやり取りがある。

「『親が子を愛するのはあたりまえだ』
『子が親を愛するのはどうなの』
『それは孝行というものだろう』」（一三八頁）

これは、明治後期のイデオロギー的な親孝行思想ではなく、明治中期の自然な愛情としての親孝行という考え方にほかならない。また、菊池寛の『父帰る』（新潮文庫）では、主人公賢一郎が父に対し、次のように言う。

「俺は父親から少しだって愛された覚えはない。俺の父親は八歳になるまで家を外に飲み歩いていたのだ。その揚句に不義理な借金をこさえて情婦を連れて出奔したのじゃ。」

「自分でさんざん面白い事をして置いて、年が寄って動けなくなったと云うて帰って来る。俺はお前（筆者注：弟新二郎）が何と云っても父親はない。」（一九頁以下）

時代は、日本がどんどん戦争国家への道のりを歩いているのであるが、大正デモクラシーの自由な雰囲気の中で、少しは揺り戻しが来ているのだろう。大正時代は、戦争国家としての厳格な秩序思想が存在した反面、産業の発展とデモクラシーによる自由な人間思想も生まれてきた時代である。因習に縛られた暗黒時代のようでもあり、未来への期待をはらんだ明るい時代のようでもある、大いに矛盾に囲まれた時代なのである。

この時代における家庭の雰囲気は、宮本百合子『伸子』（講談社文庫）がよくあらわしている。『伸子』は、一九二八年（昭和三年）に出版されたが、一九二〇年（大正九年）ころの家について、次のように書いている。

「佐々の家は、伸子の父親の代になってから、外にも内にもやや物質的な繁栄を来した。勃興時代とも云うべき家庭の空気は、精力的で、排他的で、征服的で、あまり智的でない原始生命が充実していた。」（一七二頁）

荒畑寒村の「父親」（新潮社『名短篇』所収）は、一九一五年（大正四年）に発表された短編であるが、父親が息子の妻に対して次のように述べる。

「彼は一番苦労もさせ、心配もかけたが、然し不孝な子ほど可愛いといふ通り、やつぱり孝が一番可愛い。彼の監獄に入つて居る頃なぞ、こんな日はどうして居るだらう、こんな晩はどうして居るかと思ふと、もう胸が一ぱいになつて夜も眠られない位だつた。」（三二頁）

しかし、荒畑寒村は、一九六〇年（昭和三五年）に第一四回毎日出版文化賞を受賞した『寒村自伝』（岩波文庫）では、父親のことを次のように述べている。

「父は私が事ごとに反抗的になるのを見て、よく『どうも野庭で掬り替えられたらしい、こんな子じゃなかったもの』と冗談半分に嘆いていたが、私の心を掬り替えたのは実に自身に外ならないことを悟らなかったのだ。父は何ぞというと、『三度食う飯さえこわし柔かし、思うままにはならぬ世の中』などという、『天災』のベニラ坊ナマル先生でも口にしそうな道歌をひきごとにするのがクセで、殊に私たちに対しては箸の上げおろしにも、『無二膏や万能膏のききめより、親孝行は何につけても』という道歌の説法をこころみた。ところがまた、私はその卑俗な常識的な親孝行道徳にたまらない反感を覚えたもので、父の意図と努力とはただ逆効果を生んだにすぎない。」（上巻四六頁）

悲しいことに、見事に親子のコミュニケーションはすれ違っている。世代間コミュニケーション・ギャップだと言ってしまえばそれまでなのだが、子どもが単なる親子の愛情を超えた親孝行を国家によって強制された結果の不幸だろう。

(2) 白樺派の家との戦いなど

雑誌『白樺』が創刊されたのは、明治が終わろうとする一九一〇年（明治四三年）四月のことであった。その最初期のメンバーは、武者小路実篤、志賀直哉、木下利玄、有島武郎、里見弴などである。志賀直哉は、相馬藩二百石の武士であったその祖父が「家長らしい家長」であったのに対し、「新しい家長なる父が、性格的に変に家人をおびやかすほう」であったため、「祖父―父―直哉」という等差級数的な関係でなく、「祖父―父、直哉」という平面的な関係に立っていたことにより、直哉と父親との衝突が生じたのだと述べている（「ある男、その姉の死」『大津順吉・和解・ある男、その姉の死』岩波文庫所収二〇六頁、二五四頁）。そして、自身の婚姻問題について、「父は僕を廃嫡するともこの事は許さぬ」と言ったことから（「大津順吉」『大津順吉・和解・ある男、その姉の死』岩波文庫所収七九頁）、親子関係が断絶する危機を迎えるのであるが、志賀直哉は婚姻の意思をどこまでも貫く。もっともその親子関係は、志賀直哉の謝罪によって、実にあっけなく和解を迎えるのであるが（「和解」『大津順吉・和解・ある男、その姉の死』岩波文庫所収一六〇頁以下）、家の粘着性に抗して婚姻の意思を貫いたことが重要であろう。

尾崎一雄は、一九七五年（昭和五〇年）の第二八回野間文芸賞を受賞した『あの日この日』（講談社文庫1）

で、「そこで『大津順吉』に逢はなかつたら、私は『小説家』になつていたかどうか疑問である」（七四頁）とまで言っている。①小説というものは、大体においてあることないことをつき交ぜて読者を喜ばすものと思っていたが、そうとばかりもいえないぞと考え直させたこと、②父親に不服があるのなら、それを勇敢につき出せと訓えられたこと、の二つが感動の主な誘因であったと記載している。

しかし、大正時代に入ってからの坂口安吾は、家の粘着力による葛藤さえも認めていない。坂口安吾が一九四六年（昭和二一年）に発表した「石の思い」では、「私は、『家』に怖れと憎しみを感じ、海と空と風の中にふるさとと愛を感じていた」と述べる。そして父親に対しては、「私は父の愛などは何も知らないのだ。（中略）父の愛などと云えば私には凡そ滑稽な、無関係なことだった。（中略）父親などは自分とは関係のない存在だと私は切り離してしまっていた」としか論じていない。もっとも、そのような父親であっても、「『家』の後継者である長男にだけは特別こだわ」っていたという意味で、家の粘着力は存したのである（『風と光と二十の私と』講談社文芸文庫所収一六三頁ないし一八七頁）。

(3) 知的エリートたちと家

大正時代は、白樺派の作家たちと、一高から東大に進む知的エリートたる優等生たち（山本有三、久米正雄、芥川龍之介、菊池寛など）が文学を担っていく。知的エリートの世界には、白樺派や永井荷風にみられるような家との戦いはあまり見られない。

たとえば、山本有三には、親子問題を主題とする『嬰児殺し』『生命の冠』『女親』などの戯曲（一九二〇年（大正九年）発表）がある（改造社）。しかしそれらは、人間と社会との戦いを描いているものの、主知的なスタンスを保っており、家の持つ粘着力に立ち向かう姿勢は示していない。小説『波』では、自分の子について次のように言い切ってしまう。

「子供なんてやっぱりこのボールみたいなものなのではないだらうか。祖父母の手から、父母の手へ。子から孫へといつた具合に、次々に手渡しされて行くものなのではないだらうか。（中略）その間、これは己のボールだなぞといつて、懐に入れてしまつたり、他人のボールだからといつて、おつことしたりしてはならない。ボールはお祖父さんのものでもないし、お父さんのものでもないし、また自分のものでもないのだ。（中略）社会の子供なんだ。人類の、宇宙の子供なんだ。」（三四〇頁以下）

また、久米正雄は、小学校校長であった父親が小学校火災の責任をとって自殺した事件について、『父の死』を一九一六年（大正五年）に発表した（『日本文学全集八七　名作集2』集英社所収一一〇頁ないし一一三頁）。この小説における父親の自殺の原因は、火災が起こったにもかかわらず、御真影を持ち出せずに焼失させたことにあった。主人公である私は、父親が切腹して果てたことを賞賛する人々に対し、「私にはどうしてそれが偉いのか解らなかった。がえらいのには違いないのだとみずからを信じさせ」、「何という妙な幸福を父の死が齎したことであろう！」という感慨にふけってしまう。小説の最後は「しかし…」という表現で終わり、それで心情的な治まりがついたわけではないことが示されるが、その想いはもはや国家の問題には及ばないのである。

明治後期における近代的自我は、家族制度との葛藤に苦しみ続けざるをえなかった。内部に矛盾を抱えた生の権力は、理念で突き崩すことはできない。あくまでも報恩という情緒的な拠り所のみをもって、近代的自我を絡みとってしまうのである。島崎藤村や夏目漱石は、そのような現実に直面しながら、沈黙して佇んでいるしかなかった。しかし永井荷風は、家の粘着力に絡みとられないために、あらゆる束縛から逃走してしまうのである。また正宗白鳥は、総領のニヒリズムに陥る。他方、大正期の知的エリートたちは理解しえないものとして切り捨ててしまい、その後に登場してくる坂口安吾や太宰治は、永井荷風や正宗白鳥とは逆に、あらゆる束縛を切り捨ててしまうのである。家の粘着力に正面から闘おうとしたのは、志賀直哉一人であったといわざるをえない。

【分析二】 なぜ父親は変わったのか?

一 明治民法の成立

(1) 家制度の確立

明治時代は、欧米列強との間に強制された不平等条約をなんとかしなければならないという課題を抱えてスタートした。欧米諸国は、アジアに帝国主義的進出をどんどんすすめており、日本も早く不平等条約を改正しなければ、欧米諸国に屈しなければならないという瀬戸際に追い詰められていたのである。そうならないためには、資本主義経済を発展させ、近代法を制定して、近代国家としての体裁を整えなければならない。そうした要請のもとで民法が編纂されることとなったのである。ただし、当時の責任者であった江藤新平は、けっこう気軽に考えていた節もあり、フランス民法を翻訳して日本民法と書き直せばいいではないか、などとお気楽なことを言っていたようである。

それはともかくとして、当時の英才、箕作麟祥を中心としたメンバーは、実に丹念に諸外国の法律を翻訳して、日本に合うような民法草案を作っていった。その後、一八八七年(明治二〇年)に最終的に整った旧民法草案は、フランス法を中核にして、部分的にベルギー法、オランダ法、イタリア法を取り入れた、きわめてインターナショナルで進歩的な内容を備えたものとなった。どの程度進歩的だったのかについては、もっと進歩的な立法例もあったじゃないかという異論があるけれども、私は、当時としては精いっぱい進歩的だったと評価していいと思う。

しかし、この進歩性が結局はあだとなる。旧民法草案は、当時の政治的な紛争の真っただ中に放り込まれることになり、一八九一年（明治二四年）には、穂積八束による「民法出でて忠孝亡ぶ」との有名なアジテーションが公表され、民法制定への旅路はいったん頓挫してしまうことになる。穂積八束の文章は、今読んでもきわめて粗雑でいいかげんなものなのだが、こういうキャッチコピーを作らせたら天才的だったといえる。現に穂積八束は、その後の民法制定過程では、進歩的な内容について何らの批判発言もしていない。まあ全くはた迷惑なことをしたものだという気がするが、瓢箪から駒というか、それで悪名高い戸主制度が制定されることになったのであるから、むしろ穂積八束の政治的センスは非常に高かったというべきなのだろう。穂積八束、恐るべしである。

民法制定は、この民法典論争によって新規まき直しとなり、穂積陳重、富井政章、梅謙次郎を起草委員として、新しい民法草案が作られることになった。しかし、新しい民法草案は、きわめて短期間で作成され、一八九八年（明治三一年）五月には帝国議会に提出されて、同年七月から施行されるというスピード審理かつスピード施行であった。これを明治民法と呼び、民法典論争前に提出されたものを旧民法と呼ぶことになる。ただし、すごいスピードで成立した明治民法だが、旧民法にくらべて、重要な修正を加えている。それが戸主権に関する規定の充実であった。現在の法制審議会に相当する法典調査会でも、新しい戸主権の創設に関しては、否定的な意見が相次いでいるのだけれども、最終的には、まあ積極的に削除するまでもないし、という雰囲気で盛り込まれることになった。

つまり、日本の戦前における家制度は、戦争を通じて、国民を圧迫する悪名高い制度となっていったのであるが、家制度が創設されていく過程というものは、本当にあっけないほど簡単なものだったのである。家制度が整っていったのは、天皇制国家の確立とそれに伴う祖先祭祀と教育制度であり、民法には責任がないという人もいるが、民法が戸主権というものを創設してしまったからこそ、天皇制国家が確立しえたのだと思う。明治民法が成立し、戸主が家長として家族に君臨することになり、女性と子どもは家長のもとにひれ伏さなければならない存在に落ち込んだ。そして、国家は、家長に一家の支配者たる自意識を持てと命令し、女性と子どもにはそれに服従せよと命令したのである。それが明治後期の「おそろしい父親」を生んだといえよう。そういう意味で、明治民法の成立は非常に大きな意味を持ってしまったのである。

(2) 新しい戸主制度の意味

それでは、明治民法が創設した戸主制度とは、どのようなものだったのか。簡単にではあるが、触れておくこととしよう。

明治民法の制定委員の間では、戸主の理解について意見が割れており、梅謙次郎などは、戸主といっても戸籍の番人にすぎないという程度の主張しかしていない。しかし他の委員の中には、戸主は家の財産（家産）の管理者にすぎないとか、いや、戸主は一家の平和を守って一家を統治する責任者なのだとか、いろいろな意見があった。もともと戸主は昔からあったではないか、それをそのまま現状にあてはめるだけだという説明だったのだが、結局のところ、観念的な家が家族を支配する実体的なものになっていき、最終的には強大な家族支配の大元になったのである。

確かに江戸時代にも戸主は存在していた。しかし、封建制度というものは、領地を与えて保護するとともに、家臣は家来としてその恩に応えるという、いわばギブ・アンド・テイクの双務的な関係であったはずである。決して一方的に忠誠を尽くせというものではなかった。江戸時代の戸主もそうした封建的なものにすぎなかった。家族は戸主に従わなければならないけれども、それは戸主が家族のために存在して家族のために行動しなければならないからであった。明治民法が定めた戸主制度は、戸主に対して、家族の結婚、家族の居住場所、家族の離籍などに関する支配権を付与し、さらに家産の相続権限（家督相続権）を与えるという、全く新しい制度であった。確かに戸主には、家族に対する責任があるが、この責任をまっとうしていなくても、戸主は戸主なのである。

この戸主という地位と天皇制とが結びつくことによって、日本の戦争国家体制が形づくられた。戸主＝親という同一化のフィクションを前提に、親への恩に基づく親孝行という考え方を、当然に戸主にまで及ぼすイデオロギーに変えた。だから明治時代には、ころころ親孝行の考え方が変わっていったのである。このような操作によって、国家―天皇と家―戸主という相似形の支配形態、つまり、親に服従するのは天皇に服従することと同じなのだという神話が作り上げられた（共時的な入れ子構造の神話）。しかも、戸籍制度と祖先祭祀を通じて、万世一系の天皇と家との相似形、つまり、万世一系の天皇を崇拝することは祖先を崇拝する清らかな気持とおなじなのだという神話も同時に形成された

（通時的な入れ子構造の神話）。

すなわち天皇制と家制度は、そう簡単に結び付くはずもない制度なのであるが、その両制度をつなぐミッシング・リンクとして、戸主制度が機能したのである。戸籍制度と戸主制度という両輪をもって、共時的かつ通時的な入れ子構造の天皇制という支配形態を作り上げたのである。そして、その構造につき、教育を通じて徹底的に国民を教化する政策を採用した。その結果、日本国民はすべて天皇の赤子《せきし》であるという特殊日本的な家族的国家観が形成されることとなったのである。

二　天皇制国家の形成

(1) 教育制度による強制

以上のような天皇制がどのように国民の中に浸透していったのだろうか。素人的に考えれば、そんな不自然な考え方がそう簡単に浸透していくはずもない。やはり、日本の国民は、本来的にそういう考え方を抱いていたのではないかと疑う気持が出てくるのも分らないではない。しかし、政治というものは、それほど合理主義的なものではないのである。

むしろ逆に、日本には、不合理な制度を押し付けようと思えば、法律がどうなろうが教育で決着をつければいい、という恐ろしい考え方が存在しているのである。早くも一九〇八年（明治四一年）には、大修正を加えられた国定修身教科書が作成され、その解説運動による「家族国家観」の形成が開始されている。そういう努力が着々と積み上げられなければ、明治民法の新しい戸主制度と家族制度も生き延びるチャンスはなかったかもしれない。

こういう努力を支えたのは、法律がどのように制定されようと、教育で決着をつければよいという発想にほかならない。そのような発想は、岩手県令であった石井省一郎の発言にはっきりと表れている。不平等条約改正のためには、旧民法草案に個人主義的な要素を取り入れざるをえないという妥協的な司法大臣山田顕義の回答に対し、「それならば致方がない、この上は教育の方面で善く始末をつけねばならぬ」と覚悟のほどを述べているところに象徴されている（石田雄『明治政治思想史研究』七頁）。明治民法の戸主に関する規定は、教育で決着をつける余地を設けてしまったといわざるをえないのである。

このような発想による教育の与えた影響は、どの程度のものなのだろう。現在の私たちは想像することも難しい。しかし、林芙美子「耳輪のついた馬」は、一九三二年（昭和七年）に書かれた小説であるが（『風琴と魚の町・清貧の書』新潮文庫所収）、次のような印象的な一行のフレーズがある。


「此の様な学校へ行かなければ、いい臣民にはなれないのだろうかと思った。」（六二頁）

確か、林芙美子は、ろくに学校へも通えないで、貧困の底にあえいでいたのではなかったか。それなのに、「いい臣民になれない」ことが少女に重い不安としてのしかかってきている。したがって、貧困の底にあえいでいる少女に、このような強迫観念を植え付けたのは、学校教育だけではあるまい。

社会的にさまざまなメディアを通して、そのような意識強制が進んでいたことを如実に示しているのではないだろうか。これはかなり怖ろしいことだと思う。

(2) 祖先祭祀による強制

祖先祭祀が天皇制国家に関して受け持った役割については、あまり明確にされてこなかったように思う。私自身もあまり詳しくない。私も『お墓の法律』とか『死にぎわの法律』とか、タイトル的には少し胡散臭げな本を、法律書の老舗である有斐閣から出版したことがあり、祖先祭祀に関する法律の専門家であるように誤解されているかもしれない。しかし、よく分からないとしか言いようがない。直感的には、祖先祭祀の問題も一定の影響を残しているとは思う。いつか明らかにしたいとは思っているけれども、あくまで現時点での試論として考えてみたい。

確かに、万世一系の天皇を崇拝することは、祖先を崇拝する清らかな気持と同じなのだという神話が、戸主制度をミッシング・リンクとして結びつけられたのであるが（通時的な入れ子構造の神話）、どういう論理操作で結びつけることができるのか。もうひとつ説得的な説明が見つからない。現時点での支配についてであれば、親に服従するのは天皇に服従することと同じなのだという神話（共時的な入れ子構造の神話）で十分だし、この神話は国家的な力をもって強制された。しかし、祖先祭祀の問題は、過去にさかのぼってそうなのだという理屈であるし、過去にさかのぼってもかなりいいかげんな情報しか残っていないからなのである。

この点について、穂積八束の祖先教という考え方によれば、日本は祖先教の国であって、家を守っているのは祖先の聖霊なのであるが、家長はその祖先の霊を代表しているのであるから偉いのだそうだ（『穂積八束集』一一〇頁以下を参照）。すべての権力の源泉は祖先の霊にあって、祖先の霊のおおもとにあるのが万世一系の天皇の霊だということになるのだろう。このような天皇制のイデオロギーは、有賀喜左衛門が明らかにしてきた先祖の霊を踏まえているようにも見えるが、先祖の霊が天皇の霊に当然に服属しているというのはあまりに論理が飛躍している。先祖の霊をすべて天皇家の神話的な先祖の傘下に収めるという壮大なフィクションが、国家神道というものであった。しかし、そんなことは無理な話である。

まず、先祖の霊を祀るのが風俗的な慣行であったとしても、血の連続性や一体性が保障されていたわけではない。封建制度は、もともと家産を維持するために家としての連続性を重視していたのであって、家族における血の連続性は保障していなかった。だから、養子縁組をして家の連続性を保っていたのである。それにもかかわらず、万世一系と同じ構造だなどといえるはずがない。

次に、墓所を祀ることも風俗的な慣行であったが、明治維新以来の都市化による衛生思想の影響で、墓所はどんどん郊外に移転しなければならなくなったし、土地価格の高騰によって墓所の面積は縮小せざるをえなかった。墓所の面積が縮小したということは、遺骨を納めるカロートの体積も縮小したのであって、たくさんの遺骨を納めることなどできなくなる。そうすると、一ヵ所の墓所をもって先祖の霊を一括崇拝することなど不可能になったのである。

さらに、明治政府は、国家神道を広めるため、一八六八年（明治元年）に神仏分離令を布告して廃仏毀釈の嵐を巻き起こし、一八七三年（明治六年）には火葬禁止令を布告した。火葬は仏教と結び付いたものだからである。国家神道では土葬を原則としている。したがって、諸法令によって国民にも国家神道を強制しようとしたのであるが、折からのコレラの流行などから、衛生思想によって火葬が推進されることとなり、早くも二年後の一八七五年（明治八年）には火葬禁止令が廃止されることとなった。

つまり、明治政府はやっきになって国家神道を強制しようとしたのであるが、衛生思想という自然科学思想に抵抗しうるはずもなかった。したがって、明治政府のたくらんだ、親に服従するのは天皇に服従することと同じなのだという神話は、完全に頓挫することになったのである。このような神話を保障するとしても、新しい戸籍制度と民法における祭祀承継制度によるしかなくなったわけである。確かに、「戸籍が汚れる」などと言われるように、家意識を維持するのに戸籍制度が一定の役割を果たしたことは認めうる。また、「祭祀承継は長男に」という慣行のため、次男以下や女性は自分用にお墓を購入しなければならないという社会問題も生じた。しかし、親に服従するのは天皇に服従することと同じなのだという神話が本気で信用されるはずもなく、天皇制を維持するための正当性が一つ欠けることになる。その正当性の欠如を埋めるために天皇制国家はどんどん暴力的になっていったと考えたほうがいいのではないかと考えている。

【分析二】 それでもなぜ虐待は少なかったのか？

一 父親の役割変化

(1) 父親の養育からの撤退

子どもに対する虐待が生じている場合、その家庭が機能不全を起しているのはもちろんである。家庭内の諸機能が働いているときには、子どもに対する虐待は生じなくてすむはずである。そこから、どうしても子どもに対する虐待の原因を、家庭に内在する要因として考える傾向が出てくる。確かに家庭に内在する要因が決定的となって子どもに対する虐待が生じているのは間違いないし、子どもの養育担当者が精神病理や貧困を原因として虐待に及んでいる場合もある。ましてや、大正時代までは、社会問題となって報道されていたのは、女工への虐待と養育費目当ての虐待が主流であって、虐待者の意識が問題な場合であったといえるだろう。

しかし、虐待の原因は、はたして家庭に内在する要因や虐待者の意識の問題だけなのだろうか。そうではないだろうと思う。家庭に内在する要因や虐待者の意識を生み出すのは、社会的構造であることも多い。たとえば、葛西善蔵が描いたように、自分は体罰がいいことだとは思っていないが、世間的に収まりがつかないから体罰を行ってしまうような場合がある。したがって、子どもに対する虐待の原因については、家庭内に内在する要因と社会的構造に起因する要因とを、ともに考えていかなければならないだろう。

明治中期までの一般家庭では、家庭内でのしつけが職業教育に近いものであって、子どもたちは学校と女中にしつけられていた。当時はまだ日本が産業革命を迎える前であり、父親は自宅で仕事をすることも多かった。まだ通勤などという概念があまりない時代である。したがって、父親は、男の子に対する養育には積極的に参加していることも多い。特に明治中期までの「やさしい父親」はそうである。しかし明治後期の「おそろしい父親」も子どもの養育に参加している。参加しているからこそ、子どもにとっては「おそろしい」存在になっているのである。

まあ父親は、多少いやいやながらのところもあったかもしれないが、母親にとって父親が養育に参加していることは、かなり心理的に責任を分担できたはずである。そうだとすると、父親が体罰を行うようになっても、子どもを虐待するに至るような心理的ストレスが家庭内に生じにくい社会構造になっていたと評価してもいいのではないかと思う。父親、母親、姉、祖父母、女中は、子どものしつけに関して、機能的に役割を分担していたことは、明治四二年に出版された佐々木邦の『いたずら小僧日記』(講談社『佐々木邦全集第一巻』所収)に、次のような段階的叱責構造(?)が書かれている。なお、この小説は、主人公の太郎が満一一歳と設定されており、歌さんというのは姉である。

「お父さんもお母さんも何とも言わなかった。乃公(おれ)の代りに歌さんが大変怒られたそうだ。」

（二二頁）

しつけの第一段階は、直接の養育担当者の姉を叱責することにはじまる。しかし、太郎は、「叱らないで置いて突然に奉公にやる積りかも知れない」と父母を恐れてもいる。そしていたずらが過ぎると、今度は父親も出てくる。

「お父さんが突然上がって来て、乃公《おれ》の首筋を捉えて、蔵へ連れて行って表から鍵をかけてしまった。」（二四頁）

しつけの第二段階は、体罰ではなく、蔵への閉じ込めである。しかしさらにいたずらが過ぎて他人に危険を及ぼすようになると、体罰に及ぶ。

「乃公はその晩お父さんに鞭で散々に打たれた。（中略）背中は未だぴりぴりする。」（三二頁）

このような親のしつけに対する意識としては、太郎に対して次のように説明される。

「乃公は子供を叱りたくないが、仕方なしに叱るのだ。叱られるお前よりか叱る乃公の方が何程苦しいか知れない。もっと気をつけて叱らせないようにしろ。」（三四頁）

そんなことを言われても子どもは困るだろう。叱られるのはこっちだ、全く理屈に合っていないとも言いたくなる。きっと、いつの時代も同じようなことが言われていたのである。まあそれはいいとして、父親が積極的に養育に関与しているからこそ父親による体罰がエスカレートした虐待も生じうる。しかし、母親が養育ストレスを溜め込んで子どもを虐待するというケースはあまりなかったに違いない。もっとも、貧しい家庭などで母親だけが養育の負担を背負っているときには、母親による体罰が生じてきている。家庭内で虐待が生じるかどうかは、家庭を取り巻く社会構造に規定されているのであって、親としてちゃんとした心構えがあるかどうかという心理的なレベルの話ではないのである。

(2) 家庭内での養育分担の減少

明治期から大正期にかけての家庭には、子どもの養育にあたる女中が出てくる。上流家庭だけでなく、中流家庭でもひんぱんに女中が出てくる。しかし、それだからといって、祖父母は子育てにかかわっていないかというと、祖母も子育てのあてにされている。武者小路実篤『母と子』(新潮文庫)では、主人公は、子どもが自立していった後の女性のことを心配しているが、次のように考えている。

「進が巣立ちしたあと、縫子は誰のために生きればいいのか。

孫のためか。
恐らくそうであろう。だがその孫は恐らく縫子の自由にはなるまい。父も母もある。しかし孫が多くできれば、縫子は又必要な人物になるであろう。」（一六〇頁）

つまり、子どもの養育機能を分担していた女中の役割が減少し、子育ては主として父母の役割となり、しかし子どもが多くなると、父母だけではささえきれないので、祖父母に対する期待が高くなってくるというような状況になっていたのだろう。こうなってきたときに、児童虐待の危険が出てきたのではないか。父親が養育から撤退しても、母親が女中や祖父母と子育てを協働できれば、育児ストレスは大幅に軽減できるし、何か問題があっても一人で抱え込んでくよくよ悩んだりする必要も少なかった。しかし、女中や祖父母と子育てを協働できなくなり、家庭内が閉塞化したストレス空間になってくると、ほんの少しのきっかけで虐待が発生してくるように思われる。

大正一四年から大正一五年にかけて『キング』に連載された佐々木邦の「親鳥小鳥」（前掲『全集第一巻』所収）には、女中や祖父母の養育について次のように評価されている。

「あの時分はお祖父さんお祖母さんもご一緒でなく、女中も居ませんし、何しろ初めてで子供をよく理解しなかったんですね。何処の家でも長男が一番骨の折れるのは親が不慣れだからですわ。」（三〇一頁）

「僕の家はいつもこの通り賑やかだ。夕御飯が済んでも、お父さんは葉巻を一本薫し尽すまで、何彼と子供の相手になって他愛がない。子供を煩さがりながらも、斯うやっている間に頭が休まるという。それへ縁側続きの隠居から年寄が来て加わるのが例になっている。昨夜もお祖父さんは刻限を違えず、

『賑かだね。何か面白いことがあるかな？』

と言って顔を出した。」（三〇二頁）

しかし家族や女中が養育を分担する社会構造も、明治民法の施行による家長としての自意識が芽生えたことによってだいぶ変わってくる。永井荷風の父親のような明治後期の「おそろしい」父親は、家長としての強い自意識を抱き、子どもの日常的な養育にかかわろうとはしない。大正時代に岩野泡鳴の描いた父親もそうである。これらの「おそろしい父親」は、その代わり、子どもに対する懲罰が必要なときににらみをきかせるだけの存在となっていき、母親に子どもの養育負担を押し付けている。それにもかかわらず、日本の工業化とともに女中奉公が女工労働に切り替わっていき、また祖父母との協働関係が難しくなるとすれば、そこで徳田秋声の描くような母親による虐待が出てくることになる。

また、大正時代になってくると、家庭にもだいぶ工業化の波が押し寄せてくる。それまでは、庶民の生業形態としては、職住一致で通勤などの必要がなかったにもかかわらず、産業化によって父親がサラリーマン化していくことになる。そうすると、必然的に家にいる時間は少なくなってくる。もちろん昭和中期以降の高度経済成長後ほどではないが、それでも父親が子どもに接する時間が相対的に

減少していくことに疑いはない。民法が施行されて家長としての法規範が作られたからといって、そうやすやすと父親の自意識と役割の変化が起きてくるものではないだろう。たった一片の法律で、そこまで人が自律性を失うはずはない。しかし社会的構造が変化し、社会的強制力が働くことによって、自意識と役割を変化させなければならないという方向に動いていく。大正時代は、そのような社会変動を含んでいた時代だといっていいのだろう。

しかし、大正時代までは、後進国として先進国への仲間入りを目指して急速な近代化が図られたとはいえ、それほど社会的構造変化が起きたわけではないのだろう。したがって、虐待を広汎に生じさせるような状態には陥らなかったといえよう。しかしここからさらに日本が戦争国家への道をたどり始めて、さらなる国家的強制が強まってくれば、虐待を生じてもおかしくない社会変動が起きてくるのである。

二　地域における支援状態の変化

(1) 地域における子育て支援

社会的構造の変化は、家庭内にとどまるものではない。家庭を含む地域にも影響を及ぼしていくことになる。工業化以前の農業社会では、地域での共同生産構造が存在した。したがって、子どもの養育も地域における共同生産体制の中に組み込まれていた。つまり、共同で農作業を行う場合、それぞれが嬰児を背負って作業を行うか、それぞれの幼児が嬰児を負ぶって子守をするか、それとも共同して嬰児の子守を行うか、などの体制があっただろうと思われる。

しかし、工業化の進展とともに、地域における共同性は失われ、それぞれの家庭がそれぞれの子どもの養育に専念しなければならなくなる。特に大正時代に専業主婦という立場が生じてからは、その傾向が著しくなる。しかしながら、地域における共同性は壊れきってはいない。地域での祭祀が残っているからである。各家庭が子どもに対するしつけを行い、それが行き過ぎたものになりそうなときは、地域が救いの手を差し伸べることになることも多い。山代巴の『荷車の歌』(径書房、一九九〇年)、一九五五年(昭和三〇年)に発表された小説であるが、次のように地域で排除された他人の妻が救いの手を記載している。

「オト代はひどい目にあわせればあわせるほど、ますます口答えをするようになって、毎日のように、

『おババにたてつく奴は殺してやる』

と、茂市さんにねじ伏せられて、雪の中の柿の木にしばりつけられた。西屋の人々でも、宮ノ前のリヨたち夫婦でも、田んぼをへだててずっと向こうの軍兵衛夫婦でも、オト代が柿の木にしばりつけられて声を限りに泣くと、外へ出て見て、

『また、くくられとる、しょうのないビクじゃ、うちの子らは悪い言うてもあれほどまでは悪うはない』

と話しあっても、許してやれと言って来てはくれなかった。ところが土地の人々から、『どこの馬の骨やらわからん役者くずれじゃ、ひどう色めの悪い女ごじゃ、ショウカチ（淋病）やらナリンボ（ハンセン氏病）やらカサカキ（梅毒）やら、わかったもんじゃなあ』と、陰口を言われている三造の妻のコムラは、冷性には薬風呂がいいと言うので、地蔵さんのある丘を越え、セキさんの家の前を通って、年中かかさず薬風呂を焚くナツノの家へ貰い風呂に行く時、柿の木にしばりつけられているオト代を見ると、必ず、

『おーおーかわいそうなことを、私らには神仏へ願をかけても子がさずからんのに、せっかくさずかった可愛い子を、こうしてせっかんする人もある。どうぞ子のない私に免じて、許してあげて下さい。お願いじゃ』

と、泣きながら縄目をといてやった。」（六六頁以下）

これは、まさに虐待となりそうな状態を近所の主婦が救済しているのである。また、虐待の事例ではないが、一九五四年（昭和二九年）に刊行され、第八回毎日出版文化賞を受賞した住井すゑ『夜あけ朝あけ』（新潮文庫）では、母親を病気で失った子どもたちに対して、地域の人々が次のように救いの手を差し伸べている。

「『な、えつ子さん。こんやは、おらとこで、夕飯をたべろよ。こんなさわぎじゃ、たくせいもあるまいからな。』

人びとの中から、こういったのは、おつる婆さんだ。
『ほんとに、えつ子さん、くるといいよ』と、ひろ子もいった。すると、
『なあに、せわなら、うちでするよ』
おしのけるように、本家の奥山文助おじいさんがいった。」（六四頁以下）

(2) 地域支援の光と闇

しかし地域は、ただ救いの手を差し伸べてくれるだけではなかった。住井すゑ『夜あけ朝あけ』（新潮文庫）でも、母親を亡くした一家の長男正司が、苛酷な供出米をまじめに供出して模範少年として新聞取材を受け、社会的に脚光を浴びるようになった瞬間から、地域はこの一家に対して非常に冷酷な態度をとるようになる。

「『そりゃ、おまえ、子供ばっかしで働いて、十六俵も供出するなんて、そうざらにないことだから、新聞に出したり、知事さんが、ほうびをくれたりするのも悪くないさ。……だけど、そうやって、新聞でほめられ、ほうびをもらった以上は、まじめに、百姓をつづけていくのがほんとだよ。それを、半年もしないうちに家をとび出すなんて、模範少年のすることじゃないよ。第一、そんなことがよそ村へしれたら外聞が悪いよ。村内のことは、家内のこととおんなじだものね。』
『だからさ、正司は、もともとが不良のくわせ者だったという評判だけど、きっと、それがほんと

だよ。さもなければ、てのひらを返すように、模範少年が百姓をきらって家をぬけ出すわけがないよ。』

『そういえば、結城の市場へはこんだ野菜類も、自分とこの畑でとったものばかりじゃなかったそうだ。ああして、一年近く、としよりと子供ばっかしでくらしてきたのが、そもそも、おかしいという人があるけど、まったく、そうかもしれないね。』

『でも、いったい、どこへいったんだろうね。東京だという人もあるけど、東京にだって、そうそう、うまい仕事がころがってるわけじゃなし、おしまいには、暗いところへおちこむにきまっているよ。』

『こんど新聞に出る時は、不良の親分……なんてことかもしれないね。』

『そしたら、また、この村の名が出るよ。』

『ありがたいね。わははゝゝゝゝ。』」（二七一頁以下）

このように古い時代の地域には、相互扶助の暖かさがある反面、ほんの少しのことでも共同体秩序を破るものとして直ちに排除する冷酷さがある。しかし、このような地域の力は、徐々に失われていった。その原因については、昭和時代に入ってから具体的に検討しようと思うが、少なくとも大正時代までは、そのような地域の力が子どもに対する虐待を予防する力となっていたことは疑いない。このような地域の力が、戦後の経済発展とともに、失われていくのだろう。そして、子どもに対する虐待が家庭内の孤独な戦いになっていくのである。

したがって、子どもに対する虐待を予防するについては、ぜひとも地域の力が必要である。しかし、古い時代の個人の尊厳やプライバシーを無視した共同体の力ではいけないのである。そのような共同体は、内部から一定の者を排除する力を持っている。いわゆる「村八分」である。排除することで共同体の統一性を担保しようとするやり方では、いつまでたっても、内部で個人の尊厳を守っていくことはできない。あくまでも、そこに暮らすすべての人々の尊厳とプライバシーを尊重することで統一性を保障する、新しい地域・新しい共同体を創造していかなければならない。

第四章　昭和戦争時代の「君臨する父親」と「尽くす母親」

一　戦争時代の「君臨する父親」と「尽くす母親」

1　昭和初期の体罰・虐待

(1) 戦前の親子関係

昭和初期の山本有三の『波』（一九二八年〈昭和三年〉連載）では、きぬ子が、余所から借りた袴を過失によって鉤裂きに破いてしまったことに恐れおののき、父宇平から「どんなに打たれるだらう」と心配する。しかし宇平は、生活上の困難から再三きぬ子を売り飛ばしてしまい、「おきぬはもう売つちやつだんだよ。食へねえからたゝき売つちやつたんだよ」と開き直っている（岩波文庫五一頁、五六頁）。

昭和の始めころになると、子どもの養育機能を分担していた女中の役割が減少し、子育ては主として父母の役割となり、しかし子どもが多くなると、父母だけではささえきれないので、祖父母に対する期待が高くなってくるというような状況になっていたのだろう。こうなってきたときに、児童虐待の危険が出てきたのではないだろうか。家庭外の他者と子育てを協働する関係が成立していれば、育児ストレスは大幅に軽減できるし、何か問題があっても一人で抱え込んでくよくよ悩んだりする必要も少なかった。しかし、家庭外の他者と子育てを協働できなくなり、家庭内が閉塞化したストレス空間になってくると、ほんの少しのきっかけで虐待が発生してくるように思われる。

一九二七年（昭和二年）に発表されベストセラーとなった藤森成吉『何が彼女をさうさせたか』（角川文庫）は、少女すみ子が、子供芝居から女中奉公に売られて転々流浪し、どこでもひどい迫害を受けて最後は偽善の館に火を放つ物語であるが、子供芝居時代に養母おきよが子役新太郎に折檻する場面がある。

「おきよ　此のぼんくらめ！（いきなり横鬢を張りつけて突き飛ばす）
　　　　新太郎前へころぶ。おきよ、脚で蹴らうとする。
師　匠　（あとから来て彼女の肩を押へて）おかみさん、手荒な真似ァおよしなせえ。
おきよ　（はげしい権幕で振り返って、師匠なのを見て稍おとなしく）あんまりこいつ性なしですからね、あんなに師匠さんから教へて頂きながら、どうしてもう少しキチンとできないんでせう。こんな奴は、少うし痛い思ひをさせなけりゃあ物になりませんや。（膝をさすッてゐる新太郎へ、再び向はうとする）
師　匠　（引きとめて）身を入れなさるなア結構だが、そんな乱暴をして、あッたら役者に怪我でもさせたら困るぢやありませんか。

おきよ　少し位の怪我なら……

師　匠　戯談ぢやねえ。芝居をしてゐるからにやあ、これでも大事な売り物でさ。折檻なら、素人のお前さんよりわたしにお任せなせえ。

おきよ　いえね、お師匠さん。何もあなたを差し置いてどうのかうのッて……

師　匠　それにおかみさん。引ッぱたくにしても頭なんざいけねえ。精々こゝらこゝら。（片手で自分の背中や尻を指す）

おきよ　それも知ってますがね、ついあんまり腹が立ったもんだから。――

師　匠　（彼女の肩をたゝいて）折檻も人によりけりさ。こんなおとなしい子供をあんまりおどしつけると、反ってちゞこまッて、手も足も出なくなッちやひますぜ。」（一一一頁）

この時期になると、子どもは完全に労働力の一部となっており、親の言うことを聞かなければ、どんな折檻を受けようともかまわないというような雰囲気になっているようである。大正時代の子ども本位主義はどうなってしまったのだろう。たぶん、日本が戦争国家として武断主義的な社会を形成していくに伴って、子ども本位主義は消えていったにちがいない。前記の引用は、子役の役者たる子どもに対する折檻であるが、役者であるために「大事な売り物」であって、「引っぱたくにしても頭はいけない」などという歯止めしかないのが残念である。

平成五年に刊行されて第二五回大佛次郎賞を受賞した北杜夫『壮年茂吉』（岩波現代文庫）は、父親斉藤茂吉について次のように書いている。北杜夫（斉藤宗吉）は一九二七年（昭和二年）生まれであるから、昭和一〇年前後のことだろう。

「父は自分の勉強にかかずらって、あまり子供らのことをかまわなかったが、幾度か百子を二階の書斎に呼びつけて長いこと説教をした。その怒り様は凄まじかった。書斎のちょうど下の七畳半の部屋に、兄を除いた私たち子供は寝るのだったが、二階で怒鳴っている父の声がビリビリと階下まで響いてき、叱られる当人でない私まで怖ろしくなったものだ。」（一五七頁）

「子に対する茂吉の愛情は、かなり世間の人々とは異なるものの、有体に言って子煩悩と言ってよかった。ただその愛情は我が強すぎるため、子として有難迷惑と感じたことも多々あったが。」（一六〇頁）

これは、斎藤茂吉自身に特有の性格があるのかもしれないが、やはり戦前ゆえの「おそろしい父親」を引き継いでいる。

一九三七年（昭和一二年）に出版されて第五回芥川賞を受賞した尾崎一雄『暢気眼鏡』（新潮文庫）では、父親について次のように書いている。

「父はほとんど小言を云わなかった。私達は、父の怒声をほとんどきかなかった。殴ることは絶対になかった。然し、私達は、父の云うことには只『ハイ』と答えるほか知らなかった。

父は祖父母たちに絶対服従だった。父は、いつも温顔に微笑を湛え、おだやかなもの云いだった。

しかし、或時、『昨日お父さんは、そっと泣いておられた。お祖父さんがあんまり無理を云われるので……』と、母が自分も泣きながら私に云った。小学生の私は、思いがけぬことを云う母に驚きの目を向けたが、おだやかな水面下に何かうねるものを感じさせられ、胸を圧される思いだった。父の云うことは何でもきこう、お祖父さんの肩なんか叩いてやらない、と思った。」（一〇九頁）

この父親は、自らが明治の「おそろしい父親」から受けた不合理な措置を自分の子どもたちには繰り返さないように努力している。まさに虐待の連鎖を断ち切るための努力と同じである。このような心情を持つ尾崎一雄が、志賀直哉に傾倒し、「『大津順吉』に逢はなかつたら、私は『小説家』になつていたかどうか疑問である」とまで言った気持もよくわかる。

(2)「サーカスの人に連れて行ってもらいます!」

子どもに対するしつけの言葉として、「あんまり駄々をこねると、サーカスの人に連れて行ってもらいます!」というものがあった。私が小さいころにも、そういう親は結構いた。どうしてそういうフレーズができたのだろう。下川『近代子ども史年表　昭和・平成編』によれば、親が子どもを「悪い子は曲馬団に売ってしまうぞ」と言って叱ったのは、昭和二年ころにさかのぼるらしい（一二三頁）。サーカスというと、最近はスーパーサーカスなどといって美しく華々しいショーになっているが、昔はもの哀しい響きがあった。武島羽衣作詞・田中穂積作曲のジンタ（美しき天然）の短調メロディーや、ろう。
中原中也の「サーカス」の「ゆあーん　ゆよーん　ゆやゆよん」という不安なフレーズから来たのだろう。

確かに、貧困家庭の親たちが口べらしとして子どもをサーカスに年季奉公に出したことはあっただろう（阿久根巌『サーカスの歴史』二四二頁）。また、障害があったり犯罪傾向があったりする子どもを親が連れてきて、サーカスに置いていってしまうようなこともあったらしい（尾崎宏次『日本のサーカス』六二頁）。そういうところから、サーカスの哀しい響きが出て来たのかもしれない。サーカスで移動生活をしていれば、サーカス団員の中に子どもが生まれることもある。そうした子どもたちの教育はどうなっていたのだろうか。木下サーカス団長木下光三は、次のように話している（尾崎前掲）。

「もちろん、サーカスにも夫婦者の芸人がいるから、子供は生れるが、私は終戦後、そういう子供はみな里子にだすことにした。戦前には、サーカスのなかに一人家庭教師をやとっておいたが、やはり子供がいると、母親の方はさばさばした気持で曲芸をやれないようなところもみえたし、それではかえって危険がますので、今度は家庭教師をおくことをやめて、子供を里にあずけることに方針を変えた。現在すでに十人の子供が里にあずけられているが、戦後、こうやってみた結果、ちゃんと中学をでてから、親のいるサーカスへもどってきた子供が十人もいる。だから、この方針がいまのところ、最も合理的だと思っている。サーカスは、移動するたびに、何日間かあいだが空くので、そのときには、必ず母親を里にかえしているのですよ。」（一一九頁以下）

そういう近代的な経営がなされていればいいが、比較的小さなサーカスでは、そこまでの配慮は難しいのではなかったか。義務教育制度が整ったとはいえ、子どもを学校に通わせることのできないサーカスもあったのではないかと思われる。もともと旧児童虐待防止法のもとでも、子どもに曲芸をさせて見世物にするのは禁止されていたのであるが、全く実効性はなかったといっていい。だからこそ、一九四八年（昭和二三年）に児童福祉法と労働基準法が制定されて、年少者を曲芸に使用することが禁止されたり、女性芸人の活動範囲が狭められたりしたことは、日本のサーカスにとって大きなダメージになったのだろう（阿久根前掲二五八頁）。

母親による子どもへのしつけは、このような言葉によるものも多かった。しかし、母親も体罰を行う存在となっていき、かなり強い体罰を行うようになっている。林芙美子「風琴と魚の町」は、一九三一年（昭和六年）に書かれた短編小説であるが、貧困の中での母親による次のような体罰が描かれている（『風琴と魚の町・清貧の書』新潮文庫所収）。

「母はピシッと私のビンタを打った。学校帰りの子供達が、渡し船を待っていた。私が撲られるのを見ると、子供達はドッと笑った。鼻血が咽へ流れて来た。私は青い海の照り返りを見ながら、塩っぱい涙を啜った。」（一三頁）

一九七六年（昭和五一年）に刊行されて第一五回女流文学賞を受賞した、萩原葉子『蕁麻《いらくさ》の家』（講談社文芸文庫）では、家長として君臨する祖母による心理的虐待が書き連ねられている。萩原葉子は、一九二〇年（大正九年）の生まれであるから、昭和初期のころのことであるが、祖母の勝が、主人公であるふたばに投げかける言葉は次のようなものである。

「今日はお前の本当の気持を白状させるよ！　アタシの敵か味方か白状しなくては小遣いも中止だよ」（六二頁）

「そんな鬼ガワラみたいな顔で、よくも男が本気に相手になると思っている！（中略）そんな顔でうぬぼれもいい加減におしよ。やっと寝ついたところなのに、サカリのついた猫みたいに遅くまで放っつき歩いて帰って来て、夜眼にも鬼ガワラだよ。その顔は！　嫁入り前の大事な身体の娘が男のことを口に出すなど、ご近所に聞こえたら『家』の恥じゃないか」（二〇一頁）

「お前のような醜女娘が唇を赤く塗ったって黒豚のサカリがついたようにしか見えないんだよ」（二〇三頁）

そしてふたばが妊娠してしまい、産婆に堕胎を頼みに行ったが、もはや堕胎が困難な段階に至っており、産婆が堕胎を断ったときの勝の言葉は次のようなものであった。

「かまやしませんよ。ドブか便所にでも流してくれれば、堕胎罪にはならないでしょ」（二六一頁）

(3) 昭和初期の子ども虐待の諸相

昭和初期の虐待については、当然のことだが、大正時代とそれほど変わっているわけではない。しかし、社会の変化に伴って、新しい虐待の形も出てきている。『近代こども史年表　昭和・平成編』（一九頁以下）でみていくと、まず、大正時代と同様な養育費目当ての養子殺人が続いている。①昭和三年一月二一日、名古屋で養育費目当てで子ども一二人を栄養失調で死なせていた事件が発覚。②昭和五年四月一三日、東京で養育費目当ての四一人ものもらい子殺しが発覚。③昭和七年一一月六日、埼玉県で養育費目当てで六人のもらい子を虐待死させた夫婦が検挙。④昭和八年三月一〇日、五年前にもらい子殺しで有罪判決を受けた川俣初太郎が再び二五人ものもらい子殺しで逮捕（昭和九年九月二三日死刑判決）。⑤大阪府が「もらい子・里子取締条例」の制定に乗り出す。産院が新聞広告で赤ん坊を商品のように回していた事実が発端。⑥昭和一一年一月、大阪で養育費目当てに一六人を栄養失調で殺した夫婦が逮捕。

女工に対する虐待も相変わらずである。①昭和四年六月二五日、福島県の製糸工場で取り調べが行われるとともに、長野県の製糸工場では女工二人が心中。しかし、今度は、女中奉公人に対する虐待も大きくクローズアップされるようになっている。②昭和二年一月一九日、子守をしていた少女が折檻によって鉄道自殺をした。③同年九月二六日、貸し座敷の娼妓が楼主の虐待から逃亡して廃業を許された。④同年九月二七日、青森で二五人の子どもを置屋などに売っていた男が逮捕。

なお、新しい問題として、少年感化院での虐待も問題となっている。①昭和六年六月九日、伊豆大島の少年感化院で虐待を理由に暴動。②昭和八年一〇月二一日、伊豆大島の少年感化院で虐待を理由にまたも暴動。さらに、新しい虐待として、保険金殺人が起きてきている。③昭和一〇年一一月三日、東京で日大生の息子に保険を掛けた母親が息子を殺害。

こうやって見てくると、実にさまざまな方法で子どもたちが虐待されてきたことがわかる。『近代子ども史年表』には、昭和一一年以降、そういう記録がほとんど見当たらないのであるが、それは子どもに対する虐待がなくなったのではなく、日本が戦争国家となって報道から子どもに対する虐待が除外されただけにすぎないだろう。なお、母の日が定められたのは、一九三一年（昭和六年）の大日本婦人連合会の発会に伴ってのことらしい。戦意発揚のための措置が母の日とは、なんとも皮肉なことである。もっとも、父の日が定められたのはこれよりずっと遅れて、一九五〇年（昭和二五年）のことであるらしい。父親を祝っても戦争でいないのだから仕方ないということだったのだろうか。

一九三九年（昭和一四年）に第九回芥川賞を受賞した長谷健『あさくさの子供』（大日本雄弁会講談社）には、母親よねと子ども桂太の次のようなシーンがある。

「『母ちゃん、痛いよう』ときれぎれにいふ。
『どうしたんだよ、桂太』よねは桂太の叫声にびっくりして手を離し、何か危険なものでも手近にあるやうな、おっかなびっくりの手つきで桂太をのぞいた。
『痛いよう、痛いよう、ここが痛いよう』

泣きぬれた瞳を通して、かすみの向かふにでもゐるやうな母を認めると、どっと安心が押しよせ、それにつれて、しびれかけてゐたからだが急に活気を呼戻し、同時に激痛がよみ返ってきたのである。

よねは涙でくちゃくちゃくちゃくになった桂太を引起した。そして桂太の指さす患部を改めた。

『なんだ、脱腸ぢゃないかよう、脱腸位で泣く奴があるか』

はりつめた気がゆるみ、よねは何といふことなく桂太にだまされたやうに思った。ヘルニヤなら、これまでだって平気に押込めてきたのだ。『自分でさっさと押込みな』

(中略)

『母ちゃんの馬鹿、死んぢゃふよ、死んぢゃふよう』

よねはいよいよ自分の手に負へないことに気づいた。桂太の歯の力に、その懸命な抗議を感じたのだ。今はただ、医師に頼るよりほかないと観念しなければならないのであった。よねは、帯の間に挟んだ赤茶けた蟇口を取出してみた。七八十銭の売上げと、あした仕入れに用意してゐた一円札が一枚きりしかなかった。」(一四七頁以下)

ここだけ読むと、ネグレクトのようにも見える。しかし、これはまさに貧困から来ている問題であって、放置しているわけではなく、ネグレクトには該当しない。お金さえあれば、よねも桂太をすぐに医師に委ねたいのである。貧困が虐待であるかのような状態を生み出すのであるが、このような場合に必要なのは、虐待防止法による救済ではなく、生活保護法による生活支援そのものである。

2　戦意高揚文学と親子関係

(1)「死んでこいという父親」

戦意高揚文学とは、戦争への士気を高めるために書かれた文学である。日米開戦後は表現の自由などとっくになくなってしまった。一九四一年（昭和一六年）には、言論・出版・集会・結社等臨時法が制定され、小説家が自由に小説をしたためることができなくなっていた。このあたりの時代の雰囲気は、高見順『昭和文学盛衰史』（講談社）に詳しい。したがって、そのような目的だけのために書かれた小説を文学作品と呼んでいいかどうかは問題であるが、一応、文学の名のもとに見てみよう。

まずは、一九四一年（昭和一六年）に新日本少年少女文庫の一冊として刊行された加藤武雄『愛国物語』（新潮社）がある。この本には、「神国日本」「吉田松陰と松下村塾」「西住戦車長」「上等兵アドルフ」「饒河の少年突撃隊」「ノモンハンの大血戦」「日の丸の旗の下で」「南郷茂章少佐」「ワアテルロオの勇士」「薩英戦争」「ガリバルヂイの進軍」などという話がたくさん盛り込まれている。どれも絵に描いたような「勇気をもって戦え」式の話である。この中の「日の丸の旗の下で」には、次のような親子の対話がある。

「父『とにかく、日本人は皆、日の丸の下で生れて、日の丸の下で死ぬのだ。外国では国旗といへば、たゞ、その国のしるしに過ぎないが、日本の日の丸は、それだけのものぢゃないのだ。国のしるしでもあるが、同時にまた、日の丸の旗の中には日本精神といふものが、すっかり塗りこめられてあるのだからね。』

子『さうです。さうです。』

（中略）

父『ほんたうにいゝ旗だ。日の丸の下に生れ、日の丸の下に死ぬ。日本の国民は幸福だよ。』」（二〇六頁以下）

次に、一九四二年（昭和一七年）に刊行された日比野士朗『貧しい人生』（錦城出版社）から見てみよう。明治神宮のお詣りに行き、次のように述べる。

「私は自分が懐かしみ且つ尊敬する明治の御代の記憶を、何の説明はしなくとも、この社頭に溢れ犇く民衆の姿でぢかに子供たちの心に植ゑつけておきたい気持が強かったのだ。」（九三頁）

また、戦争に際しては、次のような記述になる。

「長男は久々に家にかへって来た。入営を祝ふ幟は賑々しく冬空にはためいてゐる。長男の入営を祝ふ内祝ひの様子がどんなものだったか私は知らない。彼はもう行ってしまった。そのあとから入営した豆腐屋の息子も、今では勇ましい戦地の便りをよこす身の上である。大陸の寒さもきびしいだらうし、実地の訓練は生易しいものではあるまい。けれども若い肉体や精神やはそれに耐へ、それを乗り越えて行くことであらう。現にみんな、それをやって来るのだ。

大事な息子を戦地にやる親の心配は私にもわかるやうな気がする。

子を戦死させた深い感動に打たれてゐる人が、現に私の住む家のすぐ裏手にもあるのである。けれどもそれはそれとして、あの人たちの父親らしい元気な姿には、お国のために愛する児を捧げてゐるのだといふ一種の矜らしさが感じられる。」(二〇二頁)

「『今は非常時なんですもん』

光子もよくさう言ふのだった。それが幼い者の絶対の倫理であり、現在の生活を疑はず、自分の父も母もありがたい人なのだと信じている。」(三〇二頁)

さらに、一九四四年(昭和一九年)に出版された寒川光太郎『波未だ高し』(萬里閣)では、ある青年を海軍に出すに当って、次のような記述になる。

「名もない移民村の、その又奥の目立たぬ山峡に住んでゐる二人こそ、外でもない、民族の隆盛を百歩おし進める運命にある、その輝かしい青年を生んだ父親達なのである、といふ事を知ったのだ。

名もない平凡な父親達――だが無駄のない立派な種子は常に平凡な大地の中から選ばれるのであ

る――

（中略）

彼はうかうかと暮して来た自分の人生を考へ、後悔し、一切が伝統と民族の血の中から生れ、そしてその発展の、ために死すこそ、われらが人生の究極であるといふ事を今にして釈然と悟ったのである。」（六四頁）

「『軍人となったからには、この父親が御先祖代々から戴いたものを、お前の代でお返しするつもりで、忠義ばつくさねば駄目だぞ。生きてゐてはできねえこった。犬死にしてもできねえこった。』」（七二頁）

「『一人になって、どうだといふのだ。野垂れ死にでもするかと心配するのか。ほッ、とんでもない話よ。お前が海軍さんなら、俺はそれを生んだ親父ぢゃぞ。お前が戦で死ぬといふのに、この父が野垂れ死をすると思ふのかい。お前が敵と戦ってゐるなら、この俺もますます元気で働くだけのことよ。お前が男なら、俺も男だ。女々しい気持を出したら、承知しねえぞ。この神棚の前で！』」（七三頁）

なにやら、日本のために死んでこいということばかりが強調されている。それは民族の血の問題なのだ。しかし、これから戦場に赴く子どもたちに対して、「お国のために死んでこい」という激励しかできないというのは、あまりに形式的だし、論理的にも不合理である。なぜなら、戦争に行くことがことごとく死を意味するということは、その戦争に負けることを前提としているからである。私は、これらのような記述が当時の日本の実情をそのまま写しているとは思わない。もちろん、国家による強制が働いていたのであるから、それらのように振舞う人々は多かったであろう。しかし、本当の親子関係を表現しているとは思えない。当時の父子関係は、国家によって自分の子どもに「戦争で死んでこい」と命じざるをえないような強制力を受けていたという意味で捉えておきたい。

(2)「銃後を守る母親」

それでは、母親との親子関係はどうだったのだろうか。いわゆる「銃後の母」という存在である。「十五の母」ではない。もっとも、昭和二二年までの民法では女性の婚姻適齢は一五歳だったので、「十五の母」も別におかしくはなかった。それはともかくとして、戦意高揚文学の中で母親はどのように扱われていたのだろうか。

寒川光太郎『波未だ高し』では、わずかに、次のような記述がある。

「『男だけが御国のために働けるのかしら！』
よしえはもう一度云った。
『女は銃後の務だ。そしてそれが立派な御国のためになるんだ！』
多作はやっと低く答へた。

『私、看護婦を志願しますわ。女の軍人さんですもの』」（七六頁）

しかしこれ以外の「銃後の母」的な表現はあまり見られない。私の探し方が足りないのかもしれないが、しらじらしいことばかりは記述していられなかったのだろうか。それでは、「銃後の母」という観念が完全にしらじらしかったかというと、そうでもなかったのだろう。一九九一年（平成三年）に出版された竹内途夫『尋常小学校ものがたり』には、次のような当時の回想が記されている。

「その頃、母の実家を継いでいた母の姉は、長男次男の二人の息子を、日中戦争でそう間を置かずに失った。次男戦死の公報が入った時に、当時郡の連合婦人会長だった伯母は、人には涙ひとつ見せずに、『天晴れ！　日本一の孝行息子よ』と言い切った。このことが世間の評判になった。そして『けなげな軍国の母』と称えられたが、会長という立場がそう言わせたのだとわかっても、こういう孝行のしかたもあることを知り、兵隊に行って手柄をたてて親に孝行しようと思った。学校で忠孝一致をよく聞かされたが、忠義が孝行になるとはこのことかと気づいた。」（二〇六頁）

日本の教育が国民にどのような負担を強制してきたかが分る内容である。一九三七年（昭和一二年）には、盧溝橋事件を発端に日中戦争が拡大し、「国民精神総動員実施要綱」が決定され、子どもたちに「尽忠報国」を強いるようになった。翌年には「国家総動員法」が公布され、臣民の自由はすべて剥奪される。そして、一九四〇年（昭和一五年）は紀元二六〇〇年であるとされ、ついに日本は天皇を家長とする一つの家なのだというめちゃくちゃなフィクションがまかり通ることになる。

　そして、そのような正当化をもとに、一九四一年（昭和一六年）には、国民学校令が公布されて、勤労動員が開始される。また、文部省教学局編『臣民の道』が配布され、日本は天皇を家長とする一つの家だというフィクションが強制される。この直後に真珠湾攻撃が行われ、とうとう太平洋戦争が開幕してしまう。一九四二年（昭和一七年）には、真珠湾攻撃の九勇士が讃えられ、『九軍神とその母』『軍神を生んだ母』などの本が次々と出版される。一九四三年（昭和一八年）には学徒出陣、翌年には集団疎開、翌々年には本土決戦の準備と、戦局の悪化は、次々に子どもたちに直接の影響を及ぼしていくことになる。

　この当時の状況について、一九七四年（昭和四九年）に出版された三浦綾子『石ころのうた』（角川文庫）は、次のように書いている。

「学校では、時々時局講演会が催された。が、生徒たちはほとんど何も聞いてはいなかった。『天皇機関説』の美濃部博士を罵倒する話もあったが、わたしたち女学生は、紙を折ったりノートに落書したりしていた。聞きたい話を聞きたい者が聞くのではなく、強制的に聞かされるのだ。（中略）当時『国体の本義』という本が、国民教育の書として、幅広く読まれた。天皇が著しく神格化され、その天皇に生命を捧げ奉ることを光栄とする教育がなされはじめたことも、わたしたちは何の抵抗もなく受け入れた。」（四五頁）
「愛国婦人会、国防婦人会などが結成され、出征兵の見送りに、婦人たちは白いタスキを、今の議員候補のように肩にかけて行ったり、時局講演会が、頻繁に行われた。
国民は、ラジオや講演会で次第に洗脳され、ますます、日本の不敗を信じ、この戦争は聖なる戦争であると信じて行った。
子供の多い家庭は表彰され、多産を奨励された。『人的資源』という言葉が堂々と闊歩し、人は戦争の弾丸と同様、勝つための資源とされた。と、いうことは即ち、人間も弾丸と同じく消耗品であるということであった。そして、これこそ、一番恐ろしいことだが、誰もその言葉を怪しまなかったということである。」（二三五頁）
「なぜ、十六や十七の少年が、敵艦めがけて死んで行くのを、わたしたちは手を叩いて眺めていることができたのであろう。つまり、そのような心境にならせるのが戦争というものなのだ。もし、このあり方を少しでも批判する者があれば、直ちに特高警察に拘引され、恐ろしい拷問にすら会った。言論の自由など、どこにもなかった。言論の自由などという言葉自体タブーなのだ。
国家が、戦争をはじめた場合、勝つという一つの目的に向って、強引に国民を引っぱって行く。単に特高警察や憲兵が脅し、すかすだけではない。自分自らが、志願さえして命を捨てに行くほどに、巧みに洗脳されてしまうのである。そして、国民全体がそれを賛美し、戦争を肯定して疑わぬ心理になって行くのである。そんなばかなことがと、その時代に生きていなかった人は思うだろう。だが、『そんなばかなこと』になるのが、戦争中の思想統一の恐ろしさなのだ。」（二五九頁）
そのような中で、国民は黙々とただひたすらに国家と軍隊に従っていたのだろうか。竹内途夫『尋常小学校ものがたり』では、父親は単純に喜んでいるが、母親はさしたる反応も示していない。

「母は私が入隊してから階級が上がって、だんだん軍人らしくなっていくのには何の興味も示さなかったが、上級学校にあれだけ反対した父は、私の軍刀を吊った軍服姿を見て、『家門の誉れじゃ』と喜んだ。我が家系からは初めての軍人で、しかもそれが士官ときたからよほどうれしかったのであろう。」（二〇六頁）

また、一九四三年（昭和一八年）から翌年にかけて、「不敬造言」が急激に増加し、その中には次のようなものがあったとされている（江口圭一『大系日本の歴史14』小学館）。

「子供を育てても別に天皇陛下から貰うわけではないのに、大きく育ててから（子供を）持って行くなんてことをするのだもの、天皇陛下にだって罰が当るよ」（四三七頁）

結局、父親よりも母親のほうが、自分の子どものことに関しては、現実的で父親ほど単純ではなかったということか。少なくとも、戦意高揚文学を読んでいると、そのような見方しかできないような気がする。それでは子ども自身はどうだったのだろうか。一九四一年（昭和一六年）に一三歳であった田辺聖子は、一九七七年（昭和五二年）に刊行された『欲しがりません勝つまでは』（新潮文庫）を次のように書きはじめている。

「私は十三歳、女学校二年生である。

天皇陛下と祖国・日本のために、命をすてるのだと、かたく決心している。そうして、ジャンヌ・ダルクにあこがれている。

昭和一六年である。

日本は戦争のまっ只なかにあった。

そういえば、私が生まれてから、日本は、ずーっと戦争のしつづけであった。戦争をしていない祖国を、私は知らないわけである。」（八頁）

子どもは、国家の洗脳をストレートに受けてしまう。時局講演会などを含めた学校教育で日常的に継続的な洗脳を受けるからにほかならない。しかし、文学少女であった田辺聖子は、愛読書の『少女の友』から、中原淳一の絵が美しくて戦時中の国民の士気をたかめるのにふさわしくないという理由で掲載不可となってしまうことを知る。当時は理解できなかったが、その後、次のように述懐している。

「軍国の母となって、たくさんの兵士を生まなければならない。戦時日本の少女は、もっと健康的で生産的、現実的でなければ、いけない。軍はそう指示した。その命令に最後まで『少女の友』編集長は抵抗したが、軍の命令にいつまでも抵抗しつづけられるものではなかった。」（六二頁）

3　敗戦直後の親子関係

(1) 虐待すれすれの瞬間

敗戦直後は、いろいろな意味で日本社会は混乱していた。そういう混乱の時期には子どもに被害が集中する。一九四八年（昭和二三年）に出版された徳永直『妻よねむれ』が虐待となるかならないかの微妙な瀬戸際をよく表現しているのではないかと思われる。『妻よねむれ』の主人公の妻は、「子供たちが三椀ずつめしをくつてしまうと、お前は釜の底にのこつた一椀そこらのめしと、サツマいもの尻尾をかじつて、こんどは際限ないほどあるボロつぎに、夜を更かしたりしなければならなかつた」（角川文庫二一頁）とあるように、自分を犠牲にして子どもの成長を優先する愛情深い母親である。しかし、そういう母親であっても、夫婦げんかと子育てに疲れて、次のように爆発してしまう瞬間がある。

「『ああ、もう、こんな子、死んでくれ』
もう夜中であつた。さつき、そんなことをいつて赤んぼをほうりだすと、お前は羽織だけひつかけて、くらい玄関で足さぐりしながらでていつてしまつた。」（一五三頁）

ここで夫は、母親を非難したりしない。

「ほんとにおれたち夫婦はかくれ場所のないガラス箱の金魚みたいなもので、お前はどこかへいつて二三日からだを休めるような身よりも知合もなかつたから、亭主とけんかし、赤んぼにせめたてられると、最後の手段はそれしかなかつた。」（一五四頁）

しかし、母親は戻ってきて反省する。


「『あたしも、赤んぼのときはこの子のように泣いたんだろうか？』

その声はのどにつまりつまりする、おろおろ声であつた。

『ねェ、やつぱりこんなに強情だつたんだろうか？』

ほんとにそれは、つくずく降参してしまつたやさしい声であつた。片手でささえている肩の上で、大きくあいた眼から、青ずんでとがつた鼻のまわりを、大粒の涙がぽたぽたとながれていた。」

（一五五頁）


ここで反省できるかどうかが問題であって、この母親は、夫婦げんかをしながらも、事情を把握している夫の理解と助けがあり（現に、母親が子どもを放り出した後は、父親が疲れ果てながらも子どもの面倒をみている）、自分で反省できるだけの愛情深い女性であったから良かったようなものの、そうでなければ容易に虐待に発展してもおかしくない事態だっただろう。この小説は、そのような微妙な瞬間がよくとらえられた小説であると思う。要するに、子の養育は、相当にストレスフルなのであるが、同居の家族や女中などの助けがあってはじめてストレスを軽減できるものだったのである。

そういえば、一九三五年（昭和一〇年）に刊行された坪田譲治「桐の木」（新潮社『坪田譲治全集2』所収）も、似たような話である。母親の怒りが爆発してお尻を叩く折檻が始まるのであるが、まさに育児ストレスが高まってくるのがよく分る内容である。

「『あーン、あーン、母さんが怒ってる、母さんが怒ってる――。』

此時母親の最後の怒りが爆発した。

『まだ泣くのか。』

斯う云うと共に、ツカツカと正太の処に行って、尻込みする正太の襟首を掴んだ、床の上に引張って来た。そこに引きすえると、パチパチパチと尻をまくって打据えた。

『御免なさい、御免なさい。』

正太がわめき立てた。

『解ったか。自分の我ままのことが解ったか。』

自分の病苦と怒りにフウフウ云い乍ら、母親は斯う云って、正太の両手をとった。そして正太の顔をにらみつけた。

（中略）

眠って見れば、正太は可愛い子供であった。母親は円々と肥ったその子供らしい足の重みを腹の上に感じて、また一層正太を可愛いものに思うのであった。母親は正太の足を掴んで、自分の方に引寄せた。見れば足には一杯泥をくっつけていた。然し今はそれで一層可愛さが増すのを覚えた。」（一一二頁）

しかし、母親の育児ストレスを癒してくれるのは、眠り込んでしまった子どもの姿である。子育てを経験した人には、このくだりはよく理解できるだろう。私も子育て中に一番癒されたのは、子どもの寝顔であった。何もコンラート・ローレンツに依拠しなくても、人間の養育本能が子どもの寝顔で刺激されると考えていいだろう。したがって、子どもの寝顔を見るゆとりさえなくなってしまえば、子どもに対する虐待に向かう危険な段階を迎えてしまっていることになるだろう。

なお、一九五一年（昭和二六年）に刊行された壺井栄『母のない子と子のない母と』（新潮文庫）では、母によるしつけとして、お灸をすえるシーンが出てくる。

「『かあちゃんに、おこられるウ。また、ヤイト、すえられるウ。』

一年生だからしかたがないとしても、やっぱりきょうだいで似ているのか、はじも外聞もない大声でした。ほんとにまた、道ちゃんのおばさんときたら、わりあいにおこりんぼで、すぐ、子どもにヤイトをすえました。

いつかも、売るつもりでかくしておいた配給のお砂糖を、子どもらが見つけだして、なめた、といって、道ちゃんは『犬の目』の灸をすえられました。（中略）

『いいえ、砂糖も砂糖ですけんど、道子は寝しょんべんしますんでな、いっぺん『犬の目』をすえにゃ、すえにゃと思うとったんです。心配かけて、おおきにありがと。もうこれで、やめます。』『犬の目』の灸は、おしりの上のくぼんだところで、寝小便の出る子にすえるとよくきくといわれていました。わるいことをしたついでに、子どもにすえられるお灸でした。」（五二頁以下）

(2) 性的虐待の登場

ただし、女中に養育をまかせることができたからといって、子どもにとって虐待の危険がなくなるわけではない。家庭が閉塞状況になっていなければ、女中が虐待を行ったら直ちに解雇されるだけであるから、簡単に女中が虐待を行うことなどできないだろう。しかし家庭が閉塞状況に陥っていれば、女中が虐待を行っても誰にも知られない危険が出てくる。特に性的虐待についてはそうだろう。女中による養育は、親自身による虐待を予防するとしても、女中による虐待の危険がないとはいえないからである。アメリカのベビーシッターによる児童虐待やイギリスのチャイルドマインダーによる児童虐待の事例を考えてみればいい。最近は、テレビやインターネットで虐待の瞬間の動画を簡単に見ることができるようになっている。わが国でも、一九四八年（昭和二三年）に出版された太宰治『人間失格』には、早くも女中や下男による性的虐待がつづられている。

「その頃、すでに自分は、女中や下男から、哀しい事を教えられ、犯されていました。幼少の者に対して、そのような事を行うのは、人間の行い得る犯罪の中で最も醜悪で下等で、残酷な犯罪だと、自分はいまでは思っています。しかし、自分は、忍びました。これでまた一つ、人間の特質を見たというような気持さえして、そうして、力なく笑っていました。もし自分に、本当の事を言う習慣がついていたなら、悪びれず、彼等の犯罪を父や母に訴える事ができたのかも知れませんが、しかし、自分は、その父や母をも全部は理解する事ができなかったのです。人間に訴える、自分は、その手段には少しも期待できませんでした。父に訴えても、母に訴えても、お巡りに訴えても、政府に訴えても、結局は世渡りに強い人の、世間に通りのいい言いぶんに言いまくられるだけの事ではないかしら。」(新潮文庫一八ないし一九頁)

なお、太宰治になると、『人間失格』と同年に発表した「家庭の幸福」で、「家庭の幸福は諸悪の本」と言い切り、同年発表の「桜桃」では、「子供より親が大事、と思いたい。子供のために、などと道学者みたいな事を殊勝らしく考えてみても、何、子供よりも、その親のほうが弱いのだ。少くとも、私の家庭に於いては、そうである。(中略)父と母は、さながら子供たちの下男下女の趣きを呈しているのである」と嘯いている(『ヴィヨンの妻』新潮文庫所収一六四頁以下)。こうなってくると、もはや家の粘着力どころか、家族との関係性自体に敵意しか残っていない。自分の性的虐待経験がこのような方向に向かわせたのだろうか。それはわからないとしか言えない。

さらに、太宰治には、戦前の一九三三年(昭和八年)に発表された「魚服記」がある(『晩年』新潮文庫所収)。この短篇小説は、孤独な野生の少女スワが成長していく過程と絶望して鮒に変身してしまう物語を童話的に描いた作品である。そこには次のくだりがある。

「父親は炭でもきのこ蕈でもそれがいい値で売れると、きまって酒くさいいきをしてかえった。

（中略）

父親を待ちわびたスワは、わらぶとん着て炉ばたへ寝てしまった。うとうと眠っていると、ときどきそっと入口のむしろをあけて覗き見するものがあるのだ。山人が覗いているのだ、と思って、じっと眠ったふりをしていた。

白いもののちらちら入口の土間へ舞いこんで来るのが燃えのこりの焚火のあかりでおぼろに見えた。初雪だ！　と夢心地ながらうきうきした。

（著者注：一行空白）

疼痛。からだがしびれるほど重かった。ついであのくさい呼吸を聞いた。

『阿呆』

スワは短く叫んだ。

ものもわからず外へはしって出た。」（七一頁以下）

ここに性的虐待の直接的表現はないが、父親から強姦されたことをうかがわせる内容である。この（一行空白）は、何を物語っているのだろう。たとえば、「父親はスワを手籠めにした」とか「父親はスワに覆いかぶさった」とかの一行が検閲などで削除されたのか、それとも、もともと太宰治が意識的に空白を置いたのか、そのような基本的なことさえ私は知らない。しかし、性的虐待には分厚いヴェールがかぶせられて全く世間的に公表しえなかった昭和八年という時点で、このような小説を書いていること自体、太宰治は月並みの小説家でなかった。

(3) 敗戦直後の子ども虐待の諸相

敗戦直後の子どもに対する虐待については、この時期には国民全部が飢えにあえいでいたのであって、戦争自体が国家による子どもの虐待にほかならなかったというような様相を呈していた。たとえ聖戦だなどといっても、それは正当化理由にはならないだろう。一九六七年（昭和四二年）に第五八回直木賞を受賞した、野坂昭如『火垂るの墓』（新潮文庫）は、妹節子の骨をドロップの缶に入れて腹巻に入れた少年清太が死ぬシーンから始まる。

「何日なんや、どれくらいたってんやろ、気づくと眼の前にコンクリートの床があって、だが自分がすわっている時のままの姿でくの字なりに横倒しになったとは気づかず、床のかすかなほこりの、清太の弱い呼吸につれてふるえるのをひたとみつめつつ、何日なんやろな、何日やろかとそれのみ考えつつ、清太は死んだ。」（一〇頁）

戦争によって子どもが著しい被害を受けたのは当然であり、そういう小説を引用しはじめるときりがないのでこれだけでやめておく。しかし、敗戦直後は、それだけでなく、別な形での虐待も起きている。敗戦直後の虐待についても、『近代こども史年表』から見ておこう。①昭和二一年二月、産院での捨て子が増え、東京・芝の済世会産院で「やむをえない人は、ここに捨てよ」と貼り紙をした「捨子台」が作られた。それくらい捨て子が多かったのだろう。まさに元祖赤ちゃんポストである。②昭和二一年五月二七日、東京・向島で親から命じられて菜園荒しをしていた兄弟が捕えられた。子どもを犯罪の道具に使っているのであって、法的定義の虐待には必ずしも当てはまらないが、一般的な意味ではこれも立派な虐待といえるだろう。③昭和二三年一月一五日、東京・牛込で養育費・配給品のためにもらい子をし、乳児一〇三人を殺害した夫婦が逮捕された（寿産院事件）。養育費目当ての幼児殺害事件は相変わらず続いているが、どんどん規模がエスカレートしている。

一九四六年（昭和二一年）に刊行された佐多稲子『キャラメル工場から』（新興出版社）では、父親が小学五年生の娘ひろ子を奴隷のように取り扱う。

「『ひろ子も一つこれへ行って見るか。』

ある晩父親がさう言って新聞を誰とにともなく投げ出した。茶碗を持ったまゝ新聞を覗いたひろ子は、あまり何気なささうな父親のその言葉の意味にまごついた。あのキャラメル工場が女工を募集して居た。ひろ子はうつむいてしまひ、黙ってむやみに御飯を口の中へつめこんだ。誰も黙ってゐた。

『どうした、ひろ子。』

しばらくして父親はさう言って薄笑った。

『だって学校が……。』

さう言ひかけるのと一緒に涙が出てきた。

『まだお前、可哀想に……』

『あなたは黙ってらっしゃい。』

父親が祖母を頭からおっかぶせた。」（一三頁）

そしてひろ子は通勤に苦労しながらキャラメル工場に働きに出るが、工場が日給制になって賃金が減ると、父親は工場をやめてしまえという。


「『いっそもうどうかね。止めにしたら。』父親は又何でもないやうに言ひ出した。ひろ子はハッとして顔を上げた。

『そしてどうするの。』

『しようがない、後はまたどうにかなるさ。』

（中略）

『止せ止せせうがないよ。――毎日電車賃を引けや残りやしないぢゃないか。』

ひろ子はそれが自分の力の足りない女のやうに思われた。」（二九頁）

そしてひろ子は、父親から盛り場のそば屋に住み込みに出される。郷里の学校の先生からは、小学校だけは卒業するほうがいいという手紙が届く。

「付箋がついてそれがチャンそば屋の彼女の所へ来た時——彼女はもう住み込みだった——それを破いて読みかけたが、それを掴んだまゝで便所にはいった。彼女はそれを読み返した。暗くてはっきり読めなかった。暗い便所の中で用もたさず、しゃがみ腰になって彼女は泣いた。」(三〇頁)

このような父親の態度は、一般的な意味で虐待というべきである。ただし、現在の虐待の法的定義からすると、当てはまるものはない。親権者は、学校教育法で義務教育学齢の子どもを学校に通わせる義務を負っている。この父親は、もちろん親権者であるが、貧困からやむにやまれずにひろ子を働かせているわけではない。単なる気まぐれに近い考えから、ひろ子を学校に通わせず、仕事をさせているのである。このような父親の行為は、子どもの心を踏みにじる卑劣な行為で、あまりにもせつない話である。

二　戦後の親子関係

1　敗戦による父親の権威の喪失

(1) 家制度の変容

第二次世界大戦の敗戦後は、家に対する考え方もだいぶ変わってきている。もともと天皇制国家の基盤づくりの一環として、明治民法の家制度が作られたのであって、明治民法はながい歴史を踏まえた家制度を定着させようとしたものではなかった。そうであるから、敗戦という衝撃的な出来事によって、そのような上からの政策形成は、あっという間に雲散霧消してしまう運命にあったのである。一九五五年（昭和三〇年）に発表された佐多稲子『子供の眼』（角川文庫）に出てくる、俊二の後妻幸子の義母とき江が俊二に言い放つ家の問題は、家長に絶対的な権限を付与する、明治民法が予定していた家とは似て非なるものである。

「俊二さんもね、よっぽどわかってもらわないと困るんですよ。幸子の立場や私たちの気持もねえ。そりゃ今は、新憲法で跡取りなんてなくなったって言うけど、そんなものじゃありませんからね。

私たちの心細い気持ってものも、若いあなた方にはまだ分らないかもしれないけど、年寄りになれば分るようなもんですよ。もともと幸子をあなたに差上げるについちゃ、私たちははじめは賛成じゃなかったんですからね。」（三一頁）

ここに書かれている家は、明治民法に書かれている家ではなく、血縁関係に縛られた親子の支配関係をあらわしている。一人娘を結婚によってとられてしまってはたまったものではない、たとえ娘が結婚しても、夫婦関係より親子関係の血の絆のほうが強いのだ、という思いにすぎないだろう。

これに対して俊二も、家に対する考え方では、とき江とそれほど変わらないところにいたのであるが、さすがに次のように考えて反省している。喜世子というのは、俊二の再婚後も俊二の先妻の子である修の面倒をみている俊二の妹である。

「家の問題というのは、家族制度はなくなったんだが、人間の感情の中に巣くったものはなかなか根づよいですね。第一、僕にしたって、何も家族制度で、喜世子を縛ったわけじゃないが、自分が困るとなれば、喜世子をやっぱり縛りつけておこう、とおもいつくんですからね。今度、喜世子に拒絶されて、はっと気がつきましたよ」（九一頁）

また、一九四九年（昭和二四年）に発表された正宗白鳥の「人間嫌ひ」（『正宗白鳥集』角川書店）では、総領息子が次のように語る。

「総領に生れた私は、幼少の頃から、封建時代風に自分を一家の権威者のように見做してゐたが、祖先の家を潰さうと潰すまいと、自分の一存でできるであらうかと、煤けた天井や、棟木や、虫の喰った大黒柱などを見た。実質的には空虚でも、『家』といふ勿体ぶった名前だけは、これ等の古材によってまだ維持されてゐるやうなものだ。（中略）この家をどうする？　と、傍の者に訊かれたり、自分で考へたりするたびに、この国をどうするつもりか、この国をどうしたらいいかと相談してゐるような気持になるのである。」（一七〇頁）

敗戦によってそのような家はなくなった。全くの自由なのである。しかし、小さなころから修身教育によって受けてきた家長という自意識はそんなに簡単に消えてしまうものではない。そういう自意識は、敗戦後もずっと引きずり続け、家庭の中にさまざまなズレを生み出していく。そういう意味でも、戦争の残した傷跡は大きい。

一九八四年（昭和五九年）に刊行され、第一六回日本文学大賞を受賞した芝木好子『隅田川暮色』（文春文庫）では、一九六〇年（昭和三五年）の頃を回想して、祖母の姿を次のように描いている。

「祖母は、日髪《ひがみ》、化粧で優雅に暮しているが、わがままなのだ、と直子は話した。自分本位なひとだと思うが、悠に言わすと、退屈なのさ、と気の毒がるという。退屈かもしれないが、祖母の観念はいつまで経っても家中心で、嫁は嫁でしかないから、母をそのように扱うのだ。昼の御飯に家の

者は鮨を取りよせるときも、直子の母はその数に入らない。」(三六頁)

このように、戦後一五年を経ても、家の観念は生き続けていた。世代ごとに異なる家の観念が併存していたといってもいいだろう。そこに軋轢が生じないはずがない。戦前世代にとっては支配者であるから二世代同居が楽であるが、戦後世代にとっては服従すべき存在になってしまうのであるから二世代同居は地獄であろう。嫁姑問題は、一般的な意味で異なる人格どうしの対立があるけれども、日本では異なる世代間の支配・服従という対立も存在していたのである。少なくとも、日本が高度経済成長に入るころまでは、戦争国家として形成してきた観念が家庭にも大きな影響を及ぼしていたといえよう。

(2) 父親の権威の喪失

こういう状況の中で、父親の権威は喪失した。敗戦による父親の権威の喪失は、多くの小説にあらわれている。もともと家長=戸主という権威も、古くから続いていた封建的な家の主とは異なり、天皇制国家の末端を基礎づけるために国家によって作り出されたものであった。それは民法によって創設され、教育制度を通じて国民に浸透するように作られてきたのである。したがって、敗戦によって大元の天皇制国家とともに消滅する運命にあったといえよう。もちろん、個人的な能力や威厳によって父親としての権威を維持できた人もいたであろうが、多くの父親は虎の威を借りていたわけで、天皇制国家の消滅とともに父親としての権威を喪失する破目になったのである。

一九五九年（昭和三四年）に出版され、第一三回野間文芸賞と芸術推奨賞を受賞した安岡章太郎『海辺の光景』（講談社文庫）では、父親は戦争から帰ってくるのであるが、すべての権威を喪失してしまい、母子のつながりに対する他者としてあらわれる。

「（母親のチカは）不思議なほど夫を嫌っていた。信吉のあらゆる点が自分の好みでないということを、何十年間にわたって誰彼の別なく話してきかせた。（中略）自分も父が嫌いになったのは、この母の影響のせいにちがいない。父のすることなすことは、食べ物のこのみから職業のえらび方まで一切合財、ことの大小にかかわらず、みな好ましくないものとして教え込まれてきたのだから……」（二二二ないし二二三頁）

そして、父親が戦争から帰ったときのことを回想して、次のように語られる。

「終戦の日から翌年の五月、父親が帰還してくるまでが、信太郎母子にとっての最良の月日であったにちがいない。（中略）日華事変の初期からほとんど外地ばかりをまわらされていた父親の信吉と、同じ屋根の下でくらすのは信太郎にとっては十年ぶりのことだった。それは奇妙なものだった。父親というよりは遠い親戚のようにも思えた。（中略）父を何と呼ぶべきかについても一と苦労しなくてはならなかった。」（四四ないし四六頁）

ここまで徹底して家庭から父親が疎外されてしまうのはひどい話である。しかしそれでも、息子である信太郎には、一瞬だけ父親の権威を感じる瞬間がある。

「ある日、母はとうとう、
『きょうは、お米もありません。お芋もありません。きょうの御飯はこれだけです』と、芋のツルだけを煮たものを黒い汁のたれる鉢に入れて食卓へ出した。
『よし、分かった』と父は云った。『Y村へかえって相談してこよう。三人が一年に食う米は三石もあればいいだろう。それぐらいのものは何とかなる。』
これは父親が帰還以来、はじめて一家の首長らしい威厳を見せた言葉だった。」（四八頁）

しかし結局はこれだけである。なんと希薄でさびしい威厳だろう。

一九七三年（昭和四八年）に出版されて第二七回毎日出版文化賞を受賞した阿部昭『千年』（講談社）では、父親が権威を喪失したことについて、次のように表現されている。

「それにしても父は、まことに明治生まれの家長らしく家人の前でところかまわず豪快に放屁したものである。あぐらをかいた尻の片側をほんの少し座蒲団から持ち上げて――すなわち、出てきた屁が窒息しないように逃げみちを作ってやって――いきおいよくはなつ。それは大きな音だ。父が

家長としての権威をことごとく喪失してしまってからも、この屁のひびきだけは衰えなかった。」（一二五頁）

父親の家長としての権威が放屁の大きな音にだけ残っているというのは、悲しいのか可笑しいのか、豪快なのか下品なのかよく分からない。そういう父親にとって戦争とは何だったのか。同じ『千年』には次のような記載がある。

「父の戦後の生活は開始されたが、父の頭の中ではまだまだ戦争は終わっていなかった。その切り換えがいつどんなふうにして行なわれたのかは、わたしどもには漠然としかわからなかった。たとえば、父が海軍式の越中フンドシをやめて市販のメリヤスのパンツに切り換えた時が『戦後』のはじまりだったかもしれないとも考えられるのである。しかしそれも父は最後まで頑強にサルマタと呼びつづけて絶対にパンツなどとは呼ばせなかった。」（一二六頁）

フンドシからパンツへの転換。観念的な自意識は、日常的な習慣が覆ることによって転換する。案外そんなものかもしれない。しかしそれでもこの父親においては、観念上の戦争は残り、体感的には戦争が終わっていることを認識しているのである。このような矛盾の中で新たな権威を構築していかなければならない存在となった父親は大変である。それでも父親や母親の世代は、次の世代に前のような家長の威厳を期待するし、子の世代には親の期待に応えようとする努力がただの戯画にしか映らない。

一九六七年（昭和四二年）に出版され、第一四回新潮社文学賞を受賞した三浦朱門『箱庭』（文春文庫）では、長男学のそうした努力が次男修には次のようにしか感じられない。

「告別式の日以来、学は母のあやつり人形みたいに、死んだ父の役を演じようとしている、と修は思いかえした。（中略）この男は、いよいよ木俣家の主になったつもりなのだろうか。（中略）大体、婆さんにもせよ、女にサービスされてそりかえっている男くらい、愚劣に見えるものはないということが、この男には全くわかっていない。（中略）

修は自分の不愉快さを反芻するように、学があの日以来、急に家長面をしだした例を一つずつ思い出しては、その細部をあくどく彩色しては、何度もかみしめた。その場面の一つ一つを笑いたいと思うのに、苦い物をたべたように、舌がこわばり、唇がゆがむばかりで、笑いにはならなかった。」

（二〇六ないし二〇七頁）

しかしこれが苦い笑い話ですんでいるうちはいい。子どもに対する虐待は生じてこないだろうからである。親の世代の期待を担って、あるいは、戦争時代に対するノスタルジーに浸りきって、前の時代の権威を無理やり取り戻そうとすると厄介である。なにしろ、もともと天皇制からの借り物でしかなかった権威を自ら作り出そうとするのは壮大な計画になってしまう。そうなると、権威を作り出せなかった男にとって、生の暴力だけが自己の権威づけに利用される危険が出てくる。家庭という閉塞した空間の中では、簡単に暴力による支配を生み出すことができてしまうのである。そこからは、配偶者間暴力としてのドメスティック・バイオレンスと子どもに対する虐待とが同時並行的に生じてくることとなろう。

2　権威なきあとの体罰・虐待

(1) ドメスティック・バイオレンスと虐待

一九六六年（昭和四一年）に出版された阿川弘之『舷燈』（講談社文庫）では、生の暴力が家庭を支配するに至っている。大晦日の紅白歌合戦をテレビで見ながら、ザ・ピーナッツを好きかどうかで言い争いとなっただけであるにもかかわらず、妻かやの言葉に逆上した主人公牧野は、次のような行動に出る。

「かやの顔を睨みながら、自分が抑えられるかと、ちょっと彼は考えていたが、実は此処まで来てしまうと、自分を抑制できたことは一度もなく、其の通り、むらむらこみ上げて来たものに委せて、彼は椅子から伸び上り、いきなり左手で妻の頬を烈しく打った。

打たれる瞬間、かやは眼をつぶった。

子供たちが、背後で息をつめて成行きを見守っている。

双生児の女歌手は、すでにテレビの画面から消えて、次の歌うたいがあらわれていた。それは、牧野の眼にはもう、白々しい、ひどく馬鹿々々しいもののようにしか映らなかった。

『それを消せ』

彼は、振りかえって言った。

六年生の男の子が、父親の言葉を機にして、大きな図体で泣き出した。女の子は泣くのを我慢して、恐怖をうかべて、眼を開いている。

『泣くな。何故泣く?』

『……………』

『テレビが、もっと見たいのか?』

そうじゃない、テレビなんかじゃない、そう答えるかと思ったら、男の子は、泣きじゃくりながら、

『うん』

と、こっくりをした。」(一七頁)

これは妻に対する配偶者間暴力(ドメスティック・バイオレンス)であるのはもちろんのこと、子どもたちに対する心理的虐待である。二〇〇四年(平成一六年)の児童虐待防止法改正により、心理的虐待に関して、「児童に対する著しい暴言又は著しく拒絶的な対応、児童が同居する家庭における配偶者に対する暴力(配偶者〔婚姻の届出をしていないが、事実上婚姻関係と同様の事情にある者を含む〕の身体に対する不法な攻撃であって生命又は身体に危害を及ぼすもの及びこれに準ずる心身に有害な影響を及ぼす言

動をいう）その他の児童に著しい心理的外傷を与える言動を行うこと」と拡充されている。しかし問題はそれで終わらない。さらに牧野は妻を問い詰めていき、妻が答えようとしないとなると、次のように暴力をエスカレートさせていく。


「かやはしかし、顔を歪めて頑なに黙っていた。

『言っても分らず、返事もしないと言うんなら、牛や馬なみに叩くより仕方がないんだからね』

自分で自分の言葉に逆上して来、牧野は再び、往復強く妻の頬を撲った。

かやは、じっと眼をつぶってそれに堪えた。

頬の肉が震え、すぐ右の鼻腔から、濃い血が粘い洟のように流れ出して来た。それは、ねっとりとゆっくり垂れ下がって、醜く厚ぼったくなった妻の唇を越し、其の口の中へ入ったが、彼女は拭おうとせず、ただじっとしていた。

『…………』

鼻血でも血を見た事は、彼の気持を却って残忍にさせた。彼は、もっと何か言おうとした。

其の時しかし、かやの身体は妙に不安定にぐらついたと思うと、崩れるように椅子から床へ倒れてしまった。」（一九頁）

ながながと引用してしまったが、全くひどい話である。ドメスティック・バイオレンスをこれほどまでにリアルに描いた小説ははじめてであった（と思う）。最近では、二〇〇一年（平成一三年）に刊行された村上龍『最後の家族』、二〇〇三年（平成一五年）に刊行された吉田修一『日曜日たち』など、多くの作品でドメスティック・バイオレンスの状況が克明に描かれるようになる。『舷燈』では、妻を子どもの目の前で殴打することにより、子どもに対する心理的虐待をも行っているのであるが、主人公である牧野には、妻を虐待しているという意識は明確にあっても、子どもを虐待しているという意識はみじんもない。たぶん虐待者の心理としては正しいのだろうが、それが最も困る点である。子どもは、母親に対する虐待を心に刻みつけてしまい、大きなトラウマを背負って生きていくことになる。

一九五四年（昭和二九年）に出版されて第七回読売文学賞を受賞した幸田文の『黒い裾』（新潮文庫）に収められている「雛」では、染物屋の亭主は必ずしも暴力的な父親ではないのだが、ついつい次のような暴力に及んでしまっている。

「いくら機嫌をとっても子はべそべそと泣きやまない。『不断甘いからこんなときにもこいつが甘ったれて』と、つい女房へのむしゃくしゃが子へ行って、ちょうど裸になっているお尻をぴしゃっと一ツやっておいて外へ出てしまった。子どもは一ト晩じゅうぐずついてけさは発熱していた。抱いてもおぶっても泣きしきるし、やっとつかまり立ちの小ささではことばもはっきりしない。医者をひる近くに呼んでみると、夫婦ともはっとしたことに、主人の平手打ちは五本の指の区別もくっきりと小さいお尻のうえに赤痣をつくっていた。医者は、針だと、ぞっとした診断をした。針のある上を運わるくぶったのである。」（五〇頁）

青野聰は、一九四三年（昭和一八年）生まれであるが、二歳のときに父と婚姻関係にない実母を結核によって亡くし、七歳のときに父の正妻を継母として養育されることになったため、実母と継母に対する思いは複雑である。細かい記述がないので虐待とまではいえないかもしれないが、継母による言葉および物理的な暴力について、一九九二年（平成四年）に第四三回読売文学賞を受賞した『母よ』（講談社文芸文庫）に次のように書いている。なお、母とは実母のことであり、おかあさんとは継母のことである。

「それまでにも『おかあさん』はことあるごとに『あたしに養ってもらってるんだ、あたしに感謝しないとバチがあたるよ、あたしみたいに慈悲深い女がこの世のどこにいる』といって感謝を強要してきました。」（一五頁）

「ヒステリーを起した『おかあさん』が、ぼくを相手にどんなに荒れ狂っても、自分は沈黙を押し通し、『おかあさん』とぼくの関係があたたかいものになるのをひたすら願っていた父ですが、父の眼には母よ、ぼくはあなたの一部であったときのままの姿で映っていたのでしょう。」（一六頁）

「さんざん撲られ蹴られ、泣きつかれてぼんやりしているところに勢いよく走ってきて、その躯でうしろからのしかかるように抱きしめるのです。」（一七頁）

こういう環境での生活はやりきれないだろう。継母には、ドメスティック・バイオレンスを行う男と同じような感情の浮き沈みがある。確かに父親は、正面から意見するだけの状況になかったし、継母は継母で自身に子どもが生まれなかったことも含めて、複雑な心境にあったことも否定できないだろう。しかし、継母から、感謝を強要され、殴る蹴るの暴行を受け、それが終わると勢いよく抱きしめられる、というのは、読んでいてもやりきれない。誰かが助けの手を差し伸べなければならない状態といえるだろう。

(2) 家長の権威の再構築

家長としての権威を喪失したからといって、生の暴力に移行してしまうか、気持の整理ができないまま力を案配できずに思わず子どもを傷つけてしまうか、などという進み具合しかなかったわけではない。正攻法として、正面から家長の権威を再構築していこうとする人もいたにちがいない。一九六五年（昭和四〇年）に出版された源氏鶏太『家庭との戦い』（新潮文庫）では、主人公の南沢勇造が果敢にチャレンジしている。

「妻の郁子、長男の勇一郎、長女の真世子、そして次男の孝次郎。これが南沢勇造の家族であった。この家族のために彼は、家長としての有形無形の責任を負わされている。平常はそのことを忘れて暮らしているといってもいい。しかし、何か事があるとその責任がずっしり肩にのしかかってくるのである。その重さを知っているのは彼だけであった。恐らく妻も子供たちも、そのことについて

深く考えたことがなかろう。」（六頁）

このように南沢勇造は、家長であるという非常に強い自意識を持っている。そして家長としての自意識を持っているだけでなく、次のように自覚している。

「勇造は、元来父親とは、多少頑固であるべきだし、多少横暴であるべきだと信じていた。何故ならそれによってのみ父親としての権威が保てるからである。如何なる場合でも、父親には権威というものは必要である。そして、この権威とは、一家の責任者としての権威なのである。家族を外敵からまもるのは父親なのだ。そのためにも平常から権威ある存在になっていなければならない。いい直せば、この権威とは、家族への切々たる愛情の裏返しになっているのである。」（三七頁）

このような自覚に害はない。家族には多少迷惑なところがあるかもしれないが、一般的には健全な自覚であろうと思う。現にこの小説の中で、南沢勇造は家族に暴力をふるったりはしない。また、横暴な振る舞いもない。ただ「一家の責任者としての権威」をまっとうしようと頑張っているだけである。しかし、勇造は会社の社長であり、このような家族主義を会社にも持ち込もうとしている点はいただけない。そのような日本的経営思想が日本の高度経済成長を支えたのであるが、次の章以下で述べるように、父親の家庭内における不在感に大きな影響を与えたのは間違いないだろう。従業員の妻たちはそれに反発し、会社と家庭との戦いが繰り広げられることになるのである。

向田邦子は、一九二九年（昭和四年）生まれであるから、父親は明治生まれということになる。向田邦子『父の詫び状』（文春文庫）は一九七八年（昭和五三年）に出版されたが、自分の母親の通夜に勤務している会社の社長が来たとき、平伏した明治生まれの父親を見て、次のように書いている。

「物心ついた時から父は威張っていた。家族をどなり自分の母親にも高声を立てる人であった。地方支店長という肩書もあり、床柱を背にして上座に坐る父しか見たことがなかった。それが卑屈とも思えるお辞儀をしているのである。

私は、父の暴君振りを嫌だなと思っていた。

母には指環ひとつ買うことをしないのに、なぜ自分だけパリッと糊の利いた白麻の背広で会社へゆくのか。部下が訪ねてくると、分不相応と思えるほどもてなすのか。私達姉弟がはしかになろうと百日咳になろうとおかまいなしで、一日の遅刻欠勤もなしに出かけていくのか。

高等小学校卒業の学力で給仕から入って誰の引き立てもなしに会社始って以来といわれる昇進をした理由を見たように思った。私は亡くなった祖母とは同じ部屋に起き伏しした時期もあったのだが、肝心の葬式の悲しみはどこかにけし飛んで、父のお辞儀の姿だけが目に残った。私達に見せないところで、父はこの姿で戦ってきたのだ。父だけ夜のおかずが一品多いことも、保険契約の成績が思うにまかせない締切の時期に、八つ当りの感じで飛んできた拳骨をも許そうと思った。私は今でもこの夜の父の姿を思うと、胸の中でうずくものがある。」（六一頁以下）

確かに家長という立場は横暴であるが、子どもが大きくなってくると、このような観察に出会うことがある。私も鹿児島で生まれ育ったので、『父の詫び状』に描かれている昔の鹿児島の様子はとても懐かしいものである。私は向田邦子よりも二一歳も年下なのであるが、そこに描かれている世界は、私の幼い頃とほとんど変わっていない。ということは、鹿児島という土地は、高度経済成長以降の日本の土建国家の恩恵にほとんど浴していないということなのだろう。ちなみに、向田邦子が受けたしつけは、次のようなものだったそうで、お灸や押し込めのように本書で述べて来た内容と完全に重なっているが、新しい処罰として〝おやつ抜き〟が加わっている。

「昔の子供は聞き分けが悪かったのかそれとも親が厳しかったのか、お灸を据えたり押し入れへほうり込んだりの体罰はさほど珍しくなかった。子供のほうもさして恨みがましく考えず、撲たれようが往来へ突き出されようが、ワンワン泣くだけ泣くと、あとはケロリとしたものであった。私も、お灸こそ据えられなかったが、お八つ抜きのお仕置きは覚えがある。」（二〇五頁）

もっとも、父親がいて家長という権威を再構築しなければ、家のまとまりを作れないかというと、そんなことは全くない。もともと家としてのまとまりを作るのは、父親と母親との共同作業である。しかしそのどちらかを欠く事態になれば、残ったどちらかが家としてのまとまりを作っていくことになる。昭和初期には、戦争などで多くの父親たちが失われたのであるから、後に残された母親たちが家のまとまりを作っていた。母親としての権威についてはあまり触れられることがないが、母親は単に愛情があればよいというのはおかしい。母親の権威は、父親の権威とはまた別な形で作られるのだろうが、ちょっとすごいのは大江健三郎の母親である。大江健三郎は、二〇〇一年（平成一三年）に刊行した『「自分の木」の下で』（朝日文庫）で次のようなエピソードを書いている。大江健三郎が発熱して衰弱し、医師も手当ての方法も薬もないとあきらめた後、母親が希望を失わずに看病していたときのことである。


「私は自分にもおかしく感じるほど、ゆっくりとした小さな声を出してたずねました。

——お母さん、僕は死ぬのだろうか？

——私は、あなたが死なないと思います。死なないようにねがっています。

——お医者さんが、この子は死ぬだろう、もうどうすることもできない、といわれた。それが聞えていた。僕は死ぬのだろうと思う。

母はしばらく黙っていました。それからこういったのです。

——もしあなたが死んでも、私がもう一度、産んであげるから、大丈夫。

——……けれども、その子供は、いま死んでゆく僕とは違う子供でしょう？

——いいえ、同じですよ、と母はいいました。私から生まれて、あなたがいままで見たり聞いたりしたこと、読んだこと、自分でしてきたこと、それを全部新しいあなたに話してあげます。それから、いまのあなたが知っている言葉を、新しいあなたも話すことになるのだから、ふたりの子供はすっかり同じですよ。

私はなんだかよくわからないと思ってはいました。それでも本当に静かな心になって眠ることができました。」（一五頁）

確かに理論的な意味はなんだかよく分らない。しかし、瀕死の状態のときに、母親が確信をもってこのように言ってくれれば、子どもは確かに救われるだろう。親としての権威は、理屈や金銭で作られるのではなく、このような手放しの信頼関係でしかありえないように思われる。

第五章　高度経済成長期の父親と母親

一　昭和中期の「戸惑う父親」

1　父親の戸惑い

(1) 自意識と社会変化のズレ

昭和四〇年代になってくると、戦争前の家長という強い自意識と敗戦後の平等な社会的関係とのギャップに「戸惑う父親」が表現されるようになる。これを最もよく示しているのは、一九六五年（昭和四〇年）に出版され、第一回谷崎潤一郎賞を受賞した小島信夫『抱擁家族』（講談社文庫）である。

主人公の三輪俊介は、「僕はこの家の主人だし、僕は一種の責任者だからな」（九頁）という自意識で家族に君臨しようとする。しかし、妻の不倫に文句をつけようとしても妻から「何よう」と言われると、次のように戸惑うのである。

「これから何をいい、何をしたらいいだろう。そういうことは、どの本にも書いてはなかったし、誰にも教わったことがない」（二一〇頁）

そればかりか、妻からは「家長として、堂々たるところを見せなくっちゃ」と叱咤される（一〇九頁）。こういうあたりの小島信夫の小説は圧倒的にうまい。名人芸である。インテリの自意識の戸惑いがユーモラスかつ過不足なく表現されている。

他方で、息子からは、「だいたいお父さんはだらしがないよ」と真正面から批判され、息子が怒り出すのではないかと恐れながらも、でも今ならとっちめることができると考えて、「お前の年頃になったら、ほんとは親もとをはなれて独立してもいいくらいだ。もともと親に頼っていられる年齢でもないんだ」と言い放つだけの存在になってしまっている（一六五頁）。そのような発言に実効性があるかというと、全くないのである。

なお、小島信夫は、『抱擁家族』から約三〇年後の一九九七年（平成九年）に第49回読売文学賞を受賞した『うるわしき日々』（講談社文芸文庫）を刊行する。『うるわしき日々』は、『抱擁家族』の三〇年後の姿であるが、『抱擁家族』で妻を失い、長男に家出された主人公は、老人となっている。すでに独立しているはずの長男は、妻子に見放されて離婚し、アルコール依存症によるコルサコフ症候群で記憶を喪っている。主人公は再婚しているが、その妻も記憶を喪っていっている。主人公三輪俊介は、次のように考えている。

「彼が考え続けていることは、息子と自分が血族である、ということであった。そのことをこの何年間か考えつづけてきたが、決してよくは分らなかった。」（五四頁）

「息子が父親を不快にしたことの原因の何分の一、あるいは全部が車椅子を押す彼にあることも、また彼には当然のように考えられてくる。

この息子をこの世の中に生み出したのは、自分しかないからである。不快に思う資格などどこにあるのでもなく、原因は父である彼の中にある。だからこそ逃れようもなく、彼が車椅子を押さねばならない。」（五七頁）

そして最後に三輪俊介の姿は、次のように描かれている。

「コンビニの袋を右手にもったまま、かがみこんで泣いた。泅いていたのはノドだけではなく、眼もまた同じで、これはもっと顕著でそれ故に、困ったことであった。」（三六八頁）

ここでは、三輪俊介は家という概念にとらわれているわけではない。それは、『抱擁家族』の顛末で終わったのだろう。しかし、今度は、自分と息子の血と息子の出生を引き受けた責任とを痛切に感じ、老境に入りながらも救いのない人生に、孤独で乾いた嘆きを嘆いている。そこまで自分を追い詰めなければばならないのだろうか。確かに子どもに対する引受責任というものはある。しかし、少なくとも法的には、それは子どもが成人するまでの責任であって、その後にまで及ぶものではない。もっと社会にすがって助けを求めていいのである。外から見れば潔いともいえるが、そのように追い詰められた状態は、俊介にとっても、長男にとっても、妻にとっても、不幸なことでしかない。虐待にしろ、扶養にしろ、困ったときは、社会に対して助けを求めることが人間としての権利であり、またそれに応えるのが人間の共同体としての社会の責務であるというべきなのである。

(2) 過去の正当化と暴力

三輪俊介のような父親は、子どもに対する体罰も行っていないし、ましてや子どもを虐待することなどできるはずもないだろう。ただ、父親の戸惑いにもいろいろある。阿部昭『千年』(講談社)に収められた「父と子の夜」では、父の海軍式の暴力的なせっかんについて次のように回顧する。

「父はとにかく手が早かった。わたしは海軍式の猛烈なビンタを二、三発くらうと、いつも割合かんたんに泥を吐いたものだ。あれは手っ取り早くて、おたがいに時間の経済だった。後味もかえってよかった。」

しかし、自分は次のように戸惑う存在なのである。

「あんなふうにわたしもいま自分の息子を殴りつけてやればよかった。だがわたしはなんだか手をあげる気になれなかった。さんざん殴った父を現在のわたしが少しも恨んでいないのはたしかだ。だのに、わたしの気持の底には自分の息子たちは殴るまいと決めているようなところがあった。将来いつか殴る破目に陥ることになるとしても、その時を少しでも先に延ばしたいと思っているようなところがあった。」（以上、一三八ないし一三九頁）

つまり、戦時中に受けた体罰を自分では「時間の経済」だと肯定していながら、やはり自分の子どもには同じ体罰を加えることができない。それがなぜだかは分からないが、体罰は最後の最後の手段として先延ばしにすることを決めているのである。その背後にあるのは、次のようなおそれである。

「彼がこわくなるのは、自分がまるで望みもせぬのにいつのまにか三人の息子の父親になりおおせているかのように思えることだ。そしてもっとこわいのは、幼い彼等にむかってわたしはお前たちの考えているような父親ではないのだと教えてやりたくなることなのである。

彼が正直なところ彼等をどう育てたらよいのかわからないと白状したら、彼の妻はさぞびっくりするにちがいない。だが小遣いひとつにしても彼はいくら与えればいいのかわからないような父親だ。よその家ではどうしているのか？　小遣いをふんだんに与えることが甘やかすことで、与えないことがきびしいことなのか？　しかし甘やかすのも親の都合なら、きびしく躾けるのも親の都合ではないのか？」（二二〇頁）

以上のように、外から与えられた親子の規範があれば安心できるのであるが、家長としてこう振舞うべきだという規範が奪われてしまうと、自分で規範を打ち立てる自信がなくなってしまうのである。しかし、最後の最後では、大事にしているはずの長男をとことん殴りつけてしまう。

「わたしはいきなり横っ面をはたいてやった。息子は両手をあげて叩かれるのを防ごうとしたが、運動神経が鈍いのか顔はがらあきだった。わたしは息子を壁に追いつめて、いくらでも叩いてやった。自分の手が痛くなったほどだった。（中略）

そうしてわたしはほとんど無抵抗の息子の胸倉をつかんで、顔のまんなかを滅茶苦茶に殴りつけていた。あれほど子供を殴るまいと決めていたわたしが、とりわけ手を下したくなかった一郎をとうとう殴ってしまった……（中略）」（二三二頁）

この小説は、「わたしはとうとうあいつを殴ってやってよかったと思っていた」（二三五頁）というフレーズで終わる。しかし、主人公がどのような思いをもって今までの戸惑いを解消できたのかわからない。主人公が長男をとことん殴りつけた行為は、あまりにも唐突で感情的であり、さまざまな世間に対する悪意を長男に向かってぶつけているだけにしか見えない。こうなると虐待以外の何物でもないだろう。主人公が正当化していた「時間の経済」には全くなっていないだろうと思う。むしろ長男の心にトラウマを残しただけではないのか。

(3) 家庭からの疎外に対する暴力

さらに高度成長期には、別な形での父親の戸惑いも生じてくる。三浦朱門『箱庭』(文春文庫)には、家庭から疎外されて戸惑う父親が早くも出てくる。

「香織は学を異物視するような傾向を見せた。職業柄、学は家にいる時間が多かったから、以前は学と香織も親しい父と娘だった。タバコを買いに行くにも、香織は学におぶさって行きたがったし、本を読んでいる学の懐で、香織が眠ることも始終だった。そして夜、あまり気のすすまない会合に出ようとして、ワイシャツにネクタイを結ぼうとすると、香織は行ってはいけないといって、泣きながら、ネクタイにしがみつき、結ばせまいとした。」(二一五頁)

そのような親密な親子関係であったはずなのに、突然、娘が変化する(実は、そんなに突然ではなかったのかもしれないが、当事者としては突然以外の何物でもない)。

「『あ、お父さんがさっきまでいたでしょう。くさいわ。』と窓を開け放ち、週刊誌であおぎ出すのだ。そして、学の下着を洗濯機に入れるようにと言われると、自分のが洗い終らないといやだと強情を張ったりした。」(二一五頁)

そして親子でつまらない言い合いとなり、ついには暴力に発展してしまう。

「学はその時、何を考えるより先に、香織の頬を打っていた。娘は何も準備していなかったために、いやというほど左頬を打たれ、見る見る赤く火照ってきた。(中略)
彼はじっと娘を見おろしていた。勿論、前後を忘れたことは後悔していた。しかし、この何ヵ月かにたまっていた不愉快さは、食事の時の香織の言葉で、強い圧力を加えられ、ほんの小さな火花でも爆発するようになっていたのだ。」(二六ないし二七頁)

以上のように、戦後復興期から高度経済成長期にかけては、著しい社会の変化にさらされたのである。小島信夫『抱擁家族』の「戸惑い」は、家長たる自意識と戦後平等社会の到来というズレに対する戸惑いであったが、阿部昭『千年』の「戸惑い」は、軍隊式の体罰に対する共感と戦後民主主義の実現というズレに対する戸惑いであった。また、三浦朱門『箱庭』の「戸惑い」は、親密な関係という幻想からの急激な疎外に対する戸惑いであった。
ここで「戸惑い」を含んだ親子関係が虐待にまで発展していくかどうかは、一義的に決まるわけではないだろう。しかし、戦前の価値意識に共感を保っている阿部昭『千年』の主人公が虐待に該当するような暴力をふるい、同様な三浦朱門『箱庭』の主人公が不愉快ゆえに体罰を行うのに対し、きわめて観念的に家長たる自意識を保っているだけの小島信夫『抱擁家族』の主人公だけが体罰を行わないのは象徴的である。戦前の家長たる自意識にしても、戦後発展した民主主義・平等主義の社会意識にしても、いずれも観念的なレベルにとどまっていたのであって、真に子どもの福祉が考えられるようになるのは、まだまだ先のことにならざるをえないだろう。

2　昭和中期の家と虐待

(1) 平凡で平和な家庭生活

高度経済成長期には、父親が戸惑っているだけではなかった。新しい時代の雰囲気にいち早くなじんで、実に平凡で平和な家庭生活を楽しむ父親もいた。書斎派の小説家は、ほとんど家にいて執筆活動に専念しているから、家庭になじみやすかったのかもしれない。一九六五年(昭和四〇年)に出版され、第一七回読売文学賞を受賞した庄野潤三『夕べの雲』では、書き手とされている小説家の父親は、ずっと家にいて、後ろから家族を見守っている。この小説では、事件らしい事件も起こらない、全く平和で仲睦まじい家庭の様子が淡々とつづられている。この小説の中には、親子に対立の契機はない。かろうじて、テレビチャンネルの選択権について、次のような記述があるだけである。

「彼等の家では、テレビのスイッチを入れるのは大浦か細君のどちらかということになっていて、安雄にしろ正次郎にしろ、勝手にスイッチにさわってはいけないのだった。そういう約束ができて

いた。」(講談社文庫六三頁)

しかもテレビのスイッチを入れるルールにしても、親が一方的に言い渡しているのではなく、「そういう約束」だという民主的なフィクションなのである。また、ここの記述からは、家庭の中にテレビが非常に大きな存在として侵入してきているのがわかる。阿川弘之『舷燈』でも、主人公の暴力のきっかけとなるのがテレビであった。しかし庄野潤三の小説では、テレビは家庭を浸食するものとしてはまだ立ち現われてこない。そこでのテレビは、まだ家庭のルールに支配された電気器具にすぎない。庄野潤三の家庭小説群は、平和で仲のいい家族が、ささやかではかない小さな出来事とともに成長していく過程を絵日記のように描く。まるで家族写真の年賀状が毎年送られて来るようだ。楽しいといえば楽しいし、物足りないといえば物足りない。こういう小説形式が成り立ち、しかも日本の文学賞を総なめにしていくことも驚きである。時代的に、家庭の団欒が求められていたのだろうか。

そして、『夕べの雲』から六年後の一九七一年(昭和四六年)に出版され、第二四回野間文芸賞を受賞した庄野潤三『絵合せ』(講談社文芸文庫)でも同じような世界が子どもたちの成長とともにつづられていく。しかし、この小説では、書き手とされている小説家の気持が表面に出てくる。

「『お前も何か仕事を覚えて、自分で食べていかなくちゃいかん』

というひとことには、父と子、或いは男、生活、家族と世の中——すべてそういうものを引っくるめて要約したようなところがある。それに私は惹かれる。」(一一六頁)

ただし、あくまでも父親は、家族の全体を観察者として後ろから見守っているスタンスが基本になっている。大事なところでは父親が出ていくのだろうが、そういう事件がほとんど起きてこない。それにもかかわらず、江藤淳は、庄野潤三の家庭小説を称して、「治者の文学」と呼んだ（『成熟と喪失』講談社文芸文庫二四三頁以下）。確かに父親は、家族全員を見守っているし、そこには父親としての権威もあるだろう。しかしそれは、「治者」というスタンスではないのではないか。そういう上下関係や支配・被支配関係を否定したところに、この父親の見守りがあるのではないか。

しかし、そこまで平和な世界を諄々とつづられると、読むほうが不安になってくる。いつかこの平和が壊れてしまうのではないかという不安を抱えながら読むことになる。そして「やっぱり何も起こらなかった…」という、ある意味ホッとした気分、ある意味がっかりした気分で本を読み終えることになる。この点については、次のような江藤淳の批判がある。江藤淳は『夕べの雲』について、「われわれには他人の家庭の不幸を覗いてこれを喜びたがる性癖があり、その満足感をすすんで自分の秘事を公開した作者の文学的『勇気』への感嘆として表現しようとする傾向がないとはいえない。しかし当事者にとって一層深刻なのは、危機、あるいは事件そのものよりも、むしろそれがあとにのこした痕跡のほうである。不幸を覗きたがる見物のほうは、理解しやすい危機が示されているのに満足して、そのままそれを忘れてしまう。あるいはせいぜいより劇的な危機が再現されないだろうかという漠然たる期待を持つにとどまる。」（同二一五頁）と評している。全くそのとおりである。反省。

ただし、庄野潤三には、以上の家庭生活を描く作品群とは別に、聞き書きで物語をつづる作品群がある。基本的には家庭生活を描く作品も聞き書きに近い内容であるが、一九六九年（昭和四四年）に出版されて芸術推奨賞を受賞した『紺野機業場』は、北陸で小さな織物工場を営む紺野家の人々から丹念に話を聞いて、一家とそれを取り巻く人々の歴史を描いた作品である。庄野潤三は、聞き上手である。それはそうとして、紺野家も誠実な家族なのであるが、『紺野機業場』（講談社文芸文庫）には、次のような体罰の記述があり、『夕べの雲』と好対照をなしている。

「うちの親父は野性的なんです。荒っぽいんです。若い時はよく怒ったもので、何かというとすぐ殴る。いちばん上が姉ですが、どうして殴られたのやらさっぱり訳が分らないと云っていました。女の子であってもそんな調子です。何しろ、手の方が早いんです。それが年とともに怒らなくなった。弟が二人いますが、ほとんど殴られていない。いちばん下の弟なんか、おそらく一度も殴られたことはないでしょう。上の者ほど、殴られた。兄貴なんか、いちばん殴られた方です。兄弟の中でいちばんでかい身体していて、中学では相撲部の主将をしていたくらいなんですが」（一一頁）

(2) 三男にとっての家

昭和中期には家という観念はどうなったのだろうか。この時代は、高度経済成長に浮かれている時代であるから、もう戦前のような家観念を懐かしむ表現は希薄になってきている。しかし、人々の内心では、戦前までの家観念はそう簡単に消えてはいないだろう。家という観念が続いている限り、長男と長男以外の子どもとの間には、まだまだ多くの確執が残っている。一九七六年（昭和五一年）に刊行された坂上弘『優しい人々』（講談社文庫）は、家長にはなりえない三男にとっての家を示している。兄に嫉妬して「肉親嫌い」になっていたとしても、三男はやはり家に縛られている。

「達男は結婚したらこの家で父母や兄妹と一緒に住む気はないと口に出かかったのをあわててひっこめた。

彼は房子を連れて行った日にそう思ったとき、はじめて自分が呪縛から解かれたように思った。杉並の家は自分にとって親しい家だった。それが懐かしい家に変って行くのだ。」（三一頁）

しかし、長男は病死しており、次男俊彦が事故によって意識障害と下半身麻痺の状態になってしまったとき、三男達男に改めて家の問題が突きつけられる。

「彼がいちばん気になっているのは、彼がもはや三男坊としてのんびりしていられないというところだった。俊彦は一体どんな気持で次男であったのか。父や母は長男、次男、三男というところにどんな区別をつけているのだろう。あきらかに区別があり、それを彼は言葉で言いあらわせなかった。彼の気持では、父母は、あくまでも長男を、長男が亡くなれば次男を大切にしていたということだった。そしていま、その大切にされていた次男が無意識状態にいて、三番目である自分が家から出ていられるという夢想が破られてしまったのだ。」（五六頁）

主人公達男は、そういう状態にあって、父親に対し、次のように宣言する。

「『そのう、お父さんは、兄貴を認めてきた』

『認めはせんよ』

『いや、認めはしなくても、放任してきた。自由主義という方針だったでしょう。少なくとも、その、親としての方針に疑問があるんです。僕にはそう考えられたんです。親は一方を大切にして、一方を大切にしない。それはそれでいい。その方針を貫いてくれればいい。……その方針からは、僕に責任があるとは言えないこんどの事態で、少なくとも僕に対して、どうすればいいか、という質問は出ないはずですよ』」（一一六頁）

これはきわめて観念的な宣言ではないのだろうか。家長ばかりが大事にされて、その他の子どもはぞんざいに扱われる。昔がそのような時代であったのは確かである。しかし、自分は三男なのだという逃げ場を作っておきながら、それでも自分の血をひきずりつづけているのではないか。これは家からの逃避にほかならないだろう。家長だけを重視する家という観念と戦後民主主義における平等という観念とがうまく整理されないまま、血の問題として家の観念を引きずりつづけていた時代なのである。

(3) 昭和中期の子ども虐待の諸相

高度成長期の子ども虐待についても、やはり『近代こども史年表』で見ておこう（二六五頁以下）。この時期になると、新しい虐待形態も出てくる。①昭和四一年九月三日、一〇歳と三歳の子をわざと自動車にぶつけて慰謝料を請求していた当たり屋夫婦が逮捕。これは完全に身体的虐待にも該当する。②昭和四五年二月、東京・渋谷のコインロッカーで嬰児の遺体が発見される。これも嬰児殺害である。コインロッカーを利用した殺害はその後も急増していく。③昭和四七年九月三日、青森で小学校四年生の長女を保険金目当てに殺害した父親らが逮捕。全く、子どもはいつの時代でも親の道具にされてかけがえのない命を失っている。

一九六二年（昭和三七年）に刊行された、山本周五郎『季節のない街』（新潮文庫）に収められた「がんもどき」には、性的虐待のシーンが出てくる。「がんもどき」の主人公である一五歳のかつ子は、実母がありながら伯父夫婦に養育されている。伯父京太は、今までの児童虐待にも出て来た養育費目当てでしかかつ子を扱っていない。タイトルの「がんもどき」は、実母がかつ子を評して、「なんてぶきりょうな子だろう、まるで踏んづぶしたがんもどきだね」（二七六頁）と言ったことに基づいている。しかし、人間性のかけらもない伯父京太に性的虐待を受けることになる。

「かつ子は仰向きに寝て、片方の足を夜具の外へ出していた。いつもはそんなことはなかった。仰向きに寝ればその姿勢のまま、横向きに寝れば横向きのまま、眼がさめるまで動かないのである。

それがそのときは片足を夜具から踏み出してい、大腿上部まであらわになっていた。

京太は夜具を掛けてやろうとして跼《かが》んだ。発育のよくないかつ子の躯は、少女らしい魅力さえどこにも感じられなかった。胸も腰も少年のように骨ばっていて、ふくらみや柔軟さなどはまったく眼につかなかった。——ふだんは確かにそのとおりなのだが、ひびのいったガラス戸を透して来る、夜のほの明りのいたずらだろうか、京太の眼にうつったかつ子のあらわな足は、特に大腿部でやわらかい厚みと、重たげな張りをもって、おどろくほど誘惑的にみえた。

すぐに、かつ子は眼をあいた。眠りからさめたというより、眠っていなかった者が眼をあいたような感じで、そのまま眸子《ひとみ》も動かさずに伯父をみつめていた。

『なんでもないんだよ』と京太は云った、『あたりまえのことなんだ。じっとしていればいいんだよ』

かつ子は例によってなにも云わず、ただ伯父の顔をみつめるばかりであった。その眼には驚きの色もなし感情のかけらもなかった。ガラス玉のように冷たく、透明なままであった。

『眼をつぶるんだ、かつ子』と京太が云った、『じっとして眼をつぶってればいいんだ、なんでもないんだから』

けれどもかつ子の眼は伯父をみつめたまま動かなかった。そこで京太自身が眼をつむったのだが、つむった眼の裏にかつ子のみひらいた眼がみえるというようすで、すぐに眼をあき、眼をつぶれ、とするどい声をきめつけた。

かつ子の唇がゆっくりひろがって、歯がみえた。微笑したようでもあるし、あざけっているようにも感じられた。京太は骨まで凍るほどぞっとし、慌ててまた眼をつむった。かつ子はついに眼を

あいたままでいたし、一と言も口はきかなかった。」（二八七頁ないし二八八頁）

全くひどい話である。しかしかつ子は妊娠してしまい、それが発覚しそうになったときに、それまで唯一かつ子を人間らしく遇してくれていた岡部定吉少年を出刃包丁で刺してしまう。どうしてそのようになってしまうのか意外な展開である。かつ子は、岡部少年に次のように説明する。

「かつ子はじっと考えてから、うまく云えない、と云った。いま考えてみると自分でもよくわからない、と云った。ただ死んでしまいたいと思ったとき、あんたに忘れられてしまうのがこわかった、自分が死んだあと、すぐに忘れられてしまうだろうと思うと、こわくてこわくてたまらなくなった、本当にこわくってたまらなくなったのだ、と云った。」（三一〇頁）

とてもせつない気持ちである。岡部少年にとっては理解できる話ではないかもしれないが、なんとなくわかる気はする。そして、この小説の最後に、かつ子は、岡部少年のうしろ姿を見送りながら、「ごめんね岡部さん」と呟くのがもっとせつない（三一一頁）。

二　昭和中期の「解き放たれた母親」

1　不倫の発見

(1)「よろめく母親」

昭和中期には、社会が安定し、女性の社会的地位も確立してくることとなった。しかしそれだけに、専業主婦として家に閉じ込められた母親の鬱屈も生じるようになる。家庭の中にあって感じる孤独という問題が昭和中期の課題となる。そしてこの孤独を解消するために選択されたことの一つが、不倫関係ということであった。一九五七年（昭和三二年）に刊行された三島由紀夫『美徳のよろめき』（新潮文庫）は、主人公である倉越節子が、夫一郎と子菊夫がありながら、土屋青年と不倫関係に陥る物語である。節子がこのような道に踏み込んでいくきっかけは、夫一郎との関係が次のように冷めていることに基づいている。

「『私、浮気をしてもよくって？』

彼女はできるだけ軽薄を装ったつもりである。

『さあ、僕のとやかく言うことじゃないと思うね』
いかにも穏和なこの返事は節子の心を凍らせた。」（八三頁）

これに対して、土屋青年との関係は、次のように描かれている。

「この夏の思い出は節子の心に美しく育った。海の夕方。色づく雲。点々とうかぶヨット。一日中ホテルのサーフ・ルームにいるさびしい外国人の老夫婦。岬の先端の粘土いろの平らな岩に腰かけていると、波が岩のおもてを薄く辷って来て、忽ち足もとの小さな洞から、おどろな音を立てて迸り、引いてゆくさま。

風景画を描きながら、節子は肉慾を描いている。それは同じ絵具で足りるのだ。そしてそれらの風景を吹きめぐる海風には、土屋の肉の匂いが充ちあふれていたのである。」（九三頁）

しかし、節子には、子菊夫がいる。菊夫との関係はどのように捉えているのだろうか。

「節子はじっと菊夫を見ていた。自分の決心がこの子と何の関わりがあるかを考えた。（しらずしらず、彼女は考えることを学んでいた！）この子には私を非難する資格が、生まれながらに具わっていると云えようか？この子の住んでいる世界と、私の今や住もうとしている世界と、何の関わりがあるだろうか？　子供は子供だけの世界へ、母親は女へ立戻るだけのことである。」（五八頁）

「『この世でまっとうに私を非難することができるのはこの子だけだわ』」（二〇一頁）

「たとえば幼稚園の話をしていても、動物園の話をしていても、いつもこの孤独な母親は、子供にむかって目で訴えかけている。

『ねえ、お母様を恕してくれる？』

菊夫はただ笑っている。するとその笑っている澄んだ目の中に、節子はたえず次のような一語を読むのである。

『いいえ、恕しません！』

節子は戦慄する。戦慄すると同時に安心する。

『もしこの子が恕すと云ったら、そのときすぐさま、私はこの子を殺すだろう』」（二二七頁）

三島由紀夫の小説は、あまりにも耽美的に描かれているために、現実的なリアリティは少ない。しかし、だんだん日本が豊かになってくるにつれて、このように「よろめく母親」が出てくることになる。それは単なる肉欲・性欲の問題だけではないだろう。次に不倫の理由を小説の中に読んでみる。

(2) 不倫の理由

小島信夫『抱擁家族』の主人公俊介の妻時子は、アメリカ人ジョージと不倫関係に陥ってしまう。しかし、ジョージから時子が狂っていてこわいと言われると、夫婦は共同してジョージと闘うことになる。なぜそういう事態に陥ってしまったのか。時子は次のように俊介を批難する。

「『ああ、ほんとに一日一日とくれて行く。こんなことをしてくれてゆく。あんたは、こうして私をいじめて暮せばいいわよ。ああ返してよ。さあ返してよ』

『何を返すのだ。若い頃でも返せというのかね』

俊介は声を出して笑った。

『あんたは、そうして笑っていればいいわよ』

週刊誌をなげつけてきた。

『いや、おれの笑っているのはだな』

と俊介はどういうものか自分の笑いに自分でてれながら、そのてれくささをごまかすように笑った。

『返してよ、ほんとに、私の若い頃を返してよ、といっているのよ』」（七三頁）

このように時子は、妻という立場のやりきれなさをそのまま俊介にぶつけている。そのやりきれなさによって不倫関係という事実が正当化されるわけではないが、不倫関係は俊介に日常生活における対応能力が決定的に欠けていることに対するアンチテーゼとなっているのである。

一九七七年（昭和五二年）に出版されテレビ放映もされた山田太一『岸辺のアルバム』（光文社文庫）では、会社人間そのものの父親の会社が倒産の危機を迎え、専業主婦である母親は近所の妻子ある男性と不倫関係に陥り、大学生の長女はアメリカ人にレイプされて中絶をし、長男は三流大学にも不合格となって浪人してしまい、最後には、台風通過後の水害で堤防が決壊し、父親が家庭を犠牲にしてきた唯一の成果たる新築の我家が流失してしまう。現代のバラバラな家庭の崩壊物語であるかのように見えるが、ここまで徹底的に崩壊したからこそ、また家族が寄り集まって再生していくという希望の物語である。

しかしそうなるまでの道のりは長い。母親が不倫関係に陥ったことについては、次のように説明される。

「欲望をおさえきれずに浮気をするというより、自分の世界の狭さ、体験の浅さ、老後の後悔を克服するために応じたというところがある。

いや、勿論それだけではない。淋しかった。長い間、孤独だった。飢えがあった。」（一三九頁）

ここには、切実な思いが描かれている。現代の専業主婦の孤独とは、そういうものだろう。特に、歴史も共同体もない新興住宅地には、そういう孤独が壁にしみこんだインクのようにしみついている。不倫関係というと、人間の肉欲や性欲とはそんなものだ的な、あまりにも一般庶民をアホにしたてる作品が多すぎる。単なる俗悪ポルノグラフィーならばともかく、そうでない場合には、出版を含むマスメディアや小説家の傲慢さが如実に出てくる部分である。だから、そういう小説にも、社会学的な意味くらいはあるのかもしれないが、ここではそういうくだらないものは一切扱わない。誰の小説とは言わないが。そういう意味で、山田太一の描く世界は、短絡的でなく、あらゆる人に対して寛容で優しい視線を持っている。この母親にしても、不倫関係を正当化するわけではないが、夫から「お前だって勝手に生きるはずだ」と言われて、次のように反撃している。


「『自分に罪はないのね?』

則子がいった。

『罪だと?』

『私を批難したいのね? こんな家庭にした私を批難したいのね? その通りだわ。あの子たちがああなったのは私のせいね。少なくともあなたのせいじゃない。あなたはいなかったんだから、あなたのせいじゃない』

『そんなことはいっていない』

『だからそんなに弱いのよ。たまには子供とぶつかるとおどろいてしまうんだわ。私はあのくらいの事で子供たちを諦めないわ。あの子達が小さい頃から、あてがはずれることなんかいっぱいあったわ。今更あなたみたいに大騒ぎはしないわ。あの子達がなにをした? 殺人をした? 放火をした? 泥棒をした? 人をだました? なにもしていないわ。あなたは、いつも逃げていたから』

『逃げてなぞいない。仕事をしていたのだ』

『いつでも仕事をしていたわ』」(四八一頁)

2　離婚という選択

(1) 離婚と夫婦関係

夫婦関係は、たんに一方の性的あるいは金銭的なだらしなさや暴力的な態度に他方が我慢できなくなることによって破たんすることはよくある。また、そのようなだらしなさではなく、生真面目に片方が自分に本当に必要な関係とは何かを考え始めたとたん、危機を迎えることにもなる。なぜなら、人間関係は相互間の共通主観で成り立っているだけであり、客観的に本来的にこれが自分に必要な関係だという証明を行うことは不可能だからである。自分探しにしてもそうである。客観的な本来の自分など存在しない。客観的にあるがままの個人が存在するだけであって、自己認識として肥大した自己像を抱くか、矮小化した自己像を描くか、それとも自己認識を放棄してしまうかしかない。おそらく正しい自己像なんてものはないからだ。

したがって、社会が物質的に豊かになり、家庭生活にゆとりが生じるようになると、自分に必要な関係という幻想が夫婦関係を壊していく事態が生じる。これまでにも再三引用してきたが、高度経済成長によって家庭生活にゆとりが生じるようにはなったものの、夫は会社人間になって家庭にいなくなり、妻は家で孤独な生活を強いられることになる。子どもがいればこの孤独を解消できるかというと、それは全く逆なのである。子どもは常に手のかかる存在なのであって、そのことが親を鍛えるのである。しかし、相談するにも夫は不在であり、自分で判断していかなければならないが、誰も日常的に相談に乗ってくれる人はいない。だから、子どもがいるほど、妻の孤独が深まっていくことだってある。そして最終的には、離婚へと突き進んでいくことにもなる。

離婚を題材にした小説はすさまじく多い。しかし、子どもがいることの孤独を含めて題材にしている小説はおどろくほど少ない（ように思う）。三浦朱門『箱庭』では、主人公学が弟修の妻百合子と肉体関係を持ち、そのことを弟に知られないまま、百合子は弟のもとを去ってしまうのであるが、百合子は次のような手紙を弟に残している。

「お互いにもう、別れたくて、ウズウズしていたのね。武夫がうまれなかったら、とっくにあたしたちの関係は清算されていたのかもしれない。武夫だって、うまれたのは、あなたの責任よ。おぼえているでしょう。

もっともあたしはもう終りだ、ということに気がついたのは最近だったけれど。」（二一八頁）

これに対して、弟は次のような受け止め方しかしていない。

「『女房に棄てられるのは、ちょっとブザマだな。カッコ悪いよ。』

（中略）

『とにかく、向うから愛想をつかされたのは面白くないけれど、おれは別れるのはいやじゃないん

だよ。このごろはケンカもしないくらい、気持がはなれてたんだ。』」（二二九頁ないし二三一頁）

その後に百合子と再会した学は、百合子から次のように告げられる。

「『たとえでき心にせよ、女というものは、君のためには家も何もいらん、と言ってほしいのよ。今後のためにも、お教えしておくわ。言訳めくけれど、あたし、お兄さんとのことがあってから、目が開けたの。木俣家というのかしら、あのケチくさい家にがんじがらめになっていたのを、ほかならぬ、木俣家の人から解き放してもらった、という感じね。』」（二三九頁）

一九八四年（昭和五九年）に刊行された、干刈あがた『ウホッホ探検隊』（福武文庫）では、離婚した母親が子どもたちに次のようにその理由を話している。

「『お母さんはお母さんだから、君たちのことを先ず考えなければならないと思ってきた。お母さんがお父さんと別れたら、君たちも、どちらかと別れなければならないわけだから。でも今、お母さんは、自分自身として立ち直りたい。こんなふうにだんだんダメになって行って、君たちもメチャメチャにしてしまう人間でいたくないと思った。それで、お父さんの奥さんでいることをやめたの』」（三四頁）

しかし、離婚するエネルギーは、結婚するエネルギーよりも数倍高い。結婚するときもエイヤッという踏み出しのエネルギーが必要なのだが、離婚するときには現状をすべて捨て去って新たにスタートするというエネルギーが必要になるからだ。それだから、離婚した直後には、次のような精神的な反動が来る。

「私も君たちの前では明るくしているが、時々ひどく落ち込む時がある。私は男の人を深く愛せない人間なのではないか、ひどく冷たい女なのではないかと。離婚したあとで、自分ばかり責める時期があるわよと、離婚先輩に教えられた、そういう後遺症の出てくる時期なのだろうか。」(五五頁)

このようにして離婚した母親は、三浦朱門『箱庭』と違って、かなり精神的に揺れ動くのであるが、そういう状態を救ってくれるのは子どもなのである。だから、次に子どもとの関係について考えておく。

(2) 離婚と親子関係

三浦朱門『箱庭』では、さすがに百合子も子どもである武夫のことが気にかかっている。しかし百合子は、本心からか自己正当化からか、次のように手紙に書いて割り切っている。

「つらいのは武夫のことだけ。でも、あの子って、変に冷たいの。あなたに似てるわ。お昼にしようとするでしょう。すると武夫は食卓を見て、『あ、香織ちゃんちの方が御馳走あらあ』といって、さっさと喰べに行っちゃうの。だから、あたしがいなくなっても、それほどショック受けないと思うわ。」（二一九頁）

干刈あがた『ウホッホ探検隊』では、子どもも相当痛んでいるのが分かる。

「妻が子供にだけこころを開いている家には、夫はますます帰りにくくなる。そのからくりを、君は敏感に感じ取っていたようだ。子供に魅せられている母親は、ほかならない君たちによって、手痛い反撃を受けなければならなかった。

君はひどく怒りっぽくなってきた。玩具を作っている途中、ほんの少しのミスをすると、たちまちメチャメチャに壊す。木材を鋸で挽きながら思うようにできない時、『なんだよこの木は！ なんだよこの鋸は！』と大声で叫んで投げ出す。そして拳でガンガンと壁を叩く気持の中には、やり場のない焦立ちが出口を求めていたのかもしれない。君はだんだん弟を苛めるようになってきた。」（二二一頁以下）

しかしこの母親も、最後は子どもたちに救われる。子どもたちが母親よりも先に前向きになってくれたからである。

「『僕たちは探検隊みたいだね。離婚ていう、日本ではまだ未知の領域を探検するために、それぞれの役をしているの』

『そうか』

『やっぱりお父さんが隊長かな』

『そうねえ。今思い出したんだけど、初めておばあちゃんの故郷の奄美の沖永良部島へ行った時、船が海の真ん中でさ、水平線が丸かったでしょう。先に何があるのかわからなかった。やがて水平線に島が見えてきた。本船から艀に乗り移る時に、太郎はまだ五つか六つだったけど、誰よりも先にとび移って、艀の舳先に立ってキリッと前を見ていた。あんな感じね』

『お父さんは家に入ってくる時、ウホッホって咳をするから、ウホッホ探検隊だね』

『ウホッホ探検隊。素敵』」(五三頁以下)

離婚と親子関係について、『ウホッホ探検隊』と同じく一九八四年(昭和五九年)に刊行され、第一〇回川端康成賞を受賞した津島佑子『黙市』(新潮文庫)は、人間の父子関係について、猫の父子関係に対比して、次のように書く。

「人間の場合は、生まれた子を自分のものと認めてはじめて父親になるという申し合わせがあるらしいが、ずいぶんと狭い了簡の話ではある。認められる子、認められない子、とオスが勝手に子どもを二種類に分けてしまうというのか。必要な時に、子どもが適当なオスのなかから父親を選ぶということで充分ではないか。」（一六六頁）

これはずいぶん思い切った意見であるが、なるほどと思う。親ではなく、子どもを主体として親子関係を断じるというのは、これまでになかった発想だったに違いない。しかし、何らの原因もないのに一方的に選ばれた父親は困るけれども。まあそれは強制認知という法的な枠組みのなかで是正していけばいいのである。

第六章　石油ショック後の父親と母親

一　昭和後期の「不在の父親」

1　家庭生活における父親の不在

(1) 会社人間の父親の不在

日本社会は、昭和四〇年代には高度経済成長の成果を実感しはじめ、努力すれば一定の社会的成功が見えるようになってくる。そして父親は仕事人間となり、労働時間や通勤時間もどんどん長くなっていく。高度経済成長は、ニクソン・ショックと石油ショックとによって終焉を迎えることとなったが、その後のスタグフレーションにあっては、なおさら働かざるをえなくなった。インフレーションと不況とが同時にやってきたのであり、少ない人件費で高度成長期と同じくらいの成果を上げることが個々の労働者に要求されるようになったからである。

なんとなく高度経済成長期に父親が家庭に不在となったような気がしているかもしれないが、案外そうではない。高度経済成長期は確かに忙しくはなったのであるが、父親は家にちゃんと帰ってきている。父親が家庭に不在となるのは、石油ショックの後のスタグフレーションが決定的な原因なのである。昭和五〇年代に父親は、家庭で不在の存在となっていき、父親は子どもを虐待するどころか子どもにとって全く希薄な存在になっていく。そして一九八六年（昭和六一年）には、とうとう「亭主元気で留守がいい」というCMが大ヒットし、流行語にもなってしまう。

一九九九年（平成一一年）に出版され、第二六回大佛次郎賞を受賞した高井有一『高らかな挽歌』（新潮文庫）では、家庭に不在の父親と子どもに密着する母親という構図が次のように描かれている。次に引用する部分は、まだ石油ショックが起きる前の一九六九年（昭和四四年）の秋に設定されている。

「リヴィングと板戸を隔てて、六畳の和室が作られた。それが伸哉のための部屋であった。小学二年生になったばかりの子供には釣り合わないじゃないか、と晨一郎は言ったが、多加子は、伸哉に何でも好き勝手にやれる場所を与えてやりたいの、この部屋の中でなら、あたし、伸哉が壁に落書きしようと、友達と一緒に暴れて硝子を割ろうと、一と言も叱ったりしないつもりよ、と意志を押し通した。それが晨一郎には、伸哉はあたしが責任を持って育てます、と宣言しているように聞えた。」（二四二頁）

「パズルをやるのは一日二時間だけ、と約束させても一向に守られず、少しでも気持を開かせようとして、一遍パパと協力してやらないか、と持ちかけても、まるで反応がなかった。週にせいぜい二度しか夕食を一緒にしない父親は、頭から無視されていたとも言える。新しいパズルを買ってやらなければいいようなものだが、それには多加子が反対した。あたし、時どき伸哉の部屋をそっと覗くの、と彼女は言った。パズルをやっているあの子は、いい顔してるわ、眼が輝いてるのよ、ああいう顔のできる子、滅多にいないと思う、友だちとうまく付き合えないのは確かに心配で、どうにかしたいけれど、一つ事にあれだけのめり込むのは個性でもあるんだから、一切否定するのは可哀相、というよりあの子を駄目にしてしまう。個性か、と晨一郎は、その言葉の裏に、多加子がPTAの母親たちと、わが子について話し合った気配を察して、口を噤むしかなかった。」（二四四頁）

ここでは父親が不在になりつつあるのであるが、それでもまだ週に二回は子どもと一緒に夕食をともにしている。しかし、昭和五〇年代になってくると、いよいよ父親の不在がはっきりと現れてくることになり、もうほとんど子どもと一緒に夕食をとることもなくなってくる。一九八四年（昭和五九年）に刊行された、干刈あがた『ウホッホ探検隊』（福武文庫）には、まだ離婚前の状況を小説化した「プラネタリウム」も収められている。そこでは、子どもたちが、自分たちの父親について次のように会話している。

「『お前のオヤジさあ、煎餅屋の横の駐車場、借りてるだろ。赤いランドクルーザーだろ』
少年は鼻をピクピクさせた。母親はその車が嫌いだといって、買いかえてから乗ろうとしない。前の焦茶色のシビックの方がいいという。
『目立つ車なんだよな。あんまり帰ってこないんだって。別居してるのか』

『べつに、うちのオヤジ、忙しいからな。いつも締切りに追われてるらしい』

『うちのオヤジなんか、帰って来るにはくるけど、夜中すぎ、日曜はゴルフだろ。オフクロと二人でたまんないよ』」（一一〇頁）

この父親の不在は、母親にもダメージを与えている。

「少年たちの父親は、帰ってきた時が帰ってくる時の西部劇の男、現代のゴールドハンター広告マン。彼らがカイシャと呼ぶ父親の仕事を援護するため、母親は税金計算の電卓を叩いていた。」（一一六頁）

「彼女は電卓を叩きつづけた。テレックスを打つように。

アナタニ　トッテハ　シゴト　イガイノコトハ　カテイモ　コドモモ　ザツヨウナノデショウカ。アナタハ　カテイガ　フチンノ　コウクウボカン　ダト　オモッテ　イルノデショウカ。ワタシハ　ナンドモ　アナタニ　SOSシンゴウノ　デンワヲ　シマシタ。コドモモ　サビシガッテイルシ　ワタシモ　カラダノ　ハンブンガ　トザサレテイル　ミタイナ　ヘンナ　キモチニ　ナルカラ　シゴトガ　イソガシクテモ　ナルベク　カエッテキテ。

SOS。キチヨリ　ゼンセンニツグ。シキュウ　キカンセヨ。SOS。キチヨリ　ゼンセンニツグ。シキュウ　キカンセヨ。」（一一九頁）

一九七〇年（昭和四五年）から一九七五年（昭和五〇年）にかけて「時間ですよ」というテレビドラマを大ヒットさせた久世光彦は、二〇〇一年（平成一三年）に刊行した『むかし卓袱台があったころ』（ちくま文庫）というエッセイで興味深いことを書いている。このドラマは、下町の銭湯が舞台となっていたのであるが、この時代になぜ銭湯だったのか。その理由を次のように書いている。

「ホームドラマでお父さんがサラリーマンだと、不便なことがいろいろあります。まず平日の話ですと、お父さんは朝と夜しか家に居られません。と言って毎回日曜日の話にするわけにもいきません。だいたいホームドラマは、ある一日の話というのが、何となくおさまりがいいのです。（中略）おかみさんも、専業主婦のおかみさんではなく、番台に座ってお客にお愛想も言えば、裏で燃料の仕入れにも駆けまわったりもします。（中略）

人情噺には、傾きかけた稼業が似合います。それも、お江戸の時代から細く長くつづいてきた、庶民の生活に根づいた稼業というのが、とりわけ似合うのです。実際そのころから、東京のお風呂屋の軒数は激減しはじめています。お客が減る割りに、入浴料の方は少しずつしか上がりません。典型的な斜陽の商売です。銭湯はとても広い面積を必要とします。だからそのころは、廃業してそこにビルを建てるとか、とりあえず駐車場にするとかいう銭湯が続出したものです。『時間ですよ』はだから人気があったのでしょう。」（一八二頁）

確かにそのとおりだったのだろう。父親が家庭に不在となるのと、土地価格が高騰して古い地域を作ってきた商業形態がすたれていくのとは、同時並行的な現象であった。高度経済成長が終わるとともに、不況とインフレの同時進行のもと、経済至上主義一辺倒の企業活動と政治運営がはびこって行ったのである。これは市場原理そのものであったのではなかった。仮にそれが市場原理だったとしても、政治運営は早くそのような方向性を修正すべきであったにもかかわらず、そのまま放置したに等しい状態になっていった。そのことについては、後で分析することにしよう。

(2) 不在父親の開き直り

父親が家庭に不在となることは、いろいろな面で不都合が生じることでもあった。しかし、父親の中には、その不都合な状況に悪戦苦闘するのではなくて、開き直る場合も多々あった。無頼派である坂口安吾の精神を受け継ぐのは、一九七五年（昭和五〇年）に出版されて第二七回読売文学賞を受賞した檀一雄『火宅の人』（新潮文庫）である。檀一雄は、子どもとの関係について次のように書く。

「子供はほったらかせば育つ。現に私は浮浪児同然、ほったらかされ続けて育ってきたようなものだ。」（上・一九頁）

「私はようやくハッキリと訊き返すだけの争覇心が湧いてきた。我が子に対する争覇心である。争覇心と云って悪かったら、人間一人々々、おのれのワザを尽して亡びるだけの、明瞭で、正確な自愛である。かりに一郎が孤独であったにしても、それを誰に転嫁できるというのだろう。なるほど、

一郎を温和に包んでくれるような家というものはなかったかもわからない。しかし、私だってなかったのだ。」(二七五頁)

「どんな人間だって、それぞれの環境を負って、生きて来たでしょう。人様や社会にたいしては、重々申訳ないけれど、私も、私なりに生きることをやめるわけにはゆきません。やがて破局ははっきりとやってくるでしょう。いや、もう、やってきたところかもわかりません。しかし、それなりに落着するのを待つほかに、今は私に、何の手立てもないのです。」(二九三頁)

このように檀一雄は、子どもを一種の他者として扱い、何回も「私だってそうだったのだ」というフレーズを繰り返して開き直っている。そこには、虐待の世代連鎖を生む心理構造と同様な心理構造があるのだろう。もっとも『火宅の人』の世界では、親子関係が全く壊れているわけではない。『火宅の人』の主人公は、子どもに対する愛情を失っているわけではなく、別の個所では、次のように言っている。

「私の生きている限り、また私の能力の限り、我が子の救援には向かうだろう。しかし、もとより私達は一人、一人、誰が重複して、その生涯を見届け得るか。『親が有っても子は育つだよ。なけりゃや、育つに決まっているじゃないか……』と安吾の笑い声が聞こえてくるような気さえするではないか。」(三三八頁)

また、『火宅の人』には、次のようなコミカルで哀しい子どもとのやり取りもある。こうした表現には、世間の常識からは確かに外れているかもしれないが、主人公の子どもに対する愛情が読み取れるだろう。


「二歳のフミ子がキョトンと蒲団の上に起き上がって、眼をこすっているようだから、

『オシッコ?』

『うん』

私は子供を抱えて厠に立つ。

『チチ帰った?』

『うん帰ったよ』

『もう、ドッコも行かん?』

『うん、ドッコも行かん』

『もう、ドッコも行く?』

『うん、ドッコも行く』

その会話がよほど面白いらしく、抱えられながら、大声をあげて、私の頬の髭を手探りに撫でるのである。が、蒲団の中に抱え入れると忽ち、昏睡したように眠りこんだ。」(七五頁以下)

青野聰『母よ』(講談社文芸文庫)では、父母双方の仕事上の理由などで母子が一緒に暮らしており、

父親はたまに子どもと過ごすだけの状態となっている。そのため、父親は次のような思いを抱いて生活している。

「生活を共にしていなければ伝わるものも伝わらない。怒るのだってむずかしい。おれから父親でいる時間を奪っておいて。いいたくなるのを、なにからなにまでひとりでがんばる彼女に敬意を表してこらえ、きっと閉じた口の奥で、父よ、と呼びかけました。」（一九三頁）

「母親はいる、子を生んだ女はみんな母親である。男はいる、うじゃうじゃいる、だが精液の供給者というだけで父親はひとりもいない。」（一九四頁）

まあそういう気持ちもわからないでもないが、子どもにしてみたら勝手な言い草にしか聞こえないだろう。そういう意味で、これも一種の開き直りといっていい。

2　崩壊する家族

(1) バラバラな家族

父親が家庭に不在となり、母親も家庭内の孤独から逃れようとすると、家族としての形が崩壊してくることにもなる。一九八七年（昭和六二年）に刊行された増田みず子『一人家族』（中央公論社）では、バラバラな家族が次のように表現されている。

「父上は大学教授、母上は弁護士、八歳年長の姉上は大学勤めの医師というように、家族がそれぞれ有能すぎて、寸暇を惜しんで働きかつ勉強せざるを得ない職業に就いている人々ばかりだったから、彼はいつも取り残されて一人ぼっちだった。家の中で常に最優先されるものはそれぞれの仕事であり、それだからこそバランスもとれていた。もちろん彼を除いては。彼はいくら頑張っても、優等生であることを当然視され、逆に淋しがったり不満を訴えたりすれば嘲笑されるか軽蔑されるかした。家の内でも外でも同じことだった。誰もが彼の家族をほめ、羨ましがった。でも彼は、お手伝いさんの作る食事を一人きりで食べなければならなかった。少年である彼の唯一の現実は、その孤独感だった。ふた親や姉が互いに仲良くいっているのかその反対なのかさえ、めったに顔を合わせる機会がなかったから、見当がつかなかった。」（五八頁）

ここでは家族の中での強烈な孤独感が表現されている。私の家庭も、私が大学教授兼弁護士だし、妻も弁護士で、姉（長女）と弟（長男）がいる四人家族である。まあ私は有能ではないし、長女は文系なので医師になることもないだろうし、長男も一人ぼっちで食事をすることはなかったので、こんなことにはならないだろうとは思う。しかし、私たちが気づかないところで、子どもたちも外からプレッシャーを受けているのかもしれない。気をつけよう。

バラバラな家族といっても、先にも触れた曽野綾子『虚構の家』に描かれた家族は、孤独なだけでなく、とても怖ろしい世界になっている。ともに父親・母親・息子・娘という四人家族である日和崎家と呉家の物語なのであるが、両家とも完全にバラバラになっていく話である。日和崎家の父親はそれほどおかしい人間ではないが、仕事人間で不在がちである。呉家の父親は教育学の教授であるが、独善的かつ非情な人間である。両家とも母親が子どもたちに対する養育責任を委ねられているが、日和崎家の息子は神経症で引きこもり、ついには自殺してしまう。呉家の息子は東大に合格するが、睡眠薬依存症の母親が変調をきたしているにもかかわらず、無理にサイダーを買いに行かせて事故によって死亡させてしまうのであるが、「お母さんの事故は自殺だと思ってる」と全く意に介する気配すらない。

両家の娘を除くと、他のどの家族も正常さを逸脱している。しかし、両家とも、まともな娘たちは、家族から何かしらの形で排除されているのである。異常が正常を排除する、矛盾に聞こえるかもしれないが、それは真理なのである。いじめの場合にもそういうことが往々にして起こる。そして、『虚構の家』の世界が、いかにも作為的なフィクションの世界かというと、このような家族は案外多いのであって、いや、多くなったのであって、きわめてリアルだと思う。弁護士としての職業を通して私はそのように実感している。リアルだからこそ怖ろしいのだ。このような閉塞して分裂しているバラバラな家族も、現代的な家庭の姿の一つであるといわざるをえない。

これに対して、山田太一『岸辺のアルバム』には、最後に希望が託されている。確かにこの小説で描かれる家は、バラバラであった。長男の繁は次のように嘆いている。

「まったく、なんて家だ。喜びを伝える相手が一人もいないのだ。」（六〇頁）
「遠くにわが家が見えた。ロボットだ。あの家にいるのは人間じゃなくてロボットだ。」（三三二頁）

このようにバラバラになっていた家族だが、長男繁が、家族の絆を取り戻そうと、がむしゃらに頑張る。繁は、まさにトリックスターである。身体的力や知的能力がなくても、決して諦めようとはしない。次々と、家族を分断している境界を侵犯していく。そして今までの家を象徴していた家屋が洪水によって流失したことをきっかけとして、家族四人は再生の道を歩き始める。小説は、父親謙作の次の言葉で終わる。

「おい、話は終わった。待っていろ。四人で並んで帰るんだ」（四九七頁）

(2) 敵対する家族

一九七八年（昭和五三年）に日本経済新聞に連載された円地文子の『食卓のない家』（新潮文庫）でも、家族がバラバラになっている。その上、ただバラバラになるだけでなく、家族が敵対し合っている。鬼童子《きどうじ》家では、長男の乙彦が過激派のリンチ殺人事件に関与して逮捕されたことから亀裂が生じ始めて家庭が崩壊していく。父親の信之は、大手電機企業の部長職にあるが、乙彦の犯罪に対して独立した個人として対処したため、「親の顔が見たい」という世間の糾弾を無視することになり、社会的地位が危うくなっている。母親の由美子は、ノイローゼとなって入院し、娘の珠江の縁談もこわれてしまう。そして、家庭は崩壊のきざしを次のように示している。

「娘や息子は家にいても、父親の帰宅を待ってなどいない。時に帰って来た彼と廊下で行き違うことがあっても、お帰りなさいとも、只今とも言わない。増して今日はどこに行ったの、何をしていたなどという会話などありようもない。彼らは路傍の人のような眼で、父親を見、信之も自分の方から呼びかけようとはしない。

（中略）

幸福な家庭は一様に幸福であるが、不幸な家庭はさまざまに不幸であるというアンナ・カレーニナの出だしの言葉を信之は若い頃読んで、未だに覚えている。幸福な家庭とはいったいどういうものなのかさえ現在の信之は忘れていた。それは極楽は退屈だという意味で退屈なものであるかも知れない。

そこには妻の手料理の皿の並んだ食卓があり、父母と子供たちはいっしょにいて、てんでんに今日のこと、明日のこと、昨日のことを語りあい、笑いさざめいている。過去への追憶も未来への期待も、そこでは家庭という雰囲気に溶けて独特な湯気に蒸されている。」（二八頁）

食卓とは、家族のコミュニケーションの場であり、家族のコミュニケーションの象徴である。別に食卓でなければならないわけではない。しかし、そういう象徴さえなくなってしまい、すでに家庭が存立しえない状態にある。そして、家族は相互に敵対していくことになるのであるが、その矛先は長男の乙彦ではなく、父親である信之に向けられる。まずは、妻の由美子から。

「由美子は珠江を慰めるよりも、自分を慰めて貰いたかった。その癖、当の乙彦に対しては憎悪や恨みは不思議に感じられず、ああいう破目になった息子を責めるよりも、沈黙をつづけている夫がひたすら恨めしかった。お嬢さん育ちで、これまで社会の陽の当る場所ばかり見て生きて来た由美子にとっては、世間の酷薄さが病んでいる心身を鞭打たれるように辛く感じられ、それに対して、自分といっしょに抱きあって泣き狂い、悲しみ嘆いてくれない夫がひどく無情に感じられた。」（五一頁）

次は娘の珠江である。


「『でもお父さんも冷めた過ぎると思わない？　伯母さま』

珠江も負けずに言った。

『私、前からお父さんの中には異物があるようで親しめないところがあったのよ。達也さんも怖い人だって言っていたわ』

（中略）

『それはそうよ。たしかにああして頑ばってるお父さんは偉いと思うわよ。だけど、人間らしい暖

かみがないの。私はやっぱりお母さんに同情するわよ』」（五二頁）
しかし、家族に波紋を呼び起こした当の乙彦は、もっと複雑な心境にある。
「『父を愛している分だけ、憎む気持ちも強いんです。どっちかで感情が統一されればもっと気持ちが楽なのですが……（中略）母の方への気持ちは割りに整理できるんですけれど、父に対しては、たしかに矛盾した感情を持ちつづけています。父は被害者なんだから、もっと気の毒に思われなければならないはずだと思うのに、その反面では時々もっと苛めつけてやりたいような狂暴な気持ちになるんです。この矛盾は今の僕には解決できません』」（一四八頁）
このような乙彦の思いに、弁護士である川辺は、つぎのように示唆する。
「『僕はそれに対して、僕自身の解答を持っているよ。つまり君を今のような状況に逐い込んだのも、今もそういう矛盾を持ちつづけているのも、つまりは父権に対する憧憬じゃないかな』
川辺の穏やかな言葉を、乙彦は意外に思った様子であった。
『冗談じゃない。僕は父権なんてまるで信じていませんよ。日本の今の社会でだって父権なんて疾うに喪失しているじゃありませんか。今の父親というのは月給を持って来て、母親に渡すだけのものだと家族は思いこんでいるじゃありませんか』

（中略）

『君のいう通りだよ。現代の日本の男は、女房と子供に追い使われて、おろおろしている……アメリカの進駐軍の置き土産の苗が三十年間にずんずん成長して、一人前の木になったわけだ。こんなことをいうと君の伯母さんの中原女史なんかには文句を言われるだろうけれどね、しかし、事実は確かに父権の喪失だ。戦争に敗けた国の革命の一つだよ。ルイ十六世やニコライ二世よりは増しだが、あれに近い運命を日本の男は平等に担わされているんだ。この頃の男の子は見たところも女と間違われそうなのが多くなったけど、やっぱり、男は男だからね。父権の喪失に対する反抗や憧憬は持っていないはずはないと思うよ。君の親父さんの場合は珍しく、父権を失わずに生きて来たものな。君の中に親父に対する反撥と憧憬があるのは当然だと僕は思うよ』」（一四八頁）

でもそうだろうか。信之が失っていない父権は、戦争で喪失した天皇制国家における強制された父権とは異なっている。むしろ父権というより、父親の威厳・権威だろう。珠江の結婚相手である達也の父親のように「今でも教育勅語がそのまま生きつづけているつもり」（一〇三頁）なら、子どもが反発するのも理解できる。しかし、信之の父親としての権威に反発して過激派に走るというのは、論理に飛躍がありすぎる。むしろ、乙彦は、過激派の不毛な殺人を通過して父の威厳に触れたのである。そして、信之には、友人の沢木朗が言うように、「新しい親子の関係を打ちたてようという意図があった」（四九五頁）というべきだろう。確かに、由美子のように夫婦・親子の融合関係を望んでいては、家族が再生することなどできない。しかし、新しい親子関係を打ちたてるには、家族全員が、それぞれ個であることの厳しさと淋しさに耐えられるだけの信頼関係に裏づけられていなければならない。

一九八二年（昭和五七年）に刊行された本間洋平の『家族ゲーム』（集英社文庫）は、一見、どこにでもある平凡な家族のようでありながら、実は根の深いところで家族同士が敵対し合っている。父親は、小さな自動車整備工場を経営しており、ぶっきらぼうで粗雑な性格を露わにしているが、家族とのコミュニケーションは成り立っていない。母親は、ごく普通の専業主婦に見えるが、何につけ他者に依存的であり、独りよがりの重苦しさを常に発散しているような存在である。長男の慎一は、エリート校への進学を果たしているが、徐々にひきこもり状態に陥りつつある。次男の茂之は、小学校三年時の授業中に下痢を漏らして以来、いじめに会い続けており、無気力を絵に描いたような存在である。しかしそこに三流大学を留年しつづけている家庭教師の吉本が現れ、この家庭内のコミュニケーションが一気に活性化していく。慎一は、アルバムの古い写真を見て、母親と次のような会話をする。

「『疲れていたんだよ、勉強、無理やりさせられて』

しまった、と思った瞬間、ぼくの口許からすでに言葉が飛び出していた。

『あら、……そんな、……、無理やり、だなんて、……』

母は跡切れ跡切れの言葉とともに、眼を見開きぼくの心を覗こうとするように、訝し気な視線を向けてきた。

『誰も、強いたことなんて、ありませんよ。母さんは、世間の教育ママとは、違います』」（八一頁）

確かにこの母親は、いわゆる教育ママではないだろう。しかし、意識的にも無意識的にもじわじわと子どもたちを自分の望む枠組みの中にあてはめていこうとするしつこさを持っている。まるで真綿で包み込んで息苦しくなるように。そして、慎一がひきこもり状態になり、母親と会話することによって次のような思いを抱く。

「『あなたは、芝居や映画が好きだから、戯曲やシナリオを、書くとかね。……ほら、お父さんが、ああいう人だから。あなたがそういう仕事するの、母さんも、昔やりたかったし、大賛成よ』
オブラートのように優しく、母はぼくの説得にかかる。だけど、この態度はなんだ、ぼくはこの母の言葉で気がついた。父はあの通りの人間であり、母は人前では取り繕っているが、決してその父を信頼してはいない。ぼくが強迫観念のように優等生を演じてきたのは、ぼく自身のプライドや弟の不出来のためよりも、結局この母の心情のせいであった。それは、言葉以前の仕草や表情によって、物心つく以前からぼくの頭のなかに、徐々に浸透し蓄積されてきていたものだ。」（一六四頁）

(3) 功利主義的な理解と父親の威厳の再生

昭和後期の父親不在の状況下で家族が崩壊していったのであるが、その中で父親という（不在の）存在はどのように理解されていたのだろうか。一九八一年（昭和五五年）に第八四回芥川賞を受賞した尾辻克彦『父が消えた』（文芸春秋）では、父親について、次のような会話が交わされる。

「『先生のところは……』

『いや、うちはいたけど、でも最初からいなかったようなもんだったな』

『え？』

『父親というのは金でしょ、財産というか、そういうものがなかったら、別に父親の意見なんてないと思うよ』

『ああ……』

『話はするけどね、父親としての意見なんて何もなかったな』

『自由』

『うん、自由というか、うーん自由ねえ、自由しかないもの』

『あ、自由しかない……』

『そうだよ。寂しいね。自由のほかには何もない。金も、物も、力もなくて、あるのはただの自由だけ』

（中略）

『でも父親って、何故こわいのかな』

『さあ、僕にはわかりません』

『いや、俺にもわからない。よく映画とかテレビではね、親父がこわかったり、だから父に向って反抗したりとかってあるんだけど、ああいうことって本当にあるのかな』

（中略）

『いや、実物なんていうと、ちょっといい方が悪いみたいだけど……、でもやっぱり実物だものね。あれが実物……。そうなんだよ、たぶん世の父親というのはですね、そもそも父親像というのを錯覚してるんだと思いますよ』

『うわ、論文になるのかな』

『いや真面目な話、家の中に金とか財産的な力とかがあればね、そりゃあ自然と命令ばかりする父親というのができ上がる』

『自然と』

『そうだよ、財産を散らばしたら大変だからね、いつも怒鳴ったり威張ったりして、しかも教訓を垂れたりする。あれはきっと自分の複製を作ろうとしてるんだろうね』

『あ、複製能力』

『うん、たぶんそうだよ、自然にそうなってしまうんだよ。だけど財産なんてものがない場合だったらわざわざ怒鳴ったりする必要はないはずなんだけど』

『でも、やっぱりテレビの中では財産なんてなくても怒鳴るようですね』

『うん、あれはしかし、金もないのに怒鳴るというのは……』

『あ、面白いですね、その、怒鳴るのには金がいるっていう理屈』

『ふふ、われながらおかしいね。でもそういうこわい存在の父親像というのが流布されているものだから、父親はみんなその像だけでも作ろうとする』

『銅像みたいですね』」（三八頁ないし四一頁）

お金がなければ子どもに怒鳴れないというのは、かなり功利主義的な考え方であって、高度経済成長がもたらした経済幻想に基づく誤解であろう。親だって子どもからそんな風に言われたら、全く立つ瀬もない。ここでは、それが財産を残すための本能的複製能力だなどという思いつきが述べられているが、そんなことはない。そんな幻想は、現代資本主義社会の病理にすぎない。だから、リチャード・ドーキンスだってそこまでは言わないだろう。

しかし、後半部分の「こわい存在の父親像」が流布されているから銅像みたいにそれを作ろうとするという観察は、正しいだろうと思う。もともとそのような像を作れと国から命令されてきたのであるから、明治生まれの父親世代はそうとしか振舞えなかったのだというべきである。現代の父親には、そのような「こわさ」はなくなった。全くこわさのない友達のような親子関係のことをニューファミリーと呼ぶ。父親の「こわさ」がなくなったから家庭が崩壊するのだ、とか、子どもがきちんと育たないのだ、などという父権復活論もよく聞かれるが、はたしてそうなのだろうか。そうだとすると、明治中期までの「やさしい父親」のもとでは、家庭が壊れていたのだろうか。そんなはずはない。もちろん子どもが社会性を学んでいくには、父親による禁止規範があり、その禁止状態に子どもが耐性を獲得しなければならないだろう。父親がやみくもにこわくなったからといって事態は全然解決しない。大事なのは、子どもが社会性を獲得するための父親の工夫なのであって、ただのこわさなどではないのである。

そういう意味で、一九八〇年（昭和五五年）に朝日新聞朝刊に連載され、同年に出版された水上勉『父と子』(朝日文庫)は貴重な小説だろうと思う。ここでの父親は、決してこわい存在などではない。しかし、自らの行動をもって子どもを教育していくのである。それこそが父親の威厳なのではないか。コーマック・マッカーシーの描く世界のようだ。マッカーシー小説では、この小説のように父親が多弁ではないけれども(『父と子』は新聞連載小説であるから、父親が多弁なのは仕方ないのかもしれない)、同じようなリリシズムがある。この小説における父親の決意は次のようなものだ。

「〈お前の考えていることを、主張するがいい。おれは、お前の考えつめる時間をつきあってやる。たとえ、世間から、蒸発親子といわれようと、おれはお前の父親だ。子が苦しみ悩んでいる所へいっしょに降りていって、ともに苦しんでやる〉」(一一八頁)

このような決意を抱いた父親との故郷への旅を終えるに当たって、最後に息子は進むべき道を自ら表明する。父親は、息子の表明に応えて、次のように息子に告げる。

「『おれとお前は親子だ。挫折した仕事をたて直すには、力をあわせねばどうにもなんねえからな。お前は、おれにいま、いちばんふさわしい相棒の気がする。』」(五七二頁)

二　昭和後期の「密着する母親」

1　母親と子ども虐待

(1) 母親の子どもへの密着

これまでの小説でも母親が子どもに密着している話は多かった。日本が母性原理を中心とする社会だといわれるゆえんである。確かに、芥川龍之介『侏儒の言葉　西方の人』、国木田独歩『牛肉と馬鈴薯』から、安岡章太郎『海辺の風景』、坂上弘『優しい人々』まで多くの小説が密着する母親を描いてきた。しかし、母親が特に息子に対して過度の愛情をそそぐという構図は、日本に特有というわけではない。フィリップ・ロスのベストセラー『ポートノイの不満』にしても大同小異である。日本に特徴的なのは、天皇制国家の理念を強制することによって、あるいは、実利的にみて将来の扶養などを期待して、総領息子である長男だけを大事にしようとしたところにある。この点について、山本周五郎「親おもい」（『季節のない街』新潮文庫所収）では、次男が家族を守ろうとしてひそかに貯金していたところ、遊び人の長男がこの通帳と印鑑を盗みだしていたことが、長男が交通事故にあって生死の狭間をさまよっている最中に発覚する。そのときに、母親は次男に対して次のような言葉を浴びせかける。

『『貯金通帳はあたしが遣ったよ』と母はふるえ声で云った、『兄さんがあんなに困っているわけを話したのに、おまえは黙って出ていってしまった、血を分けたじつの兄さんが、よっぽど困ればこそ相談に来たんじゃないか』

（中略）

『兄さんがこんな姿になっても、貯金さえ　無事ならおまえは本望だろう、え、そうなんだろう』母の声は半ば叫びになり、その眼から涙がこぼれ落ちた、『兄さんはおまえのように薄情じゃなかった、伸弥は心のやさしい、親おもいな子だった』』（一一三頁ないし一一四頁）

こんなことを言われたらやりきれない。しかも主人公は、母親のこともほかのきょうだいたちのことも真剣になって考えているのである。長男もつらい経験や生活があるのかもしれないが、次男がそのようなことを言われる筋合いはない。総領息子を大事にすればいいというゆがんだ思いがこのようなところに出てくる。

しかし、昭和後期にもなってくると、母親の密着が少し違った様相を呈してくる。昭和後期における母親の密着は、父親が家庭に不在となることにより、家庭内の全責任、特に子どもの養育に関する全責任が母親に覆いかぶさってくることになり、その責任から子どもに完全密着して子どもを逆にスポイルしてしまうという現象をもたらすようになるのである。そしてそのような環境を増幅していくのが、子どもの受験戦争であり、新しい立身出世思想と賢母思想とが母親の異常な子どもへの密着を形作っているのである。

受験戦争の状況については後述するが、異常な母親の姿については、一九七四年（昭和四九年）に刊行された曽野綾子『虚構の家』に描かれた、呉家の母親に典型的に表れている。呉家の母親は、家庭内のストレスに押しつぶされて、睡眠薬依存症になってしまうが、家庭内では父親たる夫も息子も一切何の配慮もしてくれない。それどころか、だらしない奴隷としてしか扱わない。最後には、この息子が母親にサイダーを買ってこいと命令し、母親は途中で倒れて交通事故で死亡してしまう。それなのに息子は、自殺だと思うとして母親が死亡した事実を一顧だにしない。

全く救いのない話である。もっとも、私も東大を出ているし、受験戦争の真っ最中に東大生でもあったので、東大の名誉のために言っておこうと思うが、この小説に描かれた息子の感受性と想像力程度では、おそらく東大には合格できないだろうと思う。私の経験では、確かに東大にも精神的にどうしようもない人間がいないわけではないけれども、人の気持をこれほど推し量ることができないほど感受性と想像力に欠ける人間は皆無だったと思う。あんまり図式的に、受験戦争イコール東大頂点イコール人間性がないと捉えるのは事実に反していると思う。小説の設定としてはそれが安易で面白いのかもしれないけれども。

一九七九年（昭和五四年）に出版された小山内美江子『親と子と』（集英社文庫）では、全国でも有数の進学校に入学した一人息子の透が、無免許運転によって何も罪もない青年に瀕死の重傷を負わせてしまう。母親である志津子は、父親である亮介が身代わりとなって罪を背負うように頼みこむが、後ですべてが虚偽であったことが露呈してしまう。あまりに身勝手な透の態度に腹を立てた亮介が透を非難すると、志津子は次のように反論する。

「『疑えと仰有るの？　あなたは我が子を』

奇妙に静かで冷やかな声だった。亮介はこれとそっくりな声をどこかで聞いたと思い、次の瞬間それはきぬの声だったと思い出した。きぬもまた、いまの志津子とそっくりの声を出すことがあった。まるで毛並みの似た動物の親子でも見るような思いがして、亮介はたまらなかった。それは理性や教育を論ずる以前の妙に血なまぐさい動物的ないやらしさだった。」（一一六頁）

きぬは、志津子の実母であるが、「ある種の母性愛」は持っているのかもしれないが、そうみえるものも、「きぬの強烈なエゴイズム」でもあった。「きぬは自分のプライドが傷つくのが許せなかった」（七七頁）のである。きぬの甥である弁護士の高井芳夫は、きぬを次のように評している。

「芳夫は、きぬが叔母でよかったとときどき思うのだった。母とするには彼女はあまりに自我が強く、己を空しくすることを知らなかった。愛するもののために、なにごとかをすることはできても、愛する故に手も足も出ないなどということはない。黙って見守るという没我的な感情は、彼女にとってあまり縁のないものだった。」（一五一頁）

つまり、きぬと志津子の心性は全く同型であり、子どもを自律した存在として扱うことができないのである。ここでは、親子は独立した人格を持つ個人にはなりえない。常に人格が融合した存在でなければ、母親のエゴイズムは満足しないのである。芥川龍之介がかつて書いた、「利己心のない愛は必ずしも子供の養育に最も適したものではない。この愛の子供に与える影響は——少くとも影響の大半は暴君にするか、弱者にするかである」は、そのまま現代にも生きている。

(2) 受験戦争と母子密着

日本が高度経済成長を達成し、父親が会社人間となって不在となってしまうと、子どもの養育責任はすべて母親に任せられることになる。当初は、母親も、自分だけが養育責任を負担するのを苦にしている様子もあったのであるが、だんだんと自信を持ち始め、教育ママに変貌していくことになる。早くも一九七一年（昭和四六年）五月には、総理府の「子どものしつけ」調査で、六九％が「しつけは母親の仕事」と回答し、「母親はしつけに自信を持っている」との結果が出ている。そこで、母親が自信を持ってどのような行動をとったのかというと、子どもを塾に通わせて、エリート・コースをまっしぐらに進んでいけという教育方針にしたのである。一九七五年（昭和五〇年）には、学習塾・進学塾通いの子どもは、小学生六二％、中学生四五・六％という調査が出ている。もっとも、文部省が一九七七年（昭和五二年）三月に行った全国調査では、全国の塾の数は約五万、塾通いの小・中学生は三一〇万人、中学生の三八％という数字になっている（以上、『近代子ども史年表』二九〇頁以下）。

しかも、一九七九年（昭和五四年）二月には、大学入試につきそう親が増加し、都内のホテルは親子でツイン室に宿泊する受験生が増加していると社会問題にまでなった。確かにわれわれも、その直後に大学生となったため、アルバイト先などで目にする母親たちの異常な受験への執着心に辟易したものである。当時東大でも、新入生のサークル選びにまで親が付き添ってくるという異常事態になっていた。それでは子どもはいつまでたっても自立できない。しかも母親はそれが子どもにとってもいいことだと信じて疑わない。子どもに対する直接の悪意がないだけに思考の修正ができない。子どもがたとえ自分の自尊心の満足のための道具になっていたとしても。

そのような事態は、小説にとっても格好の題材なのではないかと思ったが、案外まともな作品はそう多くない。一九七六年（昭和五一年）に刊行された井上ひさし『偽原始人』（新潮文庫）は、受験戦争にまい進する母親たちに、池田東大（トウシン）、高橋庄平、大泉明という三人の少年たちが立ち向かう冒険活劇である。本当の教育を求めていた遠藤容子先生は、この三人が大好きな先生であったのだが、受験に不利益になるという母親たちの嫌がらせを受け、とうとう子どもを出産しながら自殺を図るまでに追い込まれてしまう。容子先生は、一酸化炭素中毒の後遺症で記憶を失っており、三人は容子先生が回復することを祈っているが、母親たちは容子先生の自殺未遂を『あてつけの狂言自殺』と揶揄するまで人間性を失っている。母親たちの受験への情熱を子どもたちはどのように捉えているのか。大泉明は、次のように話している。

「『ぼくが慶応に入れば、それがおかあさんの手柄になる。それだけのことなんだ。ぼくの死んだおとうさんの妹とおかあさんは仲が悪いんだよ。その妹の子どもが、つまりぼくのいとこだけど、そのいとこが小学校から慶応なんだ。おかあさんはそれが口惜しいんだろうな。だからぼくを慶応に入れたがっている』

『子どもを自分の道具かなんかだと思っているんだな』」（二九頁）

それでは、母親たちはどのような思いを抱いているのか。池田東大の母親は次のように話す。

「『自分のやりたいことがないから、ぼくのことが気になるんだ。』

『あら、それはちがうわ。母親だから子どものことが気になるのよ』

おかあさんの言い方は自信たっぷりだった。

（中略）

『おかあさんは東大ちゃんにお金の心配をさせたくないのよ。そのためには仕事を慎重に選ばなくちゃあ。もうひとつ、いくらお金の心配がなくてもその仕事がひとさまから尊敬されないんじゃ仕方がない。となると、東大ちゃんの将来の仕事はひとりでに決まってくる。つまり、医者か弁護士ね。ひとさまから『センセ』と呼ばれるような職業がいちばんなんだわ。医者にも弁護士にも国家試験がある。となると国家試験に毎年たくさんの合格者を出している大学に入るのがだんぜん有利。その大学に入るには、その大学に大勢の合格者を出している高校に入った方がいいわ。で、その高校に入るには、その高校にたくさん合格者を送り込んでいる中学に入らなくちゃ。そして、その中学に入るには……』」（一〇〇頁）

「『あなたはおかあさんのロボットでいいのよ。こんなことをいうと、あなた、おかあさんを憎らしいだなんて思うかもしれないけれど、大きくなったら、たぶんおかあさんに感謝するはずだわ。いまの世の中では、中学の、高校の、そして大学の入学試験に受かるかどうかで、人間の運不運が決ることが多いの。そういう世の中なのだから、ごちゃごちゃいってもはじまらない。それよりも早くロボットになった方が勝ち。わかるでしょ。』」（一〇三頁）

確かに日本が高度経済成長を達成し、経済一辺倒の社会システムを作ってきたのであるから、経済主義に合致する能力をスクリーニングする手段として学歴主義が一世を風靡することになり、学歴で人間の運不運が決まるというのも間違いではなかった。しかしだからといって、子どもに「ロボットになれ」というのは違う。子どもを独立した人格ある人間として扱う文化を失ったことが最大の問題であった。もっとも、昭和五〇年代に『センセ』と呼ばれた職業の社会的権威は、現在ではすでに地に落ちているのだけれども。このような母親たちの声を受けて、受験戦争の指導者たちは、次のように言い放つ。

「『いいか、東大君、きみには友だちなどいないのだよ。というより庄平君や明君はもちろんのこと全国の小学五年生がひとり残らず、きみの敵なのだ。いいね』」（一六七頁）

このような思いは、受験戦争の指導者や母親だけでなく、父親にも及んでいる。阿部昭『千年』では、主人公である父親は、ほかの子どもの母親たちに対して次のように思っている。

「若くて教育熱心な彼女たちには自分の息子も近づけないほうがいい、と思っている。試験の前の晩に、ごいっしょに勉強しませんかといって誘われても行かせないことだ。彼女たちはその手でクラスのライバルの子を何人も自宅に呼んで、よその子供たちのでき具合をためし、帰りがけにスイミン薬の入った紅茶を飲ませたりするかもしれないから。おそろしいことだが、そうすると他の子は家に着くなりぐっすり寝こんでしまうのに、自分の息子だけは遅くまで勉強できるので、あくる日の試験で勝てるのである。もっとも、わたしの息子は幸か不幸かどこの家からもまだ一度も招かれたことはなかった。」（九七頁）

まさかそこまでという気がするが、その後に時代は進んで現実にお受験殺人にまで発展していくことになる。受験戦争の相互不信感と過度にあおられた競争心とによって、子どもたちも母親たちも、どんどん孤独な敗残兵となっていく。『偽原始人』における東大、庄平、明の三人組は、自分たちを取り巻く異常な現実に対して果敢に挑戦しつづけるのだが、最後の最後であきらめに達してしまう。まさに密着する母親を次のように表現する。

「北海道どころか、アフリカの大草原やアラスカの大氷河やアマゾンの大密林やオーストラリアの中央大砂漠に逃げたところで、おかあさんはぼくをきっと追ってきて、かならずとっ捕まえるだろうというあきらめ。つまり、どこへ行こうが母親はついてくるんだというおそろしい事実を、ぼくはおかあさんの叫び声で知ったのだ。糸の切れた凧は、うまく風に乗ることができれば、どんなに遠いところへでも飛んでいける。でも、おかあさんがいるかぎり、ぼくたちにはそれができない。それをおかあさんの金切声からぼくはさとったんだ。おかあさんたちがぼくたちを縛っている糸はとても丈夫で、おかあさんを殺そうが、どんなに遠くへ逃げて行こうが、決して切れやしないのだ。」

（四二三頁）

このように受験戦争にまい進して子どもに密着する母親は、一九七八年（昭和五三年）に刊行された城山三郎『素直な戦士たち』（新潮文庫）になると、もっとエスカレートしてグロテスクになっていく。「素直な戦士たち」とは、異常なまでの教育ママの命令もと、何の疑問も持つことも許されず、受験という戦場に駆り立てられる子どもたちのことである。この小説の主人公である松沢千枝は、結婚前から男の子を計画的に受胎して東大に入学させるという計画を立て、家族全員にその計画を強制する。しかも、常に最新の育児論を取り入れることにより、その計画は不断に変更される、というより、全く整合性のないめちゃくちゃな宗教に近くなっていく。その出発点にある思いを、千枝は次のように述べる。

「『育児が趣味なんですか』

『ええ、堅実で、創造的な趣味ですわ。だって、子供は親によって、つくられますでしょ。思いのままに、どんな風にだって』
『しかし、粘土をこねて、彫刻をつくるようなわけには行かんでしょう』
『いえ、同じことだと思います。まず吟味して、いい材料というか、いい血統と結ばれる。そこからはじめれば、思ったとおりのすばらしい作品ができると思います』」（一二頁）

これは異常である。確かにジョン・ロックからずっとこのような考え方は続いてきているが、だいたい子どもは自分の遺伝子も背負って生まれてくるのだから、後天的にどんな子どもにでも育つはずがない。親自身が思考作業を嫌ってさほど勉強もしなかったのに、その子どもが勉強を楽しめるはずもない。思考作業を楽しめるようにならなければ、勉強という苦役は続かない。神童と呼ばれた子どもたちが、高校に入った後でドロップ・アウトして凡人となってきた歴史は長いのである。だいいち、子どもが何も書き込まれていないタブラ・ラサ（白板）などという考えは、子どもを人格ある存在として考えられないという精神の貧困さを露呈したものにすぎない。この貧困さは、この小説の最後で、千枝が計画的に育ててきた長男英一郎が意識不明の重態に陥り、無視してきた次男健次が重傷ながら回復しつつあるときに、次のように話し始めることでマックスに達する。グロテスクのきわみである。

「『IQは、英一郎より健次が高かったわね』
焦点のすわらぬ目。涙とそばかすで黒くなった顔。突拍子もない話だが、医師に口をはさませたくない。秋雄がすばやくうなずくと、千枝はうたうように、

『健次の子供なら、当てにできるかもしれないわね』

『しかし、いま、そんな話は……』

『わたちたち、まちがってなかったわね。学説だって正しいし、いっしょうけんめいやってきたもの。ただひとつだけの計算ちがいがいけなかったのよ』

化粧のない顔で千枝は続ける。

『今度こそ、絶対、計画どおりにしなくちゃ。健次の子供は三年、いえ、五年は間隔を置かなくちゃね』

千枝の頭の中にあるのは、母子の努力だけであった。英一郎がだめでも健次に望みをつなぐなどという気持は毛頭なかった。ふり出しに戻って、もう一度はじめからやり直す他はない、と考えているようであった。」（三〇一頁）

2　昭和後期の子ども虐待

(1) 昭和後期の子ども虐待の諸相

一九七六年（昭和五一年）に第七六回直木賞を受賞した三好京三『子育てごっこ』（文春文庫）は、星沢という老画家にスポイルされた子吏華を主人公夫婦が引き取って育てる物語である。主人公の子育て観は次のようなものである。

「事例研究などにかかわりなく、ぼくは吏華にあたり前の子になってもらわなければならなかった。性格は変わらない。変えようがない。三つ子の魂百まで、である。だから、あたり前の子にする、というのは、自己本位な欲求を抑えつける力をつけることであり、自己をみつめて特殊であることに気づき、擬装でいいからあたり前の行動をとるようにさせて、まがりなりにも周囲に適応できるようにすることであった。」（四五頁）

これはそのとおりだろう。子どもが成熟するには、自己本位な欲求を抑制する能力を獲得し、欲求を抑制したことに対する耐性を養うことが必要である。しかし、頭ではこのように理解しているにもかかわらず、主人公は吏華の行動にイライラを募らせ、常に暴力によって吏華を圧迫しようとするようになる。まさに子どもの虐待といっていい。確かに吏華の行動には、人を極度にいらだたせる要素がふんだんに含まれている。しかし、それを生の暴力で抑圧することに意味があるのかどうか。主人公は、観念的な世界と現実的な自分とに分裂している。これに対して主人公の妻は、次のように批難する。

「『一度、はっきり別れようと思ったんです。』
『ぼくとか？』
吏華とならこんなことばは使わない。妻はうなずきながら、
『こわかったんです』

『何が』

『吏華を見る眼が。吏華を折檻なさるとき、殺人はこういう風にして行われるのかも知れない、ほんとうにそう思いました』

『……』

『人を殺しかねないあなたの正体のようなものが、吏華を間においたらあらわにわかってきて、こわくなったんです』

『別れるべきだったな』

ぼくは冷えた声を出した。」(六四頁)

こうなってしまうと、どこにも誰にも救いはない。自分にとっては、短絡的な思い込みで安請け合いをして失敗したな、ですむかもしれないが、子どもの心に残す傷はどうなってしまうのだろう。主人公には、老画家の醜い自己愛だらけの姿しか見えなくなっているのである。子ども自身のことが見えなくなってしまえば、簡単に虐待が起こってしまうし、それを虐待だとも捉えられなくなるのである。

一九七七年(昭和五二年)に出版され、第二九回読売文学賞・第一〇回日本文学大賞を受賞した、島尾敏雄『死の棘』(新潮文庫)は、精神を病んだ妻と夫との壮絶な闘いと再生の記録である。夫婦の間には、伸一とマヤという子どもがいるが、両親の日々の「カテイノジジョウ」と呼ぶ格闘に子どもたちも痛んでいる。父親が障子に頭を突っ込み、たんすにも頭で突進するという自傷行為を繰り返したとき、伸一は次のように言う。

「『もうぼうや、いろんなことを見てしまったから仕方がない。生きていたってしょうがないから、おかあさんの言う通りになる。ぼうや、おかあさんといっしょに行って、おかあさんが死のうと言えば、いっしょに死ぬよ』

などと言い、それが学校前のこどもとも思えない。妻の目は、みんなあなたのせいですよ、少しは恥じるがいい、苦しむがいい、と言っている。妹のほうは、

『マヤハ、シミタクナイ』

と言って泣きじゃくっていたが、でもそのあと、こどもらは疲れて眠ってしまった。」（九九頁）

また、両親の別れ話が本格化したとき、伸一の姿を見て、父親は次のように悟る。

「父と母を交互にうかがいながらとまどっていた伸一も、つられて大声で泣きながら、

『おとうさん、やめてくださーい。おかあさんが死んじゃうよーお』

と母に追いすがった。恐怖のために父に哀願して引きつけたように泣きわめくこどもらを見ると、悲惨だ！　悲惨だ！　こんなことをしていてはいけない！　と、あわてて伸一がすがっていた妻をしっかりつかまえたがからだがふるえてきて止まらない。（中略）このこどもたちのために、頑張らなければならぬと思い、力が湧きあがってくるふうだ。」（一九三頁）

『死の棘』では、子どもたちに対して直接的な虐待が行われるわけではない。しかし、毎日の父母の格闘は、確実に子どもたちをも痛めつけている。現代の法律では、子どもたちの前での父の自傷行為等は、必ずしも虐待に該当しない。しかし、これも一種の心理的な虐待といえるだろう。

石油ショック以降バブル経済が進展するまでの間の、子ども虐待や親子関係の崩壊に関するニュースについて、『近代子ども史年表』で見ておこう。①昭和五二年一〇月三〇日、東京で家庭内暴力の息子を父親が殺害。母親は自殺し、父親は執行猶予判決後、四国巡礼の旅に出る。受験競争による歪みがこのような形で噴出してくるようになった。②昭和五四年九月九日、いじめを理由に中学一年生の男子が飛び降り自殺。これは必ずしも大人による子どもの虐待ではないが、学校でのいじめ自殺がこの頃から激しくなってきた。③昭和五五年一一月二九日、今度は、浪人中の子どもが両親を金属バットで殺害。子どもによる家庭内暴力もエスカレートしていく。④昭和五八年三月二一日、高校一年生の男子が母親の注意に反発して母親を刺殺。自らも自殺未遂。⑤昭和五八年六月一三日、戸塚ヨットスクールで訓練生がしごきのために死亡。⑥昭和六〇年一月二一日、水戸で中学二年生の女子がいじめを苦にして自殺。

この時期になると、受験戦争がエスカレートし、母親も子どももストレスが極度に高まっていた。そのストレスが、一方では、家庭内暴力となって爆発し、他方では、学校内でのいじめになって暴走するという図式ができ上がってしまう。また、子どもの親に対する家庭内暴力だけでなく、親による子どもの虐待にもつながっている。一九七五年（昭和五〇年）七月一〇日には、埼玉県で女子中学生の母親が勉強の遅れを苦に娘を絞殺する事件が起きている。しかし、受験戦争によるストレスは、家庭内や学校内にとどまらずに、外に対する攻撃にもなっていく。同じ一九七五年（昭和五〇年）一一月一四日には、宮城県で隣家の幼女（四歳）が歌を歌ったりして息子の受験の邪魔になると、受験生の母親が隣家の幼女を殺害するという事件まで起きている。ここまでくると、異常としかいいようもない。平成に入ると、逆に「ゆとり教育」が推進されたが、全くの逆効果でしかなかった。学校内でのいじめの構造は、終わるどころかさらにエスカレートしていく。

(2) 尊属殺違憲判決に見る性的虐待

昭和四八年四月四日には、驚くべき最高裁判決が出された。この判決は、前の刑法二〇〇条が「自己又ハ配偶者ノ直系尊属ヲ殺シタル者ハ死刑又ハ無期懲役ニ処ス」という尊属殺の著しい重罰を定めていたのに対し、憲法一四条の法の下の平等原則に違反するとして無効とする画期的な判決であった。これは、親に対する一方的な報恩原理を刑法に及ぼすことを否定したという意味で画期的であったが、その事件の内容はもっと驚くべきものだったのである。なぜなら、小説でも書きえないような常軌を逸した性的虐待がめんめんとつづられていたからである。どのような事件であったかについては、この事件の第一審であった昭和四四年五月二九日の宇都宮地方裁判所の判決から内容をみてもらおう。ちょっと長くなってしまうが、どれほどすさまじい事件だったかを知ってもらうために、地方裁判所が認定した事実について、若干の加除修正を加え、ほぼ全般にわたって記しておく。

「被告人は、父武雄と母リカの次女として生まれた。父は、当時まだ満一四歳になったばかりの被告人の部屋に忍び入り、母の目をぬすんで被告人を強姦した。それ以来、被告人が恐怖と羞恥のあまりに声もたてられず、母に訴えることもできないでいるのをいいことに強姦を繰り返した。それから約一年後、被告人がようやく母に父の仕打ちを打明けたため、母が父を諌めたが、父はかえって逆上し、刃物を持ち出して『殺してやる』と母を脅迫し、母と被告人が逃げたところ、父は執拗に被告人の行方を捜し求めてつれ戻し、被告人に対する強姦をつづけ、母に対しては『おまえなんか、どこの男とでも、どっかで住め、どんな亭主をもとうが勝手にしろ、俺は○○とは離れないぞ』などと放言し、暴行まで加えた。

被告人は、その後に知り合った男性と手を携えて出奔したり、親戚のもとへ逃れたりしたが、結局は父に連れ戻され、ついには、父の子まで出産することとなってしまった。被告人は、この子どものために、やむなく父の許から逃れ去ることを断念して屈従した。実父に犯される汚辱の身をはばかって、近隣親族らとの交際を避け、親族もまた父の醜行を忌んで近づかないため、ひたすら家庭内で子どもの世話に明け暮れ、父も被告人を妻妾のごとく扱い、被告人と父とは、一見夫婦と異なるところのない生活を営むうち、被告人は次々と四人の子どもを相次いで懐妊して出産した。

子どもたちが成長して手がかからなくなると、被告人は、父の紹介によって印刷所で働くこととなった。被告人は、上役や同僚からの受けもよく、一生懸命になって働いていたのであるが、今更のように父のため忌わしい父子相姦の生活を余儀なくされている暗澹たる自己の境遇に気付くとともに、父のために青春を奪われた苦痛を強く自覚し、その非運を悲しむ一方、久しく諦めていた正常な結婚相手を得て世間並みの家庭を持ちたいとの願望を抑えることができなくなった。そして、二年余を経過した頃に印刷工として入所した某と相思相愛の仲となり、父の了解のもとに某と結婚したいと熱望するようになった。

そこで父に対し、『今からでも私を嫁にもらってくれるという人があったら、やってくれるかい』と婉曲に切り出したところ、父は、『お前が幸せになれるのなら行ってもよい』と答えて、はじめは被告人の結婚を承諾するかのような口ぶりであったのであるが、被告人にすでに意中の結婚相手がいることを聞くや否や、にわかに態度を一変して怒り出し、被告人の結婚申出に難癖をつけるばかりか、寝床から起き出してさらに飲酒したうえ、『若い男ができたというので、出てゆくのなら、出てゆけ、お前らが幸せになれないようにしてやる、一生苦しめてやる』、『今から相手の家に行って話をつけてくる、ぶっ殺してやる』などと怒鳴りだした。被告人は、なだめて父を就寝させたが、翌日早朝、父は再び前夜同様に怒りだし暴力を振いかねない気勢を示したため、被告人は恐怖にかられて寝巻姿のまま家を逃げ出し、一時近隣の家に避難した。

このような父の態度から、被告人は、父の承諾はとうてい得られないことを知り、午前八時半頃、ひそかに外出して、某と面会し祖父にも相談しようと近隣で衣服を着替えていたところ、父は忽ちこれを発見し、抵抗する被告人を暴力を用いて自宅に連れ戻してしまい、その後は近隣への用足し以外には被告人が外出することを許さず、勤務先へも出勤させず、みずからは仕事も休んで昼夜の別なく被告人の行動を監視することにした。そしてその間、父は連日のように昼間から飲酒しては脅迫的言辞を弄して被告人を怯えさせ、夜は疲労に苦しむ被告人に仮借することなく性交を強要して安眠させなかった。

このようにして被告人は、被告人との不倫の関係を執拗に継続しようとする父により、承諾を得て平穏に同人の許を去ることを許されず、かえって危害を加えられるのではないかとの懸念から、無断で脱出することはもちろんのこと、一時抜け出して某と面会して援助や助言を求めることさえ思うに任せず、徒らに不安と懊悩の日を重ねたため、睡眠不足も加わって心身ともに極度に疲労するに至っていた。被告人がこのような状態のままに約一〇日を過ごした頃、父は朝一旦仕事に出かけたが、正午過ぎに帰宅し、被告人に布団を敷かせて寝たり起きたりしながら飲酒し被告人に対し、『俺から離れて、どこにでも行けるなら行け、どこまで逃げてもつかまえてやる、一生不幸にしてやる』などと繰り返し脅迫し、午後四時半頃、被告人に焼酎一升を買ってこさせてこれを飲み、夕食を終えると、六畳間の寝床に入って就寝し、次いで被告人も子供達の夕食や入浴の世話をして就寝させたのち、午後八時頃父の寝床に並んで就寝した。

被告人の就寝中、被告人の傍に就寝していた父が、突然目をさまして起き出し、茶箪笥にあった焼酎をコップに二、三杯たてつづけに飲んだうえ、寝床の上に仰向けになったまま、被告人に対し、大声で、『俺は赤ん坊のとき親に捨てられ、一七才のとき上京して苦労した、そんな苦労をして育てたのに、お前は十何年間も、俺をもてあそんできて、このばいた女』といわれのない暴言を吐いて被告人をののしった。被告人も目をさまして、『小さい時のことは私の責任ではないでしょう、実家にでも行って、そんなことは言ったらよいのに』と反論した。すると、父は、ますます怒り出し、

『男と出て行くのなら出て行け、どこまでものろってやる』『ばいた女、出てくんだら出てけ、どこまでも追ってゆくからな、俺は頭にきているんだ、三人の子供位は始末してやるから、おめえはどこまでものろい殺してやる』などと怒号し、半身を起こして突然父の左脇に座っている被告人の両肩を両手でつかもうとする体勢で被告人に襲いかかってきた。

被告人は、これを見てとっさに、幾多の苦悩を想起し、父がこのように、執拗に被告人を自己の支配下に留めてその獣欲の犠牲とし、あくまで被告人の幸福を踏み躪って省みない態度に憤激し、父の在る限り父との忌わしい関係を断つことも世間並みの結婚をする自由を得ることもとうてい不可能であると思い、この窮境から脱出して父より自由を得るためには、もはや、父を殺害するよりほかすべはないものと考え、とっさに、両手で被告人の両肩にしがみ付いてきた父の両腕をほどいて上半身を仰向けに押し倒したうえ、寝床の上に中腰で起き上ったまま、左手で父の左側からその上体を押さえ、枕元にあった父の股引きの紐を右手につかみ、これを父の頭の下にまわしてその頸部にひと回わりするように紐を巻きつけたうえ、その両端を左右の手に別々に持って前頸部付近で左右に交差させ、自己の左足の膝で父の左胸部付近を押さえ、紐の両端を持った両手を強く引き絞って首を締めつけ、その場で父を窒息死するに至らしめて殺害した。」

実にひどい事件である。子どもが父親を殺害せざるをえなくなるまで、父親の虐待をとめることができなかったのか。今だったら、児童虐待防止法を活用して児童相談所が緊急一時保護を行い、父親の親権を喪失させるべく対応すべき事件である。このように悲惨な事件は二度と起こってはならない。

【分析三】　どうして家庭は閉塞したのか？

一　家庭閉塞の原因

(1) 高度経済成長のつけ

なぜ家庭が閉塞したのかについては、単に一つの原因があるわけではないだろう。そういう現象の原因をたった一つと考えるのは危険である。単純化した議論は、重要な細部をすべて切り捨ててしまうからだ。それぞれの人間の内心がどういう変化を辿っていったかについては、今まで小説を引用してきた中に多かれ少なかれ表現されていたところであるので、ここでは社会経済史的な方向から分析してみたいと思う。

高度経済成長の残した爪あとは何だったのだろう。なんといっても、日本は昭和三〇年代から昭和四〇年代までの間に、「所得倍増」の掛け声のもとに経済を急成長させ、戦後の貧困状態から一気に経済的には豊かな状態を達成することになったのである。急激な社会変動は、たとえ人々が豊かさに浮かれていたとしても、さまざまな社会的な軋轢を生じているはずである。当時、目に見えただけでも、公害問題や労働争議、それに過疎化などといった問題がその後に噴出してきた。だから、目に見えないところでも、もっとさまざまな問題を残したに違いない。

高度成長期とは、日本が戦後復興を終えた一九五五年（昭和三〇年）ころから石油ショックで成長がストップした一九七三年（昭和四八年）ころまでを指している。この間、日本経済は年率約一〇％の成長を遂げた。一九六〇年（昭和三五年）に池田内閣のもとで「国民所得倍増計画」が一〇ヵ年計画として出され、大幅な経済的飛躍がスタートした。「国民所得倍増計画」は、次の五つを具体的処方として提案した（佐和隆光『高度成長』五七頁以下）。

①社会資本（道路、港湾、用地、用水など）の充実
②産業構造の高度化（重化学工業化への誘導）
③貿易と国際経済協力の推進（増大する資源輸入に対する輸出の増大）
④人的能力の向上と科学技術の振興（技術革新の推進）
⑤産業の二重構造の緩和と社会的安定の確保（社会保障と福祉政策の推進）

つまり、多面的に目配りされているように見えるけれども、ここには、生産第一主義、経済成長至上主義、科学技術万能主義という「高度成長のパラダイム」が存在していることが見てとれる（佐和隆光五九頁）。ここから、設備投資が急増することになり、これを金融機関からの融資によって行い、インフレーションを生じさせることになった。そうした状況のもとで、インフレーションに対処しうる資産として、株式と土地が投機の対象になっていく。もともと宅地は、人が居住する空間としてその地域の中に位置づけられるものであった。ところが、安定している有利な投機対象として土地が真っ先に挙げられるようになると、土地は単なる経済的な商品として考えられるようになる。土地が商品

になってしまうと、人の居住空間を形成し、子育てを支えていた地域は、崩れはじめていく。しかし、高度成長は、終身雇用・年功序列賃金・企業別労働組合という日本的経営のもとで、父親が家庭に不在になってきたとはいえ、家庭の崩壊を招くまでの事態には陥らなかった。

一九六〇年代も後半になると、国際経済の波を受けて、物価上昇と景気低迷とを同時に経験することになる。しかし日本経済は、規模の経済という経済の大型化でいったんは乗り切ることになった。一九六七年（昭和四二年）にTV放映された「大きいことはいいことだ」という森永製菓のYELLチョコレートのCMがそれを象徴している。また、超高層ビル第一号の霞ヶ関ビルが上棟したのが一九六七年（昭和四二年）、ジャンボ・ジェットが就航したのが一九七〇年（昭和四〇年）と、経済大型化の動きはいちだんと拡大した。ただし、霞ヶ関ビルは、当初、広い敷地に九階建てのヨコに長い建築計画でしかなかったものが、隣地との共同化がうまくいかず、しかもそうこうしている間に高さ制限が撤廃されるなどの偶然の事情から、三六階建てのビルの建築計画へと変わったにすぎない（石田繁之介『超高層ビル』二六頁以下）。また、ジャンボ・ジェットも、当初は旅客機として使うが、その後は貨物輸送機にしようという目的で設計されたものであって、最初から継続的な巨大旅客機としてスタートしたものではなかった（中村裕美『旅客機大全』五一頁以下）。えてしてそういうものである。つまり、両方とも規模の経済の象徴として作られたわけではなかったにもかかわらず、時代の変化によって象徴とされるようになったわけである。ロラン・バルトやジャン・ボードリヤールの記号論を地で行くような話なのだ。

しかし規模の経済に冷水を浴びせかけたのが、一九七三年（昭和四六年）に始まった石油ショックである。石油価格が高騰したために原材料費が増大し、コスト・プッシュ・インフレーションを引き起こすとともに、その二年前のニクソン・ショックで円が切り上げられたため、輸出が激減することになり、景気低迷をも招くことになった。つまり、景気後退（スタグネーション）のもとでの物価上昇（インフレーション）＝スタグフレーションという未曾有の事態に陥ることになったのである。折から、経済成長至上主義のもとで生産第一のいけいけどんどんで公害をばらまいてきた企業活動は、一九七〇年（昭和四〇年）の公害国会で糾弾されることになった。

このように、日本の経済成長は、確かに一方で国民に経済的なゆとりをもたらしたのであるが、他方で経済に関連しない指標は無視していいような世情をも形成してしまい、その影響はじわじわと家庭の中にも浸透してくるようになる。経済成長を評価するとなれば、それこそさまざまな側面から評価できるし、また、そうしなければならないだろうが、私はその経済至上主義の最大の汚点を問題にしたい。それは、経済的価値を算定できなければ、評価に値しないという考え方を醸成してしまった点にあると思う。物事を経済的な価値で評価するなどというのは、産業革命以後のたかが二〇〇年くらいの浅はかな考え方にすぎない。人間の生活にとっては、経済的価値に換算できないことほど、大事なことが多いのである。愛とか、友情とか、人格とか、敬意とか、信頼とか。そういう言葉を話すのをどこか気恥ずかしいような気にさせるようになったのが経済成長のつけとなった。そうした中で、経済成長がストップしても、父親はどんどん家庭から追いやられて不在の存在となっていき、子どもは受験戦争に巻き込まれて人間性を失うほどの生活を強いられていく。

経済至上主義の価値一元論を代表したのは、一九八四年（昭和五九年）に刊行された渡辺和博とタラコプロダクションの『金魂巻』であった。この本は、「金持の人」を○金、『ビンボーの人」を○ビと呼び、さまざまな立場の人間を価値一元論で○金○ビに分類したものである。そういう発想自体が貧困なものだと思うが、割と世間には受け入れられた。最近の「勝ち組」「負け組」という価値一元論にしてもそうである。そんな分類のどこが面白いのだろう。私にはまったくわからない。そういう本がベストセラーになるくらい今の日本は病んでいるのである。

(2) 土建国家の弊害

それでは、子育てを支えてきた地域というものは、どうなってしまったのだろうか。私自身、一九七〇年代を鹿児島で生活していたのであるが、一九七〇年代までは古い地域の雰囲気は確かに残っていたと思う。しかし、一九九〇年代には、もうそういう地域の雰囲気は喪われてしまった。どうしてそうなったのだろうか。これは、子どもたちだけの問題ではない。夫婦間のドメスティック・バイオレンスにしても、高齢者に対する虐待にしても、地域での近隣コミュニケーションがなくなってしまってから、家庭が閉塞してさまざまな問題が急増してくるのである。また、家庭のない孤独で孤立した一人世帯では、地域での近隣コミュニケーションがなくなれば直ちに孤独死や行方不明問題が生じてきてしまうのである。高度経済成長そのものよりも、地域での近隣コミュニケーションがなくなったことの弊害のほうが大きいだろうと思う。

地域での近隣コミュニケーションを喪わせるきっかけとなったのは、高度成長期のインフレ対策としての土地の商品化であったが、それを一段と推進させるようになったのは、日本列島改造論であると思う。田中角栄が『日本列島改造論』（日刊工業新聞社）を刊行したのは、一九七二年（昭和四七年）であるが、この本は、その当時噴出していた社会的な問題への対処方法を具体的に論じている。田中角栄が宣言したのは、次のような内容であった。

「国民がいまなによりも求めているのは、過密と過疎の弊害の同時解消であり、美しく、住みよい国土で将来に不安なく、豊かに暮していけることである。そのためには都市集中の奔流を大胆に転換して、民族の活力と日本経済のたくましい余力を日本列島の全域に向けて展開することである。」（二頁）

ことさらここで「民族」などと言い出しているのは鼻につくが、それ以外の内容については異論はない。また、田中角栄はそのような大転換を行うのに、電源開発とセットにした公共事業を推進するという理念を打ち出しており、そこまではケインズのマクロ経済学を踏襲しているといっていい。しかし問題は、これが都市政策ではなく、ただの土地政策になっているところにある。香西泰は、「哲学の貧困」と呼んでおり、それは「『落着きとうるおいを取り戻す』ことを目的としていたが、『落着きとうるおい』は主体的につくり出されるというよりも列島改造の結果としてのみ与えられるものと考えられていた」と指摘している（『高度成長の時代』日経ビジネス人文庫二四二頁）。つまり、日本列島改造論は、人間の生活を具体的に捉えようとしなかったのである。外形的な条件さえ整えてしまえば、あとは予定調和的に人間関係が形成されていくのだという超楽観主義であった。たとえば、公園が少なすぎるという問題を指摘して公園をつくれというのであるが、公園で遊ぶ子どもたちにとって必要なことは何かということには論及されない。それではただの土地政策であって、都市問題に応える処方箋はない。だからこそ、日本列島改造論が公表されると、何の理念もない土地投機が始まってしまったのである。

ただ、田中角栄は、その弱点を相当意識していたようである。戦後の国土開発の中心的な役割を担ってきた下河辺淳によれば、田中角栄は日本列島改造論がベストセラーになったのを非常に怖がった。教育や福祉などが不十分だという意識を持っていたためであるらしい（下河辺淳『戦後国土開発計画への証言』日本経済評論社一二四頁、二四四頁）。そういう意味で、田中角栄の政治的センスは抜群だったのかもしれない。しかしそういう理念を欠いて土地政策を打ち出してしまったのであるから、その後の政治責任は問われてしかるべきである。

田中角栄が新人代議士時代から一貫して取り組んだのが国土開発であった。一九六二年（昭和三七年）に第一次全国総合開発計画が出され、経済計画から落とし込まれて国土計画が策定されるというパターンが生まれたのであるが、一九六九年（昭和四四年）には新全国総合開発計画が出され、日本列島改造論を実現しようとするものであった。このような経済主導の土地政策ばかりが優先し、土地価格はどんどん高騰していくことになる。私の住んでいる東京都の中央線沿線で見ると、新全国総合開発計画から日本列島改造論ブームにかけて、地価相場は一九六〇年（昭和三五年）に比べて約二〇倍に跳ね上がっている（住宅新報社『首都圏の地価相場』九頁）。その後の狂乱地価でさらに土地価格は跳ね上がって、日本中がバブルに浮かれ騒ぐことになる。一億総財テク時代となった。どのくらい異常な土地価格となったかについては、当時は恒常的なインフレ状態にあったから、物価上昇率と一緒に比較しておいたほうがいいだろう。一九五五年（昭和三〇年）から一九八九年（昭和六四年〜平成元年）の間の地価とその他の経済指標の上昇率は次のようになっている（都留重人『地価を考える』一八一頁）。

地価（六大都市）　一二八・五倍
卸売物価（日銀調べ）　二・一倍
消費者物価（総務庁調べ）　五・三倍
製造業賃金（労働省調べ）　二〇・七倍
固定資産税（東京二三区内）　三八・二倍

地価の上昇率が異常だということが明確だろう。こうなるともう、都市に人が自由に住めるどころではなくなっていく。都市近郊には、土地が安いときに取得した高齢者しか住めないわけだが、固定資産税の上昇率を見てもわかるように、高齢になって所得が減っても重い固定資産税の圧迫があり、最終的には転出せざるをえなくなっていく。若い子育て世代は、まだ所得が少ない壮年期には都市近郊の宅地など到底買えないのだから、どんどん郊外に押し出されていく。そうして古くからの地域（コミュニティ）はどんどん破壊されていく。また、子育て世代の父親は、通勤時間と疲労が増大していき、父親は完全に家庭に不在の存在となるしかなくなる。

経済現象としてみるなら、これもやむをえないと当時の政治家は考えたにちがいないのだけれども、話はそこで終わらない。土建国家化が進むとともに、そういう状態を見直す機運さえ喪われたのである。国土総合開発計画では、地域ごとに生活圏を考慮するという建前はすでに消えうせ、公共工事の予算分捕り合戦となり、成功した政治家はゼネコンから大量の使途不明金を政治資金として調達するため、圧倒的な政治力を発揮していくという土建国家システムができ上がってしまったからである。そうなってしまうと、もうシステムを見直すことはできなくなる。その後の国土計画は、誰も使わないコンサート・ホールとか、マクロ経済効果をまったく期待できないような粗雑な予算バラマキに終始することになる。そのようなシステムについて、本間義人は、『国土計画を考える』(中公新書)で次のように説明している。

「公共事業でもっとも注目されるのは『箇所づけ』である。いつ、どこで、どれくらいの規模の、どのような事業がおこなわれるかということである。企業(土木建設業)と地元は、自らを豊かにする『箇所づけ』を知るのに血眼になるが、その情報は中央省庁が一手に握っている。それは建設省、運輸省、あるいは農水省といった公共事業官庁というところになるが、これら省庁が情報を独占しているということは、その省庁を支配している政治家のところに情報が集中することを意味する。この時期でいえば、田中の情報量がもっとも大きい。田中と企業、地元とのつながりが、公共事業を軸に年々より強固なものになると同時に、田中のところには情報の見返りとしてのカネが入ることになる。もちろん、その過程で多くのミニ田中がうごめいたのはいうまでもない。

官がその過程でより力を増していくのも避けられないことであった。一全総以降、国土計画は中央において計画され、それがさまざまな公共事業として地方へブレークダウンされていく性格を有していたから、計画の情報は中央省庁が独占しており、しかも、公共事業につきものの、中央省庁の裁量により決められる補助金というカネをも握っている。さらに都市計画をはじめとする種々の許認可権限をも有して、それらは地方や企業の開発計画を左右する力を持っている。したがって、公共事業の箇所、予算が大きなものになればなるほど、あるいは開発計画が増えれば増えるほど、官の力もそれに比例して大きなものになっていく。

(中略)

このように、マクロの政治体制においても、ミクロの政策過程においても、官の情報にもとづき、権力を有する政が、事業がほしい財界にその口利きをして政治資金を得る手法が一般化し、政・官・財の構造的な三角関係がより強固に構築されていった。二全総以降のロッキード、共和、リクルート、談合、佐川急便事件、ヤミ献金事件等は、おおかた田中がまいたタネから派生したものといってよい。それらはすべて土地と公共事業とその許認可に関連したものであった。田中は一全総〜列島改造論に至る過程でその手法をフルに活用して、結局はロッキード事件で自縄自縛に陥ったが、その手法だけは今日に至るまでなお生きているといっていいだろう。」(七二頁以下)

そう、このようにして、人間が生活すべき地域と生活が壊れていったのである。だから、子どもや高齢者、障害者が安心して暮していける地域を取り戻していくには、単に一人ひとりの心がけさえ変わればすむという話などではない。家庭の崩壊は、あくまでもそれぞれのわがままな内心の問題だという切り捨て方をするのは、まさに政治の失敗を隠蔽することにほかならない。子どもの虐待をなくすために本格的に取り組もうとするならば、過去の土建国家的なシステムをいったんご破算にしたうえで、新しい地域のシステムを構築していくという、縦割り行政の枠組みを超えた新しい取組みが求められている。そのためには、何よりも真の都市計画がなければならない。人を無視した箱物ばかりの都市計画は土地計画でしかない。人の生活を中心とした都市計画への発想の転換。子どもに対する虐待を防ぐには、遠回りではあっても、そのような発想の転換が求められているのだと思う。

二　家庭における苦悩

(1) 専業主婦たちの苦悩

高度経済成長のもとで所得倍増が達成されると、父親の給与だけで家計がまかなえるようになり、父親は日本的経営のもとに企業戦士になっていき、母親は企業戦士をささえる現代版「銃後の母」という専業主婦に徹するという役割分担が決ってくる。そうなると、家庭の仕事はすべて母親の責任となり、子どもの養育もすべて母親の責任となる。そのために、母親は子どもに密着することになり、「あとで絶対にお母さんに感謝するのだから」などと言って、子どもをロボット化しようとしてきた。

しかし、そんな仮想的で非人間的な営みが長続きするはずもない。子どもが小さいうちはともかく、力で母親を上回るようになると、そういう営みは早晩破綻してしまう運命にある。子どもが母親に対して、そういう非人間的な営みは破綻したんだと突きつける行為は家庭内暴力となる。父親が母親に対して、そうした生活の破綻を突きつければ母親が鬱状態に落ち込むことにもなる。さらに、そういう突きつけられ行為がなくても、母親自らが破綻をきたしてキッチン・ドランカーになってしまうこともある。早くには、一九八二年（昭和五七年）に出版された斎藤茂男編『妻たちの思秋期』（共同通信社）がこのテーマを扱っていたが、鎌田慧は、一九八七年（昭和六二年）に刊行した『ドキュメント家族』（ちくま文庫）で、アルコール依存症に陥った妻たちを描いて次のように述べている。

「管理社会も高度化し、企業戦士も、そして『銃後』の妻も、声にならない叫びを身体の中に増殖しているようである。」（八一頁）

「それまで孜々営々と自己犠牲的に築き上げ、彼女たちが依拠してきた家庭を、アルコールの力によってみずから木っ端みじんにしようとする。そのエネルギーと身体の中の暗闇の深さはどのように形成されたのだろうか。それは単に子や夫への不満ばかりではなく、女性としてどう生きるか、というきわめて深い問いかけもふくんでいるようだ。彼女たちの自虐が、現在の夫婦、男女、親子の関係への強力な異議申し立てであろうことが推察できる。」（九〇頁）

いずれにしても、現代における専業主婦は、なんと苛酷な状態に置かれていることか。もちろん子どもも父親も苛酷な状態に置かれているのであるが、子どもには学校があり、父親には会社があるという救いもある。学校も会社も監獄と同じだといわれるかもしれないが、それでも学校や会社にはストレスを発散できる機会がある。いじめやパワハラがあれば、学校や会社は監獄どころか地獄になってしまうが、そうでない限りはストレスを解消しうるチャンスは残っているのである。それに対して専業主婦は、ストレス解消の方法を自分で見つけなければならない。公園デビューは、ストレスを解消させることになるか、ストレスを増大させることになるか、これは運を天に任せるしかない。だからといって、子どものお受験などをストレス解消の手段にすることは、母子双方に不幸な事態しか生み出さない。このストレス状態が子どもを虐待する契機になっているのである。

もっとも、それだからといって、子どもに対する虐待が正当化されるわけではない。自分がストレスに行き詰ってしまったからといって、そのストレスを子どもへの攻撃という形に変換することは許されることではない。「虐待される子どもにも、虐待されるだけの理由がある」などともっともらしく語る人もいるが、私はこういう発言や議論はものすごく卑劣なものだと思う。いじめの問題も同じだ。いかに相手と性格的な相性が合わないからといって、相手の人格を貶める権利は誰にもない。相手の人格に問題があろうとなかろうと、人の人格を攻撃するのは全く次元の異なる非道な行為である。だから、虐待を防止するためには、虐待者に正当化しうる理由があるかどうかを問うのではなく、虐待を引き起こしてしまうような原因を除去していかなければならないのである。

そういう意味で、専業主婦という存在に問題があると言っているわけではない。共働きであってもストレスを解消できるようなチャンスのある仕事はそう多くはないし、共働きであるがゆえにかえって主婦に多くのストレスが押し付けられることだってある。夫の両親と同居したりしたら、なおさらものすごいストレスがかかってくることもある。また、夫婦間のストレスから逃れようと離婚した場合、現在の日本の労働環境では、離婚を引き金とする貧困に陥る怖れもある。生活が貧困に陥ってしまった場合、貧困からくる子ども虐待というものも存在する。したがって、専業主婦において虐待に接近してしまうことの予防を考えることは、共働き夫婦や離婚後の母子家庭にも同じようにあてはめることができるのである。

二〇〇八年（平成二〇年）に刊行された角田光代『森に眠る魚』（双葉社）は、繁田繭子、久野容子、高原千花、小林瞳、江田かおりという五人の専業主婦の物語である。五人は〝ママ友〟として交流するが、やがて関係が崩壊していく。それぞれが苦悩を抱え、それが増幅していくように相互に憎悪を募らせていく。繭子はサラ金の借入、容子は受験と自己の精神病理、千花は受験、瞳も受験と過食症、かおりは不倫と子どもの登校拒否。瞳の娘茜は、有料で預かった繭子によって虐待されて右肩関節を脱臼する。途中でお受験殺人と呼ばれた事件のようなシーンが挿入されるが、その主体が誰なのかわからない。五人の誰が犯人であってもおかしくはないのだ。そういう主婦の孤独を次のように描いている。

「学生だったころより、仕事をしていたときより、妻になり母になった今のほうが、日々に身をまかせるのはかんたんだった。目覚ましに起こされてコーヒーメーカーをセットする。パンを焼く。卵を焼く。家族を起こす。夫を送り出し、ぐずる子どもに食事をさせる。洗濯機をまわす。掃除機をかける。家族が帰ってくる前に部屋を整える。昼ごはんの用意をし、夕食の献立を考える。すべきことは、さがさずとも向こうからやってきて、ひとつひとつ片づけていれば一日が終わっていく。頑強なまでのくり返しに疑問を持ちさえしなければ、日々がこちらをふり落とすこともしないと、彼女はすでに知っている。

暗闇のなかの、静まり返った清潔なリビングルームは、その頑強な日々のなかで作られたものだ。今、それは目の前にあるが、けれどその光景は、彼女の目に見えない。どこかが歪み、亀裂が走っているように感じられる。

（中略）

なのに今、彼女は子どもとともに、暗くじめついた不快な場所に閉じこめられたように感じている。何を間違ったというのだろう。どこで間違えたというのだろう。いや、私が間違ったのではないと彼女はふいに思い当たる。私が間違ったのではない。間違っただれかが私の場所に入りこんできたのだと。その思いつきは、彼女の重苦しい気持ちを不思議なくらい一気に軽くする。だってそれならば解決策はあるじゃないか。私の場所に間違って入りこんできただれかに、出ていってもらえばいいだけなのだ。」（三一四頁）

(2) 父親たちの苦悩

父親たちは、高度経済成長時には、働けば働くほど豊かな生活が保障されると信じて、しゃにむに頑張ってきた。家族も、たとえ父親が不在がちであったとしても、「お父さんのおかげでこんな暮らしができるんだ」と父親に感謝する気持ちが持てた時代であった。しかし、日本経済が低成長時代になると、企業はもっとも企業会計を圧迫する人件費を削ろうとするし、それにもかかわらず、売上げは維持していかなければならなくなるため、少ない人員でかつてのような企業成績が求められることになる。

まずは、労働時間の変化から見てみよう。一九六〇年（昭和三五年）ころまで労働時間は増加していたが、そこから一九七〇年（昭和四五年）ころまで減少した。まさに高度経済成長の真っ最中であるが、労働時間は減っていたのである。もっとも職種によって減少の度合いはかなり異なり、ホワイトカラー層の休日の労働時間の減少が最も顕著である（湯沢雍彦『図説　家族問題』二四頁）。さらに石油ショックなどによるスタグフレーション下にあったとはいえ、一九七五年（昭和五〇年）ころまでは労働時間の減少傾向が続いたようであるが、一九八〇年（昭和五五年）ころには若干の労働時間が増加する気配を見せ、一九八五年（昭和六〇年）になると再び労働時間は増加傾向を示すようになる（湯沢雍彦『図説　現代日本の家族問題』二七頁）。

もっとも、高度経済成長期には、土日も労働時間が相当あったのであるが、一九八〇年（昭和五五年）ころから完全週休二日制が進み、少なくとも土日には家で休息できる時間ができている（湯沢雍彦『図説　家族問題の現在』二九頁）。しかし、平日の労働時間は逆に増加しており、やはり、昭和後期には、平日は父親が家に不在という状況が定着していたようである。なお、バブル崩壊後の一九九五年（平成七年）以降は、サービス残業等で統計上見えない部分があるため、全体として労働時間は減少している（湯沢雍彦・宮本みち子『新版　データで読む家族問題』二九頁）。

次に、通勤時間の変化を見てみよう。一九六〇年（昭和三五年）から一九七〇年（昭和四五年）にかけては、労働時間は減少したものの、逆に通勤時間は増加している（湯沢雍彦『図説　家族問題』一六頁）。

その後は、一九八五年（昭和六〇年）ころまで通勤時間は若干減少ぎみであったとされるが（湯沢雍彦『図説　現代日本の家族問題』二六頁）、一九八〇年（昭和五〇年）ころから二〇〇〇年（平成一二年）ころまで通勤時間は増加傾向にあるように見える（湯沢雍彦『データで読む家族問題』二七頁）。一九六〇年（昭和三五年）から二〇〇〇年（平成一二年）ころまでの四〇年間、土地の価格変動が著しかったのであるが、高度経済成長期に通勤者の居住圏がどんどん郊外化していき（スプロール現象）、通勤時間も増加していったのであるが、その後の不動産価格の上昇にもかかわらず、通勤時間にそれほどの変動はなかったように見える。はっきりしたことは言えないが、これは個人向け住宅ローンの発達とともに、土地の価格変動が金利変動もともなっていたからであって、いずれにしてもローン返済額と同程度の高い賃料を支払うより、郊外の住宅をローンで購入したほうがよいとする選択ではなかったのか。そうだとすると、高度経済成長期に郊外へ移転していった父親たちの通勤状態にあまり変化はなく、それだけで疲弊化していくことになっただろう。

家庭での収入については、一九五五年（昭和三〇年）から一九八五年（昭和六〇年）の三〇年間で、都市における消費者物価指数が五倍となったにもかかわらず、世帯当り年平均月間実収入が一五・三倍になっているのであるから（湯沢雍彦『図説　現代日本の家族問題』三二頁）、確かに経済的には豊かになったといえよう。しかし、一九九八年（平成一〇年）をピークに家計収入は減少傾向にあり（湯沢雍彦・宮本みち子『新版　データで読む家族問題』三四頁）、近年では、働けど楽にならないという不満が募って来ることになるだろう。また、労働と賃金の関係だけでなく、家庭にとって重要なのは、単身赴任という問題である。昭和後期には、スタグフレーションの進展とともに、単身赴任が激増する。一九八二年（昭和五七年）に一三・五万人であった単身赴任者は、一九八七年（昭和六二年）には一六・七万人に増加している（湯沢雍彦『図説　現代日本の家族問題』三八頁）。こうなると、父親は完全に家庭に不在となってしまうことになる。

こうした状況について、鎌田慧『ドキュメント家族』は、次のように書いている。

「以前なら、地位も上がり、賃金もふえた。だから、『お父さんががんばっているから豊かに暮せるのよ』ということで共同意識が強く、転勤にも一緒についていった。いまは、うだつがあがらないのに、相変らず、『会社のため、会社のため』のキマリ文句で、家庭は放りっぱなし。それで、転勤になっても、『お父さん、いってらっしゃい。子どもの学校もあるので、わたしたちはこっちに残ります』となる。母と子どもがひとつの単位。父親は出稼ぎか、通い夫のようになる。」（五六頁）

その後も状況は変わっていない。父親たちは、会社に尽そうとしても、過労死やパワハラの危険もあるし、うつ病を発症してしまうこともある。だからといって、仕事はそこそこにして子どもとニューファミリーを築こうとしても、世代間ギャップで廃除されてしまったりしている。まったくにっちもさっちもいかなくなったようだ。父親たちも元気を取り戻さなくてはならないのだろう。いずれにしても、会社や家庭から逃げているだけでは、将来の展望は開けてこない。

第七章　平成時代の親子関係

一　バブル崩壊後の多様な親子関係

1　さまざまな親子

(1) ありのままを尊重する親子

山田太一は、自分の子育て観について、一九九五年（平成七年）に刊行された、『親ができるのは「ほんの少しばかり」のこと』（新潮文庫）でけっこう率直に語っているし、私も完全に同感だと思うので、ここで少し引用しておく。まず、親子関係の基本は次のようだということである。

「親の力の限界を知り、その中でどう生きるかというのが、子供との関係の基本だと思います。」（四頁）

親も子どもも努力すればどんな人間にだってなれるという万能感を持ってしまうと不幸になる。誰もが努力すれば、アインシュタインになれるわけではないし、イチローになれるわけでもない。先天的および後天的な条件に規定されて、子どもは大きくなっていくしかない。親は子どもに養育責任を負っているけれども、それは親の考える子どもの像に子どもを当てはめようとすることではなく、ありのままの子どもの成長を見守っていくことにほかならない。そうする余裕がなくなってくると、子どもはただの失敗作となって、尊厳ある一人の人間であるという思いが消滅してしまう。そうなってしまうと、虐待に発展していく危険がある。そうなっていくのを防ぐにはどうしたらいいのか。山田太一は次のように述べる。そのとおりだろう。

「育児というのは、やはり夫婦協力するというところがないと大変だと思います。しかも、いまの時代は育児についての理想が高いでしょう。完璧主義の人だったら、やり切れないだろうと思います。子供というのは、次から次へ何か起こすでしょう。ノイローゼになる気持はとてもよく分るような気がしますね。周りがあまり母親の責任を重くしないようにしなければいけないと思いますし、母親のほうも、性格がありますから一概にいえませんが、なるべく暢気にしているのがいいのでしょう。」（一二七頁）

また三浦哲郎は、ちょっと前の一九七五年（昭和五〇年）に刊行した娘三浦晶子との往復書簡『林檎とパイプ』（文芸春秋）で、父親の責任について次のように書いている。これにも私は同感である。

「父親としてせいぜい子供たちにできるだけのことをしてやるよう心掛けるほかはない。できるだけのことといっても、私は、親が子供の将来のためにしてやれることはといえば、丈夫な躯に育ててやることと、やがて自分で自分の人生を選び取れるような素地を作ってやることぐらいのものだと思っている。その素地も、素直で柔軟な心と人並みの智恵さえあれば、それで十分だと思っている。

（中略）

子供の人生を親がきめるなど滅相もないことで、そんなことまでする権利も義務も親にはない。子供の人生は子供自身が選ぶべきであり、親はただ、それができるような素地を作ってやって手助けをするだけである。あとは、相談があれば乗ってやり、気がついたことがあったら助言してやればいい。権利や義務は別にしても、子供の人生くらい子供自身に選ばせてやるのが、親の思い遣りというものだろう。」（三頁）

(2) 平成ニューファミリー

もともとニューファミリーとは、団塊の世代が社会に出てきたとき、仕事より家庭を大切にする家族、特にマイホーム・パパを指して言われたものであった。しかし、高度経済成長が終了してしばらくは、父親が不在になるような社会変動のもとにあったため、父親は家に帰りたくても帰れない状態にあった。そこで平成になって再びニューファミリーという言い方が使われるようになったのであるが、今度は家庭中心主義というより、むしろ親子というタテの関係を夫婦のようにヨコにして考え、友だちのようにつきあう親子関係を指していうようになったのである（永六輔『親と子』岩波新書二二頁）。具体的には、さまざまな小説が平成ニューファミリーを表現しているが、たとえば、本谷有希子『生きてるだけで、愛』（新潮文庫）に出てくる主人公の父親は次のような存在である。

「電話で話しても『お金ないからって変なビデオには出るなよ』などとこちらの心配ばかりしている。」（五四頁）

久しぶりに自分の娘と話をするのに、それだけかいという内容である。また、主人公のアルバイト先のレストランのオーナーは元ヤンキーであるが、父親が仕事をサボって隠れてチューハイを飲んでいるのを見つけたとき、オーナーがその父親に対して放つ言葉は次のようなものである。

「厨房の隅でチューハイを飲んでいる父親を見つけ『殺すぞ』とキレた。いつものことなのかお母さんとミズキは『しようがないなあもう』と目配せし合っている。」（八二頁）

こうなってくると、親子関係はもう友だち以下なのかもしれない。平成も一〇年を過ぎると、ニューファミリー的な家族がすでに限界に来ていることも多くの小説で扱われてきた。二〇〇三年（平成一五年）に第三回婦人公論文芸賞を受賞した角田光代『空中庭園』（文春文庫）で描かれる家族は、ごく普通に親密であるように見えるが、それぞれが孤独と闇を抱えているのである。何の葛藤もない仲良し家族などは幻想にすぎないのだ。『空中庭園』で描かれる家族は、「何ごともつつみかくさず、タブーをつくらず、できるだけすべてのことを分かち合おう、というモットーのもとにあたしたちは家族をいとなんでいる」（一〇頁）のであるが、それぞれが心の中に闇を抱えている。表面は明るく見えても、その底のほうではそれぞれが「身内の侵入を防いで閉ざされている」（二二三頁）のであり、家族という団体は完全に崩壊している。父親は不倫を繰り返し、母親は実母から心理的虐待を受け続けたと信じて、ともに学芸会のような明るさを無理やりに作り出そうとしている。父親の不倫相手から見た家族は、自らの経験に照らして、次のように表現されている。

「家族というのはまさにこういうものだとあたしはずっと思っていた。電車に乗り合わせるようなもの。こちらには選択権のない偶然でいっしょになって、よどんだ空気のなか、いらいらして、うんざりして、何が起きているのかまったくわからないまま、それでもある期間そこに居続けなければならないもの。」（一八三頁）

そして、これらの家族の閉塞状況を乗り越えようとして、その後には大家族小説が復活することになる。二〇〇六年（平成一八年）刊行の小路幸也『東京バンドワゴン』（集英社文庫）と二〇〇八年（平成二〇年）刊行の中島京子『平成大家族』（集英社文庫）が平成の大家族小説である。家族がそれぞれさまざまな現代的問題を抱えながら、寄り添うように家族を形作っている。

小路幸也の『東京バンドワゴン』は、ノスタルジックな大家族を描いている。この小説には、少々風変わりな人はいろいろと出てくるのであるが、歪んだ人間は出てこない。こういう大家族小説は面白く、とても癒される。お金を出して本を買うなら、こういう楽しい小説を読みたい。でもこの小説はリアルではない。歪んだ人間が出てこないからリアルでないというわけではない。このような大家族がどのような間取りのどういう家に住んでいて、どういう収入でどのように家計が成り立っているのかを厳密に問うとすれば、現代日本ではとたんにリアルさを失うからである。現実の家族、特にストレスを抱え込んで閉塞してしまった家族を考えるには、やはりリアルな地点からスタートしなければならないということになるだろう。

そういう意味で、中島京子の『平成大家族』は、もっとリアルな小説である。この小説では、現代的な問題をさまざまに抱えた緋田家の人々が、ぎりぎりの選択を迫られて否応もなく大家族を形成してしまう。歯科医を引退して悠々自適の生活を送ろうとしていた龍太郎と春子という夫妻のもとに、夫聡介が自己破産してにっちもさっちもいかなくなった長女逸子夫妻とその息子さとるが同居してくる。さとるは有名進学中学から公立中学への転校を強いられて、いじめ問題に直面してしまう。次女の友美は夫と離婚して売れない芸能人の子を懐胎し、シングルマザーとして生きるために出戻ってくる。もともと龍太郎のもとには引きこもりの長男克郎がいる。そして、認知症の症状が出ている春子の母タケも同居している。つまり、自己破産、離婚、引きこもり、いじめ、認知症介護という現代的問題を詰め込んだのが『平成大家族』である。このような家族の印象を的確に表現しているのは、認知症を抱えるタケの言葉である。

「お父さんとお母さんが出かけちゃうとさ、さとるちゃんは学校だし、逸ちゃんはパン屋のパートだし、聡介さんは職探しだし、克郎は庭で閉じこもりっきりだし、なんだかいっぱいいるようで、人、いないねえ、この家」（一二五頁）

『東京バンドワゴン』と『平成大家族』は、あらゆる意味で対極にある小説なのであるが、それを象徴しているのは、やはり食卓だろう。『平成大家族』の文庫版解説で北上次郎が指摘しているように（三一三頁以下）、『東京バンドワゴン』では、いつも家族全員が食卓を囲んで賑やかな（そしてバラバラな）会話が乱れ飛ぶのであるが、『平成大家族』では、緋田家で食卓を囲む場面は一回しか出てこない。しかし、『平成大家族』が閉塞して絶望的な読後感しかもたらさないかというと、それはそうでもないのである。なぜか。確かに家族はお互いに分かりあえてはいない。すれ違ってばかりいる。しかし、それぞれが外にいる誰かと確実なつながりを持ち、閉塞が破られていく。だからこそ、家族がバラバラでいるようでいて、それぞれ独立した孤としてのつながりを再生していけるのだろうと思えるから救いがあるのだ。

(3) 憎しみ合う親子

昭和後期の小説世界では、家族がバラバラになって、さらに敵対していく事態を招いていることが描かれていると書いた。平成時代の小説世界になると、単に家族が敵対するだけでなく、もっとさらに憎しみ合うようになってくる。一九九七年（平成九年）に第一一六回芥川賞を受賞した柳美里『家族シネマ』（講談社文庫）では、バラバラになった家族が、主人公の妹の発案で、家族が再会する映画を取ろうとするという内容の小説であるが、皮肉なことに家族はもっと憎しみ合うことになる。妹は、父親と母親と兄の出演承諾を得て主人公に出演を頼みにくるのであるが、依頼の言葉は次のものである。

「家族なんてどっちにしたってお芝居なんだからね。」（一三頁）

映画が進行していく中で、父親の姿を見ながら、主人公は父親について、次のように回想する。

「一緒に暮していているころは、食事中話をすることもテレビを観ることも許してくれず、早く皿を空っぽにしろと私たちを急かし、誰かが食べ終わるとその皿や茶碗をつかんで腰をあげ洗いものをはじめるのだった。」（八八頁）

他方で弟と暮している母親は、弟について次のような言葉しか吐かない。林さんというのは、別れた父親のことである。

「あの子はもう駄目、でも追い詰めたら発狂しちゃうからほっといてるの、高くつくけど犬を一匹飼ってると思うしかないわ、あの子童貞よ、でもまぁ見てて、林さんにね、あの家を売っ払ってもらって、どっかにいい土地をみつけて、それであの子が一生食べて行けるぐらいのことはママがするわよ。」（八一頁）

そして最後に父母への憎しみがよみがえってくる。

「父の暴力、母の性的な放埒さがもたらした恥辱にも、私たちは何とか堪えてきたのだ。卑屈なほど従順に受け入れたといってもいい。私も弟も妹もしっかりと植えつけられた父と母への憎しみを外へ向けるしかなかったのだ。ただ他人と折り合うことができず、憎んだだけだ。両親を憎む罪に較べれば、安価な代償というべきだろう。」（九三頁）

こうなってしまうと、もはや家族は、憎しみ合うだけの人間関係でしかない。このような家族がずっと同居していれば、子どもに対する虐待が起きるか、あるいは、親に対する家庭内暴力が起きるか、わかったものではない。ここでは親子間の信頼関係とコミュニケーションは壊れてしまっているのである。二〇〇五年（平成一七年）に刊行された村田沙耶香『授乳』（集英社文庫）では、主人公の母親は潔癖症というか不安神経症のように思えるのであるが、主人公の母親に対する観察は、非常に冷たいものである。それは、「父と逆の感情を探している」のが「母の生きがいなんだ」ということに始まり（二四頁）、次のような突き放した見方になっている。

「母があんな風に潔癖でいられるのは、母が父に寄生しているおかげだ。母の世界はすっかり父に支配されてるからこそ、母はああやっていられるのだ。母は自分の現実を勝手に父に担当させ自分は少女のままでいようとしている。父がもし母を見捨てたら、母は後生大事にしている自分の少女じみた部分を一切かなぐり捨てて、現実に目覚めなければならないんだ。それに気づかない母は馬鹿だ。」（三〇頁）

藤原智美は、二〇〇〇年（平成一二年）に刊行した『家族を「する」家』（講談社＋α文庫）で、「ここ数年、わたしはある共通したシーンによく出会う。それは、子どもにたいして妙にとげとげしい母親たちの姿である」（四六頁）と指摘している。具体的には、三歳ぐらいの女の子が転んで泣き声を上げても「あんた目立つわよ、早く起きなさいよ」というだけで全く手を貸そうとしない母親や、本屋で迷ってい る三、四歳の男の子に「一分で選びなさい」と命じて子どもが泣き出しても無視してさっさと行ってしまう父親が挙げられている。このような光景に対して、藤原智美は次のように述べている。

「こういう光景を目の当たりにしたとき、子どもの自立を促す姿勢をとりながら、実は子どものためというよりも母親自身、父親自身のためであり、自分の時間と世界を、わが子という『他者』に

よって崩されたくない、という彼らの意識がかいま見えるような気がするのだ。」(四八頁)

このような観察は正しいと思う。自分の子どもを、自分の時間を奪い取る他者としてしか扱えなくなる精神的な余裕のなさが虐待につながっていくのだろうと思う。果たしてどうしたらこのような状況が変わりうるのだろうか。悩みは深いところにある。

必ずしもお互いに憎しみ合っているわけではないが、何の問題もなさそうな平和な家庭でも、ほんの少しのきっかけで家庭の中の闇が姿をあらわにすることがある。一九八九年(平成元年)に発表され、二〇一〇年(平成二二年)に少しヴァージョン・アップされた村上春樹『ねむり』(新潮社)では、夫や義母にそっくりな子どもの寝顔を見た母親が次のように感じてしまう。傍目には平和に見える家庭でも、実はこういう心の闇を抱えているのかもしれない。

「この子は成長しても、私の気持ちなんかきっと理解しないだろうと私は思った。夫が今私の気持ちをほとんど理解しないのと同じように。

私が息子を愛していることには間違いない。でもいつかこの先、この息子のことを自分はそれほど真剣に愛せないようになるのではないかという予感がした。母親らしくない考えだ。世間の母親はそんなこと思いつきもしないだろう。でも私にはわかる。私はある時ふとこの子供を軽蔑することになるだろう。子供の寝顔を見ているうちに、まるで水が急速に引いて地面が露わになるように、それが明確になった。」(七六頁)

2　家庭の閉塞と引きこもり

(1) 家庭内暴力と引きこもり

二〇〇〇年（平成一二年）、村上龍は、第三六回谷崎潤一郎賞を受賞した『共生虫』（講談社文庫）で、引きこもり青年ウエハラを主人公に、どこにも救いのない日本の状況を徹底的に描いた。しかし、二〇〇一年（平成一三年）、村上龍は、『最後の家族』（幻冬舎文庫）を刊行し、引きこもり青年内山秀樹を主人公に、内山家の崩壊と再生の物語を描いている。『共生虫』とは異なり、『最後の家族』では、家族が引きこもりとなったことについて、次のように語られる。

「兄が引きこもりになってから両親の会話が増えた。知美はからだを拭きながらそう思った。父親がこだわっていた必ず家族全員でそろって食事というルールも、最近はほとんど守られていない。ずっとダメだと言っていたのに、父親は急に携帯を買ってもいいと言った。それに父親は、朝シャワーを浴びるのも文句を言わなくなった。家族に緊張が生まれたのだ。それまではみんな父親の言うことを守って、ふわふわした殻の中に閉じこもって、演技しているような感じだった。」（二八頁）

家族の一人が引きこもりになることによって、その家族が「家族らしく」演技しているようなコミュニケーションの実態を欠いていることが明るみにでる。しかし、引きこもり状態と家庭内暴力とは密接な関係にある。特に、引きこもりの息子による母親への暴力が著しいものであることも多い。ここでは、子ども虐待ではなく、子どもによる親の虐待という事態になってしまう。したがって、引きこもりの発見は、簡単な解決を導くものではない。

一九九六年(平成八年)一一月六日、引きこもって家族に暴力を振い続けた一四歳の息子を、五二歳の父親が金属バットで殴り殺すという痛ましい事件が起きている。父親勝男と息子邦彦とのやり取りは次のようなものだったらしい(西山明編『少年事件』ちくま文庫)。

「勝男の唇は腫れて血がにじんでいたが、自分では気がつかず痛みも全く感じなかった。前日夜、邦彦から暴力を受けた時の傷だった。勝男がレンタルビデオを返して戻ってきたのは夜十時すぎだった。邦彦が険しい顔で口を開いた。『今日買ってきた洋服を見せろ』

勝男がトラコンの服二着を広げた。

『テメエ、なめんなよ。なんでこんなものを買ってきたんだ、返してこい』

やはり気に入ってもらえなかった。邦彦は掃除機から外して持ってきた吸い口の柄で、勝男を殴った。十分間ほど暴力は続いた。プラスチックの柄は縦に割れて、バラバラになった。勝男の唇が切れた。勝男は粉々になった柄を見て、邦彦が手加減しないで力いっぱい殴っていることにショックを受けた。勝男は邦彦を立ち直らせるために暴力を無抵抗で受け入れてきたが『こんなことではこの先、立ち直る見通しも暗いな』と落ち込んだ。

ところが二十分か三十分たつと、邦彦は勝男に『お父さん、チャーハンをつくってほしい』と頼んだ。何事もなかったように装いながらチャーハンをつくり、父と息子は食卓で向い合った。なぜ殴ったのか、邦彦に聞くこともなかった。これまでも暴力の後に、勝男にチャーハンをつくってもらい二人で食べるということは繰り返されていた。

『テメエ』と叫び過酷な暴力が続く中で、たまに邦彦が『お父さん』と呼びかけ子どもらしく甘える姿を見てしまうと、勝男にはぐっと胸に迫るものがある。やはり子どもは父親を必要としているのではないかと思い、勝男は邦彦から離れることができなかった。」（一一七頁以下）

どうしてここまで家庭内暴力がエスカレートしてしまうのか。勝男は、「技術として」耐えて頑張ることで自分の気持ちを分ってほしいと望んでいた。しかし、かえって暴力はエスカレートしていき、「邦彦の暴力に終わりがなく死にたい」と思うようになり、ついには「これ以上、無理。もう限界を超えた」という気持ちになって金属バットを持ち出したようである。やり切れない話である。どこかに出口はなかったのだろうか。そういう事件の渦中にあっては、自分で出口を見つけることなどできないだろう。父親も子どもも痛ましいとしか言いようがないが、しかし、仕方ないで済ませてよい問題ではない。なぜこうなってしまうのかについては、同じ家庭内暴力で苦しんだ経験のある別の母親の話していることが核心を突いているのではないかと思う。それは、家庭の閉塞した状況から脱却することが求められているということだと思う。

「どうして父親の勝男は子どもから逃げなかったのか。『自分を捨てきれなかったんじゃないでしょうか。自我を譲れなかったというか。自分にも葛藤がある。子ども自身のせいで苦しんでいるわけじゃないでしょう。不登校になって、世間からいらないものみたいに扱われて、そこから発生した苦しみだから。そこに立ち返ったら、親の自我は譲らなくてはいけないのかなぁと思う。でもあのお父さんは、恥を忍んで、世の中にお預けするという考えができなかったということじゃないでしょうか。最後に、子どもは自分のものだと思ってしまったんだと思う』」（二一二頁）

(2) 家族の再生

引きこもりの原因は、一つや二つではないのだろう。引きこもりを理解するには、斎藤環の「ひきこもりシステム」が明快で適切であるように思う。斎藤環の「ひきこもりシステム」とは、個人・家族・社会という三つのシステムでコミュニケーション不全を引き起こし、しかもそれらのシステム相互が連動することなく、システム間相互の力がストレスに変換されて悪循環を助長しているというものである（斎藤環「社会的ひきこもり」一〇〇頁以下）。個人システムでは、葛藤によって他者の介入を受け入れられなくなり、家族システムでは、不安や不満という一方的な刺激だけがあってコミュニケーションが欠如してしまい、社会システムでは、家族による抱え込みによって社会との乖離を生じてしまう。だからこそ、本人と家族、家族と社会という二つの接点が回復されなければならないのである(同一三三頁)。村上龍『最後の家族』では、斎藤環の「ひきこもりシステム」論に従って家族の回復が図られていく。まず、本人と家族の接点については、母親との間で次のようなやり取りがある。

「『今日、先生がね。引きこもりを、怠けてると考えてはいけませんって。本人が一番苦しんでいるということを親がわかってあげないといけませんよって』

半年ほど前、精神科医から帰ってきた母親にそう言われたとき、秀樹は頭の中に貼りつけられていた鉛の板が一枚ゆっくりと溶けてなくなっていくような感覚を味わった。そうか、とぶっきらぼうな返事をしたが、うれしくて部屋で隠れて泣いた。」(一三六頁)

そして次に父親との間では、父母の間で次のようなやり取りがある。

「『引きこもりの息子が家にいて、あの家を買って、ローンを払っているおれが出ていくのか。どうせ、精神科医とかカウンセラーとか、そういう連中が言ったんだろう。そいつらは、秀樹と会ってもいないのに、秀樹の何がわかるんだ。あいつはおれの子だ。精神科医の子どもじゃないだろうが』

『自分の子だからわからないってこともあるんじゃないの?』

そう言うと、秀吉が黙った。この一年半、秀樹と何度話をしたの。そう言おうとしたが、秀吉の顔色を見てやめた。秀吉は下を向いて、一度大きなため息をついた。

『確かに、わからないよ』

下を向いたまま、秀吉がそう言った。」（一四九頁）

主人公の内山秀樹は、隣家でドメスティック・バイオレンスを受けているユキを救おうとして、自分と社会との接点を見出そうとするが、田崎弁護士にたしなめられる。


「『おかあさんは、内山さんを救いたいんだと誰かに言ったり、あなたを救うんだと言って、無理やりどこかに連れて行ったりしましたか？』

『いいえ。していません。逆に、ぼくに干渉しなくなりました』

『おかあさんは、どうやってあなたを救ったんでしょうか』

『わかりません』

『おかあさんは、あなたのためにいろいろな人と話すうちに、自立したんじゃないでしょうか。親しい人の自立は、その近くにいる人を救うんです。一人で生きていけるようになること。それだけが、誰か親しい人を結果的に救うんです』」（三〇三頁）

つまり、『最後の家族』は、主人公内山秀樹の引きこもりによって、相互に演技をしていたような家族の不全状態が明るみに出、精神科医や弁護士の力を借りて、秀樹の引きこもりと家族とが正面から対峙し、家族それぞれが本当に自立した道を歩み始めることによって家族が回復していく物語である。外形的には家族がバラバラになるのだけれども、それぞれが自覚的に自立していくため、かえって内面的には家族の絆が再生産されていくのである。これは空論などではなく、しっかりしたリサーチによる救済の物語である。そういう意味で、『最後の家族』は、もっと評価されてしかるべき小説なのではないかと思うが、日本の文壇では、こういう堅実な作品の評価は概して低い。残念な話である。

二　平成時代の子ども虐待

1　身体的虐待

平成時代になると、子ども虐待を主たるテーマにした小説が次々と登場してくることになる。それまでには、全くなかったことだ。純文学だけでなく、ミステリーや風俗小説にも頻繁に子ども虐待の場面が出てくることになる。ここでは、四つの虐待類型（身体的虐待、ネグレクト、心理的虐待、性的虐待）に分けて、それぞれ取り上げることにする。

まずは身体的虐待であるが、身体的虐待に関する表現は実に多い。気を失うまで殴りつける、タバコの火を押し付ける、風呂の中に頭から突っ込む、裸にして熱湯をかける、などなど、現実の虐待形態がもれなく表現されてきたといっていいだろう。それらをすべて挙げていくことは不可能だし、あまり意味があることとも思えない。しかしいくつかの小説から身体的虐待の内容を見てみることにする。

一九九三年(平成五年)に出版され、第四回Bunkamuraドゥマゴ文学賞を受賞した内田春菊の『ファザーファッカー』(文春文庫)から。『ファザーファッカー』の主人公静子は、実父と養父、それに母親からも、ありとあらゆる虐待を受ける。養父による性的虐待は、尊属殺違憲判決の事案(これは実父によるものであったが)のように執拗で異常なものであるが、それは次項に引用しよう。実父からの身体的虐待は次のようなものである。


「幼稚園に行ってたときだと思うが、たまたま父が家に戻ってきて金目のものを探しているとき、私は彼に、

『おとうさん、たまにはお金を持ってきてください』

と敢然と言い放ったことがある。しかしそのとたん、父は、

『子どもは黙っとれェ!』

と怒鳴り、箪笥の引き出しを引っ張り出して私の頭をぶん殴った。大きな音がしてびっくりした私は声をあげて泣いた。おかげでその場面はよく覚えている。」(一二頁)

次は、養父による身体的虐待である。

「養父は畳を揺らして障子に走り寄って来、鬼のような顔でバーンと音を立てて障子を開いた。何か大きな声を上げながら私を殴り、突き飛ばし、台所の横の便所まで引きずって行き、その中に私を入れると大きな音を立てて戸を閉めた。中は真っ暗であった。

『そこにずっといろ！　お前のような者は便所の中で暮らせ！』

彼は廊下でいつまでも憎々しげに私を罵っていた。しばらくすると、ガンガンと、金槌を振るう音が聞こえてきた。（中略）彼はその上に見せしめのために釘まで打っているのだった。」（一一三頁）

「『うるさいッ！！』

と怒鳴って私を思い切り張り飛ばした。何度かそうやって殴られ、私は声も出せなかった。さんざん殴っても養父はまだ収まらず、今度は私のネグリジェの胸ぐらを掴んで思い切り投げ飛ばした。私は空を飛び、廊下の側にあるガラス戸のガラスに頭から突っ込んだ。ものすごい音がしてガラスはめちゃめちゃに割れた。

あまりの派手さに私はガラスのわくに頭をつっこんだまま唖然としていたが、養父はこれにますます興奮したらしく、今度は私の首ねっこをわしづかみにし、なにか大声でわめきながら私を子ども部屋まで引きずって行った。それから、自分で買い与えたフォークギターで力まかせに何度も殴りつけた。」（二〇二頁）

これはもう異常としか言いようがない。特に後者の引用部分は、養父からの性的虐待を主人公静子が担もうとしたことから生じた虐待なのである。

一九九九年（平成一一年）に刊行され、第五三回日本推理作家協会賞を受賞した、天童荒太『永遠の仔』（幻冬舎文庫）は、弁護士長瀬笙一郎、警察官有沢梁平、看護婦久坂優希の三人が、それぞれ虐待を受けて育ってきたという過去を持っており、さらに現在の三人の周辺でも、さまざまな虐待事件が起きてくるという小説である。長瀬笙一郎は、母親から餓死しそうになるほどネグレクトされた（第一巻三〇四頁）。映画『誰も知らない』（巣鴨子ども置き去り事件）と同じ状況である。また、全身にタバコの火を押し付けられている（第三巻二五二頁以下）。有沢梁平も、殴られたり押入れに入れられたまま放置されたりするネグレクトも受けていた（第三巻二六二頁以下）。しかも、「おまえが生まれてなきゃ、みんな幸せに暮らせてた」と心理的にも虐待されていた（第一巻三三〇頁）。久坂優希は父親から性的虐待を受けていた（第三巻 二七二頁以下）。『永遠の仔』の筋書きを書いてしまっては面白くないので、あとはぜひ全文を読んでいただきたい。

二〇〇六年（平成一八年）に刊行された、伊藤たかみ『ドライブイン蒲生』（河出書房新社）に収められた「無花果カレーライス」では、母親月江が子ども陽介に身体的虐待を加えている。月江は、何らかの精神病理を持っているのかもしれないが、いきなり陽介に馬乗りになり、頬を張り続ける。それも気が遠くなるまで（八一頁以降）。しかし月江は、夜になると、かいがいしく陽介の世話をする。陽介は、月江が「ハッキョー」したと思うのであるが、その背景については明らかにされていない。

一九九九年（平成一一年）に刊行された宮本輝『草原の椅子』も、虐待問題をテーマの一つとしている。この小説は、遠間憲太郎と富樫重蔵がパキスタン山奥のフンザという桃源郷へと旅をする物語であるが、この二人に篠原貴志子と喜多川圭輔が加わる。喜多川圭輔は、幼児時代から実母による身体的虐待やネグレクトを受けて、言葉を失い成長も遅れていたのであるが、憲太郎や重蔵と二人を取り巻く人々(および一匹の犬)の暖かい思いやりによって、人間への信頼を取り戻していく物語にもなっている。『草原の椅子』の内容は、現代の日本への憎悪に包まれているが、虐待された子どもを救うことによって、実は子どもを救った大人たちが救われていくのである。

二〇一〇年(平成二二年)刊行の文庫書き下ろし日本SFコレクション『NOVA2』(河出文庫)に収められた、宮部みゆき「聖痕」では、主人公である和己が母親とその内縁の夫とを殺害した事件をもとに展開するSF小説であるが、和己が母親たちを殺害した理由は、次のようなものである。

「小学校にあがるくらいの年齢から、彼は二人に、万引きや窃盗を強いられていた。(中略)一方、学校では教材費や給食費を滞納し、教職員たちには、母子家庭だし自分は病弱なので、家計が苦しいと訴えていた。(中略)実母と内縁の夫の都合で、和己は養育放棄されたり、暴力で〈躾け〉られたりした。(中略)確認された限りで過去に二回、和己は〈当たり屋〉として自動車事故に遭い、二度とも軽傷で済んだものの、柴野直子は加害者側から治療費や事故の和解金をせしめている。」(三七一頁)

しかし話はそれで終わらない。和己が成長すると、母親と内縁の夫は、和己がもはや言いなりになる道具でなくなることを恐れ、保険金をかけて殺害することをたくらむ。そこで和己が先手を打ったという内容なのだ。その後の話がどのように展開するかは、SF小説なのであるから、もうここには書かないほうがいいだろう。ただ、現代の社会的な問題をいろいろな角度から取り上げたSF小説だとだけ言っておこう。

二〇〇八年(平成二〇年)一二月、京都大学医学部付属病院で、母親が一歳一〇ヵ月の幼児(五女)の点滴バッグに腐敗水を混入させ、乳児の健康を害したとして逮捕される事件が起きた。報道によれば、この母親によって、次女、三女、四女にも同様の行為が行なわれていた疑いも持たれていたようである。母親が腐敗水を混入させたのが真実であるとすると、「代理ミュンヒハウゼン症候群」に該当するだろう。「代理ミュンヒハウゼン症候群」とは、子どもに毒物を摂取させたり薬物を過剰摂取させるなどして、医療機関による治療を受けさせることを繰り返す精神病態であるが、そのような行為を行うことは虐待に該当する。ネグレクトは、子どもに必要な行為を行なわない放置(不作為)が虐待に該当するのであるが、代理ミュンヒハウゼン症候群では、子どもに不必要な行為を行なって子どもの健康を害する(作為)のであるから、定義上は身体的虐待に該当するだろう。

第一回ホラーサスペンス大賞特別賞を受賞し、二〇〇一年(平成一三年)に刊行された安東能明『鬼子母神《きしもじん》』は、この代理ミュンヒハウゼン症候群を題材にした小説である。『鬼子母神』は、保健センターに勤務しながらも、わが子をネグレクトしている保健婦工藤公恵が、子ども渡井みおと弥音を虐待していると疑われた母親渡井敦子と知り合い、敦子の代理ミュンヒハウゼン症候群を知ってしまうことから展開するストーリーである。この小説は、保健センターの仕事を丹念に調べて書かれていると思うが、さまざまな社会福祉制度はその後にかなり変更された部分もあるので、二〇〇一年当時のこととして理解すべきであろう。ここでもこの小説の具体的なストーリーは書かないことにするが、代理ミュンヒハウゼン症候群の原因は不明としかいいようがない。加害者である親は全面否認するのが一般だし、被害者である子どもは被害を表現する手段を持たない。ただし、客観的には、反社会性人格障害や自己愛性人格障害の診断基準は満たしている。これは、いつでも誰にでも起こりうる虐待類型などではなく、一定の精神病理を背景に考えるべきだと思う。

2 ネグレクト

子どもを半裸にして木に縛り付けておいたとか、パチンコをする間、数時間も幼児を自家用車の中に閉じ込めて子どもが衰弱したとか、そうしたネグレクトについては、いくつかの小説で現代の病理を表現するワン・シーンとして使用されていたが、どのような小説のワン・シーンだったかについてはもう記憶がなくなってしまった。むしろ、そういうワン・シーンがそれほど稀有なことでもなくなってしまっているのだろう。天童荒太『永遠の仔』(幻冬舎文庫)の長瀬笙一郎が受けたネグレクトは、次のようなものであった。

「幼い頃、母親が一ヵ月以上も帰ってこないことや、帰ってきても、一日か二日でまた出てゆくことが、たびたびあった。そんなとき笙一郎は、電気もガスも止められたアパートの狭い部屋のなかで、膝を抱えて、ひとり過ごしたものだった。悪い夢を見たときなど、怖さのあまり、電灯がつくアパートの共同便所のなかで眠り、ほかの住人から驚かれたり怒鳴られたりしたことが何度もあった。母親が、食費にと置いていったわずかな金もつき、暗く悪臭のこもる部屋で、餓死寸前まで横たわっていた記憶が、いまでも彼をさいなむ。眠りばなに当時のことが思い出されて、跳ね起きることもしばしばだった。」（第一巻二八八頁）

もっとせつないのは、笙一郎の母親が三一歳の誕生日を迎えた日のことである。

「母が三十一歳の誕生日を迎えた日、笙一郎は、プレゼントを贈ろうと思い、金などないため、公園や城山を回って自生している花を摘み取った。普通の花束では感激しないだろうと、学校をさぼって朝から夕方までかかり、大人の両手にもあまるほどの花を摘んだ。

（中略）

母の喜ぶ顔を楽しみに、アパートへ帰った。しかし、誕生日のごちそうを作って待っているはずの母の姿は、どこにもなかった。部屋は暗く、ちゃぶ台の上に一万円札が一枚だけ置かれていた。手紙も何もなかった。

笙一郎は、三日間どこへも出ず、母を待った。母は戻らなかった。部屋には、枯れた花々のいやな臭いがたちこめた。」（第一巻三〇四頁）

二〇〇五年（平成一七年）刊行の村田沙耶香『授乳』（集英社文庫）では、主人公の家庭教師となる青年の手首に、自殺しようとした痕跡が生々しく残っているのであるが、それが幼児期から実母に虐待（繰り返しのネグレクト）を受けていたことに基づくものであることが示唆されている。

「で、新しい男が籍いれてくれないの。で、よく喧嘩してんだけどそのたびにここに子供すてんの。いやほんとに、子猫みたいに段ボール箱にいれられてさ、ゴミみたいにすてんだよ。仲直りするためにすてんだよな。痴話喧嘩の、いいおかずなんだよ。だから朝まで、ほうっとかれんの、いい迷惑だよ」

「あの子も、子供とはいえ一人で歩けるんだから自分でかえりゃいいと思うのに、朝までぜったい段ボール箱にはいったままうごかないんだよ。それで未だに、たまにああやってあの木を見にくるんだよ。いやならあんな家、でちゃえばいいのにさ、いい年なのに家出ようとしないんだよ」（四一頁）

一九九七年（平成九年）に刊行された湯本香樹実『ポプラの秋』（新潮文庫）には、ネグレクトの一歩手前という状況が書かれている。

「父が交通事故で急死して慌ただしい何日間かが過ぎると、母はしばらくの間、一見それまでと同じように家事をこなし、やがて突然、眠りに入った。母は眠り続けた。どのくらい眠っていたのだろうか。一週間、いやもっと長かったような気もするけれど、もしかしたら三、四日のことだったのかもしれない。憶えているのは、いつの間にか夏休みが始まっていたということと、母が眠って

いる間、小学一年生だった私はおなかがすくと缶詰のシャケを食べていたということだ。」（一〇頁）

母親は、父親の急死（本当は自殺）によるショックでこんこんと眠り続けている。この後、母親は眠り始めたのと同じくらい唐突に起き上がったので、なんとかネグレクトにならずにすんだ。母親が眠りつづけたのが一週間だったのなら、シャケ缶だけではさすがにきつかっただろうと思うけれども、主人公の女の子はまだ衰弱するには至っていない。どこからがネグレクトでどこまではネグレクトではないか。それは親が虐待の意思（法律的には故意という）を有しているかどうかで決まるのではない。虐待という概念が必要なのは、親を処罰するためではなく（それは刑法で充分である）、子どもを救出し、かつ、親にも支援が必要な状況であれば親をも支援するためだからである。したがって、親の行為（作為・不作為を含む）によって、子どもの権利が客観的に害されていれば、虐待といっていいのである。だから、アルコール依存症とか薬物中毒とかで親に虐待の意思がはっきりしていなくてもネグレクトは成立する。

二〇〇五年（平成一七年）に第一三三回芥川賞を受賞した中村文則『土の中の子供』（新潮文庫）は、子ども時代に受けた虐待によって、死への希求を募らせる男の物語である。遠い親戚に引き取られた主人公は、虐待を受け続けた。主人公の受けた虐待は、身体的虐待からネグレクトへと移り、ついにはタイトルどおり、土の中に埋められることになったのである。身体的虐待からネグレクトへと移ったときは、次のような苦しみを味わうことになった。

「暴力は次第に少なくなり、やがて放置されるようになった。飯を食い、糞をする生き物である私を、彼らは疎み始めていた。極度の空腹に激しい腹痛が伴うことと、汗が出ず、上昇し続ける異常な熱に身体が覆われるというのを、初めて知った。体力の低下は、意識の低下を招いた。何かを考えること自体にエネルギーがいることも、初めて知ることになった。」（五四頁）

そうかもしれない。私には経験がないからよくわからない。しかし、『土の中の子供』は、多分に想像で描かれている印象があり、私にはリアリティがあまり感じられなかった。私の想像力不足かもしれないが、『土の中の子供』を虐待小説というには、抵抗感が残ってしまう。ただし、二〇〇九年（平成二一年）出版の『掏摸』はとても面白いし、リアリティもあった。『土の中の子供』に芥川賞が与えられたのも、先見の明かもしれない。心理的虐待で引用する『ハッピーバースデー』に対しても、「リアリティがなさすぎる」とか「話ができすぎている」とかの批判があるようだが、『ハッピーバースデー』は「こういうことがあれば、子どもも親も救われる」ということを表現した小説なのだから、それはそれでいいのではないか。『ハッピーバースデー』や灰谷健次郎の小説は、斜に構えて批判的に読むのではなく、ただただ素直に読めばいいのではないかと思う。

3　心理的虐待

心理的虐待については、一九九七年（平成九年）に出版された青木和雄『ハッピーバースデー』（金の星社）から。『ハッピーバースデー』は、主人公あすかが母親の心理的虐待で声を失ってしまうが、祖父母の力によって声を取り戻し、生まれ変わったあすかは学校内のいじめにも正面から立ち向かっていき、まわりの人々も生まれ変わっていくという物語である。その母親による心理的虐待は、次のようなものであった。


「『あいつにさ、水、ぶっかけられたんだよ。』

『ひどいことするのね、あすかは。まったくどうしようもない子だわ。』

お酒が入ったママの声は、ふだんよりずっと大きくかん高くなっている。

『ママがあすかの誕生日を忘れたからってさ、なんで、ぼくが水をかけられなきゃいけないいんだよ。』

『あっ、そうか。きょうだったんだ。あすかの誕生日。』

『やっぱり、忘れてた。』

『だって、忙しかったんだもの。でもねえ、お誕生日をしてほしかったら、あすかも努力すべきよ。直人くんみたいに、お勉強もできていい子だったら、ママ、絶対に忘れないのに。あすかは、何をやらしてもだめなのよね。直人くんと比べて、何ひとつ、いいことないんだもの。ああ、あすかなんて、ほんとうに生まなきゃよかったなあ。』

ママのことばに、あすかの心は、ひりひりと焼けつくように痛くなる。」（〇頁）

心理的虐待には、前にも書いたように、子どもの前で母親を殴打することも含まれる。内田春菊『ファザーファッカー』には、そういう場面も出てくる。これは実父による殴打の場面である。

「母は母で、よく父にぶん殴られて顔を腫らしていた。

ある日の母は、水族館のイルカショーのイルカのジャンプのように、私たちの目の前を左から右に身をくねらせて飛んでいき、頭から火鉢に激突した。母の大きな体が飛ぶのを見て、私と妹は恐ろしさに家から逃げ出した。」（二〇頁）

こういうシーンは映像のようにくっきりと記憶に残る。そう言えば、リリー・フランキーが二〇〇五年（平成一七年）に刊行して第三回本屋大賞を受賞した『東京タワー　オカンとボクと、時々、オトン』（扶桑社）でも、自分に対する身体的虐待であるが、これに似たシーンがある。

「ボクはよく泣く子供だったらしい。そして、一度泣くと長泣きしていたそうだ。そういう男をオトンは嫌う。たとえ、それが三歳児であってもだ。

あの時も泣きながら茶の間に行くと、オトンがステテコ姿でテレビを観ていた。そこでどれくらい泣いたのかはわからないが、ある瞬間、オトンがなにか怒鳴ったと思ったら、ボクは持ち上げられ、投げ飛ばされていた。茶の間から、廊下を横断して座敷の間へ。

宙に浮いていた。経験のない視点から見る廊下と座敷の境目。その一部始終を座敷から見ていたばあちゃんがいた。ばあちゃんは茶の間からスローイングされたボクをアメフトのレシーバーのように両手でダイビングキャッチしたそうだ。これは、後でオカンから聞いた。（中略）もし、あの時、ばあちゃんがうまくキャッチできずにファンブルしていたら、ボクは頭から落ちて、必要以上に陽気な子供になったかもしれない。」（六頁）

二〇〇七年（平成一九年）に刊行された重松清『青い鳥』（新潮文庫）に収められている「カッコウの卵」の主人公てっちゃんと智恵子は、ともに虐待を受けて育ってきた。智恵子はその虐待の中身を決して語ろうとしないが、次のような傷跡を残している。

「『てっちゃん、頭いい』
智恵子はことあるごとに言う。もう一つの口癖は『わたし、ばかだから』――ほんとうは違う。智恵子は『ばか』と罵られつづけて大きくなった女の子だった。二十歳になったいまも、智恵子はときどき夜中にうなされる。おばあちゃんごめんなさい、ごめんなさい、おばあちゃん、ゆるしてください、と細い声でうめく。閉じたまぶたから、涙があふれて頬を伝っている夜もある。」（三七五頁）

また、主人公のてっちゃんも、次のような過去を持っている。

「誰かそばにいてほしかった。でも、誰も来てくれなかった。そこにいるのは、手をつないでくれる代わりに煙草の火を押しつけてくる父親と、あんた邪魔だから、あんたが病気で死んでくれたら

お父さんよろこぶかもよ、と冷たく言う父親の再婚相手の女だけだった。」(四一三頁)

しかし、吃音がはげしいけれども、本当に大切なことを話しつづける村内先生は、虐待のことを決して話そうとしなかったてっちゃんのことを理解してくれる。こういう理解があってはじめて子どもは救われるのだろう。

「てっちゃんは嘘をつきとおしました。もうほとんどばれてるのにね、必死に嘘をつくんです。中学生の子どもなりに必死の嘘なんです、それは。両親をかばってるわけじゃなくて、両親に愛されてないっていうのを認めて、打ち明けたら、その瞬間、この子はひとりぼっちになっちゃうから……。」(四〇八頁)

二〇一〇年(平成二二年)に出版された柳美里『ファミリー・シークレット』(講談社)は、柳美里自身の虐待経験・被虐待経験とカウンセリング経験を綴った本である。自分の被虐待経験としては、父親から身体的虐待などを受けているほか母親から心理的虐待を受けているが、母親から投げつけられる言葉は、次のようなものである。

「まだ子どもなんて産みたくなかったのに、新婚旅行で妊娠しちゃったから、二十歳で母親になってしまった」(一六三頁)

しかし自分が自分の子に投げつける言葉は、次のようなものである。虐待は連鎖している。虐待の連鎖については、『ファミリー・シークレット』の中で、カウンセラーの長谷川博一が「小さいころから、暴力が当たり前の環境で育っちゃってるんです。支配者が自分の気に入らないと、恐怖と暴力によって服従させようとする、というなかで育つ。そういう関係が、幼少期から繰り返し繰り返し展開されると、日々学習して身につけてしまうんですね。人間関係を学習してしまう」（六一頁）と説明しているが、まさにそういうことだと思う。

「馬鹿ッ！　なんで、おまえはそんなに馬鹿なんだ！　頭も悪い！　性格も悪い！　なんの取柄もないパッパラパーのアホ野郎め！　おまえの頭ん中にはオガ屑しか入ってねーのか！　いいか？　おまえが、明日から十六日まで広島に行くことで、いいことがあるとしたら、おまえの顔を見ないで済むことぐらいなんだよ！　夏休みなんてなきゃいいのにッ！　ずっと学校行ってろッ！　ずっと塾行ってろッ！　うちになんて帰ってくんなッ！　おまえの顔なんて見たくねーんだよ！」（一七頁）

4　性的虐待

一九九三年（平成五年）刊行の内田春菊『ファザーファッカー』の後半は、養父による性的虐待だらけになる。最初は、養父もただのいやらしいオヤジにすぎない。

「養父の馬鹿ばかしい教育もどきに付き合わされるのはまだいい。私には、どうしても許せないことがあった。それは、養父が冗談めかして私の胸やお尻を触ることだ。

『どら、おっぱい触らせてみろ』

などと言って、手を伸ばしてくるのだ。」(七二頁)

しかし、養父の性的虐待はどんどんエスカレートしていく。

「あいかわらず養父は私の体を触るのを止めなかった。それどころか、五年生の冬に私が初潮を迎えたあと、胸など以前は叩く程度だったのが、いきなり乳房を握りしめたりするようになった。(中略)

『静子はおれが処女を奪ってから、嫁に出してやる』

とも言っていた。」(九四頁)

「養父はだんだん調子に乗って、診察と称して私の下着を脱がせ、性器をいじくりまわした。

『お前はもう一生、あれはするな。しないで一生を送れ』」(一五七頁)

「しばらくして、人の気配で目が覚めた。私の後ろから、布団の中に誰かが入ってきたのだ。ポマードのいやらしい臭いで養父だとわかった。せっかく寝られると思ったのに、養父はいっときも私をくつろがせようとはしないのだった。養父は、後ろから私のお尻の間に指を入れてきた。また診察かと私は心からうんざりした。ところが、それは指ではなかったのだった。」（一六〇頁）

まるで、尊属殺違憲判決の事案のような話だ。養父の発言内容もよく似ている。しかし尊属殺違憲判決の事案では少なくとも母親が味方にはなってくれた。たとえ無力であったとしても。ところがこの小説では、母親は敵でしかない。確かに狂っている。母親は、静子に対して次のように言う。全く救いのない話である。

「『静子さんがね、最初にしたとき、ぜんぜん痛がらなかったたって』
『最初って』
『入院する前……』
『だから、あれの体は、もう相当男を知ってるって……。だから、ときどきしないと、男が欲しくなって勉強が手につかなくなる、だから月に一回くらいでおれがしてやっているんだって』」（一八七頁）

一九九四年（平成六年）に刊行された東野圭吾『むかし僕が死んだ家』（講談社文庫）は、自分の娘を虐待してしまう倉橋沙也加が幼い頃の記憶を取り戻そうとする試みに主人公が協力してその謎を解いていく小説である。推理小説であるから、その種明かしは避けるべきなのだが、その原因は沙也加が実父から性的虐待を受けていたことをきっかけとしているとだけ言っておこう。一九九四年（平成六年）には、このような推理小説に実父による性的虐待が取り上げられるほど、すでにリアリティを感じられる事態となっていたのである。

一九九九年（平成一一年）刊行の天童荒太『永遠の仔』では、久坂優希が父親雄作から性的虐待を受けている。

「雄作は、子どもが甘えるのと同じ格好で、優希の胸に顔をうずめてきた。
雄作の唇が胸にふれるのを感じた。くすぐったさをおぼえると同時に、怖くなった。
いいの？　そんなことしていいの？
訊こうとしても、言葉が出ない。
（中略）
優希は、風呂場から抱き上げられ、寝室に運ばれた。
『いいのか……いいのか、優希……』
何度か訊かれた。
しかし、何のことかわからないため、答えようがなかった。
『いいよな……愛してるんだもの、いいよな……』
何のことかわからない、わからないよ。
痛みと恐怖に、優希は左腕を噛んだ。

終わったあと、

『絶対に、誰にも言っちゃいけない。お母さんには、とくに言ったらだめだ。お父さん、死ぬしかなくなる。お母さんも、きっと自殺する。ふたりだけの秘密だ。ふたりだけの、とっておきの秘密だよ』

雄作がささやくように言った。」（第三巻二七二頁以下）

なんという卑劣なやり方だろう。しかも、その後は、「おまえがいいと言ったから、お父さんは踏み越えたんだ」と優希にすべての責任を転嫁する。性的に虐待しているだけでなく、心理的にも人格的にも虐待しているのが、性的虐待の本質である。

二〇一〇年（平成二二年）刊行の柳美里『ファミリー・シークレット』には、家庭内ではないが、友人の父親から性的虐待を受けていることが記載されている。


「わたしは、Kちゃんのお父さんが、わたしを抱きあげるときだけ、股間に手をあてがって素早く指を動かすことに気づいていた。自分の子や、わたしの弟妹を抱くときは、脇の下に手を差し込んで持ち上げるのに――。

（中略）

裏庭の石段に腰を下ろすと、おじさんはわたしを抱きあげ、自分の膝に座らせた。おじさんの息がはぁはぁと荒くなり、ブラウスのボタンをはずされて、スカートをまくりあげられた。

（中略）

『今から、おじさんとすること、お父さんにもお母さんにもKにも言っちゃ駄目だよ。おじさんと美里ちゃんだけの秘密だよ。約束できる？』

ヤだ！　と叫んで逃げ出したかったが、舌が木切れのように固くなって声を出せなかった。

舌の上には、いちご味のドロップが残っていたが、舐めることも、噛み砕くことも、吐き出すことも、飲み込むこともできなかった。

全裸で草の上に抱き下ろされた一瞬、すべてが真っ白になった。

空の青が戻ってきたとき、覆いかぶさってきたおじさんの黒目の中に自分の顔が小さく映っているのが見えた。」（三八頁）

【分析四】虐待問題をどうすればいいか？

一　虐待の原因

(1) 虐待はどうして起きるのか？

津崎哲郎は、虐待の一般的な要因として、次のようなものを挙げている（『子どもの虐待』九二頁）。

①親自身が不遇な児童期を過ごし、被虐待体験を有したり十分なマザーリング体験を持たないことが多い。

②したがって親の人格特徴として、未成熟、被害感、劣等感、攻撃性、自己中心性等の要素を持つことが多い。

③児童についての理解が十分でなく、過剰な期待をかけたり、放置したり、自己本位に操作しようとする。

④養育技術がつたなく、往々にして力の養育に頼り、柔軟性に乏しい。

⑤乳幼児期に親子の分離体験があり、親子双方に情緒的齟齬が見られる。

⑥家族の中に多様なストレス、トラブルが生起し、夫婦の相補性も低い。
⑦児童自身の誘因としても、なつかない、ききわけがない、育てにくい、発達の遅れ等々があり、虐待の悪循環を形成している。
⑧親族や近隣との関係が険悪であったり、疎遠であったりで、社会的に孤立した生活であることが多い。

西澤哲は、虐待傾向の実態調査から、七因子四八項目にわたる虐待の心性を指摘している。その七因子とは次のようなものである（『子ども虐待』六七頁）

〈七因子〉
①体罰肯定観（子育てには体罰は必要であるとする育児観）
②自己の欲求の優先傾向（子どもの欲求と親の欲求に葛藤が生じた際に親自身の欲求を優先する傾向）
③子育てに対する自信喪失
④子どもからの被害の認知（客観的状況とは無関係に、子どもの存在や行動によって自身が被害をこうむっているという親の認知）
⑤子育てに対する疲労・疲弊感
⑥子育てへの完璧志向性（親である以上子育ては完璧に行わねばならないとする認識・志向性）
⑦子どもに対する嫌悪感・拒否感

川崎二三彦は、虐待の要素として、次の四つの要素を挙げている（『児童虐待』六六頁）。

①多くの親は子ども時代に大人から愛情を受けていなかったこと
②生活にストレス（経済不安や夫婦不和や育児負担など）が積み重なって危機的状況にあること
③社会的に孤立化し、援助者がいないこと
④親にとって意に沿わない子（望まぬ妊娠・愛着形成阻害・育てにくい子など）であること

これらの要素は、それぞれ連関し合っていて、個々に独立したものではない。たとえば、過度の育児ストレスと自己の被虐体験から思わず手が出てしまい、子どもは暴力を怖れてなおさらなつかなくなり、孤立した状況の中でさらに虐待への悪循環に進んでしまうということも多いのである。そうだとすると、鶏（虐待）が先か卵（子どもの特性）が先かという不毛な議論になってしまうのであるから、とりあえず、子どもの持つ誘因については、いったん括弧に入れて考えておいたほうがいいのではないかと思う。

そこで、やや乱暴ではあるが、以上の要素をまとめてみると、「体罰を含む何らかの被虐体験を持つ親が（虐待の連鎖）、自己肯定感が低いか自己欲求の優先傾向が高いかの心性を持ち（親の未熟性）、過度の育児ストレスにさらされ（過度のストレス）、かつ、孤立化している状況にあること（親の孤立化）」が、虐待を生む基本的な構造になっているように思われる。ただし、これは身体的虐待・ネグレクト・

心理的虐待には当てはまっても、性的虐待には当てはまらないだろう。過度のストレスや孤立化したからといって性的虐待に走るというのには飛躍がありすぎる。

性的虐待については、継父や養父を虐待者としてイメージしがちであるが、実際には尊属殺違憲判決のケースのように、実父が虐待者であることも多い。したがって、実父か継父・養父かという点よりも、親自身の性格特性や夫婦関係が問題となる。森田ゆりは、フィンケルホーの理論に基づいて、性的虐待の四つの前提条件を指摘している（森田ゆり『子どもへの性的虐待』三六頁）。

①加害者には何らかの動機がある。
②加害者は、その動機に基づく性的行為をしてはならないと思う内的抑止力を失っている。
③加害者は、その動機に基づく性的行為を妨げる外的抑止力のない場を選ぶ。
④加害者は、子どもからの抵抗がない状態を作る。

つまり、性的虐待は、主として父親が、自らの性的な欲求について無抵抗な子どもを利用して満たすという規範意識を失った状態で、かつ、それが妨害されないような状態を作っていることから、起きることになる。尊属殺違憲判決のケースのように母親が必死に子どもを守ろうとする場合には、母親も無抵抗な状態にしようとドメスティック・バイオレンスが付随することになるし、逆に、『ファザーファッカー』のように母親が傍観者になったり子どもを敵対者のように扱ったりする場合には、母親も子どもをネグレクトしている状態が付随していることになる。そうだとすれば、性的虐待には、他の虐待類型とは異なる対応が必要である。性的虐待には、性犯罪として厳格に対処すべきだろう。そして、虐待者である父親とは一刻も早く分離し、容易に父親が子どもに接触できないように厳格に子どもを保護すべきだと思う。したがって、以下では、身体的虐待・ネグレクト・心理的虐待について考えることとする。

身体的虐待については、言うことをきかない子どもに対する〝いきすぎた体罰〟や自分の欲求不満のはけ口としての暴力という形で、一般的に理解できる領域にあるかもしれない。心理的虐待についても、子どもの養育負担がストレスとなって、〝あんたなんか生まなければよかった!〟などという言葉を子どもに投げつけてしまったというのは、やはり一般的に理解できる領域にあるだろう。しかし、ネグレクトについては、どうして子どもを衰弱死に追いやるほど放置できるのか、一般的にはあまり理解しえない領域にあるのではないか。そこで、ネグレクトの状況について検討してみたい。

ネグレクトについては、近年、社会的問題となった二つの事件があった。一つは、二〇〇〇年(平成一二年)一二月一〇日に三歳の幼児(真奈ちゃん)が段ボール箱にいれられて餓死した事件である。もう一つは、二〇〇三年(平成一五年)一一月二日に岸和田中学三年生の一五歳の少年が餓死寸前で病院搬送された事件である。この二つの事件のルポルタージュについては、前者については杉山春『ネグレクト　育児放棄——真奈ちゃんはなぜ死んだか』(二〇〇七年小学館文庫)が、後者については佐藤万作子『虐待の家　義母は十五歳を餓死寸前まで追いつめた』(二〇〇七年中央公論新社)がある。

真奈ちゃんの父親と母親は、真奈ちゃんの死亡時点でともに二一歳であり、ともに一〇代で子どもを養育することになった。しかし、母親と姑は性格的に反発し合っており、母親の実母は養育能力を欠いていたように見える。自己肯定感がきわめて低い母親に対し、父親はゲーム好きで感情が希薄な性格だったようである。二人とも最初は真奈ちゃんの誕生を喜びあっている。ところが真奈ちゃんが育ってくるにつれ、父親の虐待がひどくなり、母親も言うことをきかない真奈ちゃんを虐待していく。父親は、真奈ちゃんの行動に対して、母親の責任としてかかわろうとせず、母親の虐待を促進するという悪循環に落ちて行く。

しかしながら、この二人が頼れる場所はどこにもない。母親は孤立した状況のなかで、自尊心を守るために、次第に周囲との関係を自ら断ち切っていく。二人には、助けを求められるところもなく、新たに助けを求めていく力もなかった。その結果として、真奈ちゃんは、段ボールの中で餓死してしまう。そして二人とも、懲役七年の実刑判決を受けることになった。真奈ちゃんは、餓死するまで放置されてしまったのであるが、真奈ちゃんがその短い生涯で、ただ一度だけ母親に発した言葉は、チョコチップパンを食べたときの「おいちい」という一言だったそうだ（『ネグレクト』一五三頁）。その一言しか話せなかった幼児が餓死してしまった。胸をつく。

岸和田事件では、父親と義母は、殴る蹴るという身体的虐待を少年に加え、数日に一回しか食事を与えないネグレクトによって餓死寸前まで衰弱させた行為をもって、それぞれ懲役一四年の実刑判決を受けている。父親は、一九六三年（昭和三八年）生まれであり、私よりも年下であるが、「家長として」という形式的な責任だけを問題としている（『虐待の家』一二二頁）。また、父親は、少年に対して「お前らのお母さんは、お前らを捨てた」「オレの子じゃない」と言い続けており、自分のプライドだけを守ろうとして、子どもを傷つけることは全く意に介さない人格的な未熟さが際立っている（一二六頁)。義母は、「あんたなんか、産まんかったら良かった」と言われて育ってきた被虐待者だったようであり(一〇三頁)、「自己肯定感」があまりにも低い未熟さが目立つ。少年は、一五歳になっており、この家から逃げようと思えば逃げられたのに(現に次男は祖父母宅へ逃げている)、なぜか衰弱死寸前までとどまり続けていた。少年はさまざまな問題行動を起しながら、父親の愛情に固執していた気配がある(一五九頁)。そうだとしたら、とてもせつない。

いずれにしてもこれらはとても痛ましい事件であるが、注意したいのは、両事件とも、当初から両親には虐待を楽しもうなどという異常な心理は全くなかったことである。未熟な人間たちではあったが、異常な人間たちではなかったのだ。いつのまにかお互いのやり取りの歯車が合わなくなり、いったんは外にもヘルプの声を上げているのであるが、自分の自尊心が邪魔となって外からの声は途絶えてしまっている。誰かが子どもたちの様子に少しだけ注意を注いでいたら、こんなことにはならなかったかもしれない。また、両家庭とも貧困に近い状況にあり、日常生活にもう少し余裕があればこんなことにはならなかったのかもしれない。われわれだって、そういう状況に置かれれば、割にこれらの家庭と近いところまで閉塞してしまう危険性は帯びているのだ。

これらの本を読んでいて感じるのは、虐待は一部の特別に異常な人々だけの問題などではないということである。私も、権利擁護センターなどの仕事をしていて、虐待事件が一部の特別に異常な人々によって行なわれるものではないことを痛感してきている。ごく普通の人々が、あるきっかけから虐待行為に一歩踏み込んでしまい、そのまま誰にも知られることなく行動がエスカレートしていき、最終的には誰から見ても異常としかいいようもない事態にまで陥ってしまう。それが虐待問題の特質である。確かに、異常としかいいようもないような病的人格から虐待行為がスタートする場合もあるだろう。しかし、そのような場合はごくわずかだと思う。普通の人々が一定の状況に陥ることによって幼い子どもの命まで奪ってしまう。それが子どもに対する虐待事件の核心にあるものであり、そうだからこそ、虐待を防止していくことは可能なのだと思う。

虐待の連鎖については、あまり強調しすぎるのはよくないだろう。確かに虐待の連鎖という現象はあると思う。虐待を受けた子どもたちも、虐待をした親たちも、虐待の連鎖を意識している。子どもの側の意識は、椎名篤子編『凍りついた瞳が見つめるもの』（集英社文庫）を、親の側の意識は、保坂渉『虐待　沈黙を破った母親たち』（岩波現代文庫）を、それぞれ読んでいただきたい。しかし、どうして虐待が連鎖するのかについては、割合と簡単なメカニズムなのではないか。親が子どもを虐待すると、子どもは親に嫌われたら生きていけないのだから、「親は愛してくれる。私が悪かったんだ」と自己評価を下げて受け入れるしかない。しかしそれが反復されると、子どもは頭でなく身体で覚え込んでしまう。だから、自分が親となったときに、身体で覚え込んでいた行動が自然と出てきてしまうことがあるのだろう。たとえは悪いかもしれないが、自転車に乗っているようなものなのではないか。自転車に乗ることを身体で覚えてしまえば、身体の反射行動だけで運転できてしまう。それがどんなに不安定で危険な運転であっても。だから、身体で覚え込んでしまった行動が出そうになった時、「あなたが悪かったんじゃなくて、親の運転の教え方が悪かったんだよ」ということを認識し、「その運転は危険なんだよ」と気付かせてくれる人がいればいい。自己評価を低くすることが自己の心理的な防衛機制だったのだ、やはり親の行為は虐待だったのだ、ということに早く気付くことはとても大事だと思う。カウンセリングは、そういう心理的な防衛機制に気付くためのスキルであるべきだ。本人の病理が深く、服薬や治療が不可欠なときには、カウンセリングというスキルだけでは対応できないが、自己肯定感が低いために他者に助けを求められない親には、カウンセリングが有効だろうと思う。

この点については、二〇〇六年（平成一八年）に発表された村上春樹「品川猿」（『めくらやなぎと眠る女』新潮社所収）が具体化している。この小説では、自分の名前を思い出せなくなる主人公みずきに対して、名札を盗んだ猿が次のように話す。

「『あなたのお母さんは、あなたのことを愛してはいません。小さい頃から今にいたるまで、あなたを愛したことは一度もありません。どうしてかはわたしにもわかりません。でもそうなのです。お姉さんもそうです。お姉さんもあなたのことを好きではありません。お母さんがあなたを横浜の学校にやったのは、いわば厄介払いをしたかったからです。あなたのお母さんと、あなたのお姉さんは、あなたのことをできるだけ遠くに追いやってしまいたかったのです。あなたのお父さんはけっして悪い人ではないのですが、いかんせん性格が弱かった。だからあなたを護ることができませんでした。そんなわけであなたは小さい頃から、誰からもじゅうぶん愛されることがありませんでした。あなたにもそのことはうすうすわかっていたはずです。でもあなたはそのことを意図的にわかるまいとしていた。その事実から目をそらせ、それを心の奥の小さな暗闇に押し込んで、蓋をして、つらいことは考えないように、嫌なことは見ないようにして生きてきました。負の感情を押し殺して生きてきた。そういう防御的な姿勢があなたという人間の一部になってしまっていた。そうですね？　でもそのせいで、あなたは誰かを真剣に、無条件で心から愛することができなくなってしまった』
　みずきは黙っていた。
『あなたは現在のところ、問題のない、幸福な結婚生活を送っていらっしゃるように見えます。実際に幸福なのかもしれません。しかしあなたはご主人を深く愛してはおられない。そうですね？　もしお子さんが生まれても、このままでいけば、同じようなことが起こるかもしれません』」（四九六頁）

　ここでは、虐待の連鎖を生む心理的メカニズムが明確にされている。でも、なぜ猿が名札を盗んだりするのだろう。そんなのわかるはずがない。ここで「ああ、猿なんだ」と思える人は村上春樹が好きだし、「なんで猿なんだ？」と怒る人は村上春樹が嫌いなのだろう。そういうものだ。

(2) 虐待は増えたのか？

　厚生労働省が一九九〇年（平成二年）から公表している全国の児童相談所における児童虐待に関する相談対応件数は、増加傾向を示している。その具体的な数字は次のようなものである。

一九九〇（平成二）年度	一一〇一件
一九九一（平成三）年度	一一七一件

一九九二（平成四）年度	一三七二件
一九九三（平成五）年度	一六一一件
一九九四（平成六）年度	一九六一件
一九九五（平成七）年度	二七二二件
一九九六（平成八）年度	四一〇二件
一九九七（平成九）年度	五三五二件
一九九八（平成一〇）年度	六九三二件
一九九九（平成一一）年度	一一六三一件
二〇〇〇（平成一二）年度	一七七二五件
二〇〇一（平成一三）年度	二三二七四件
二〇〇二（平成一四）年度	二三七三八件
二〇〇三（平成一五）年度	二六五六九件
二〇〇四（平成一六）年度	三三四〇八件
二〇〇五（平成一七）年度	三四四七二件
二〇〇六（平成一八）年度	三七三二三件
二〇〇七（平成一九）年度	四〇六三九件
二〇〇八（平成二〇）年度	四二六六四件
二〇〇九（平成二一）年度	四四二一〇件

このような数字を見れば、子どもの虐待件数自体が激増しているように見える。しかし、一九九五年(平成七年)ごろから大きな増加傾向を示して、一九九八年(平成一〇年)ごろから件数が急激に増えているのは、一九九四年(平成六年)に子どもの権利条約が批准され、二〇〇〇年(平成一二年)一二月から児童虐待防止法が施行されたことに伴って意識的に児童相談所が対応を増加してきたことがうかがわれる。また、二〇〇一(平成一三)年度—二〇〇二(平成一四)年度と、二〇〇四(平成一六)年度—二〇〇五(平成一七)年度とには、増加がほとんど見られずフラットになっているのは、西澤哲が指摘しているように(『子ども虐待』二〇頁)、児童相談所の対応能力の限界に達して件数上昇がストップし(天井効果)、その後の増強政策があってまた増加に転じるという流れだろう。二〇〇五(平成一四)年度以降の上昇は、先ほど取り上げた「岸和田事件」をきっかけとしている。

そうだとすると、このような統計結果から直ちに虐待件数が増えていると評価することはできない。われわれの感覚からすると、団塊の世代がニューファミリーと呼ばれるようになったころから、昭和初期のような暴力的な親は減ってきたように感じる。しかし、団塊の世代ジュニアが平成ニューファミリーと呼ばれるようになったころから、すぐにキレてみさかいのつかない暴力を振るう親が増えてきたようにも言われている。そうすると、身体的虐待については、増えたり減ったりを繰り返しているのかもしれない。

ネグレクトや心理的虐待については、高度経済成長時代までは父親も家庭にかかわっており、地域も破壊されつくしてはいなかったので、子どもが心ない言葉を投げつけられたり、ほったらかしにされたりする危険度が低かったし、誰かが救いの手を差し伸べられる地域と社会があったという気がする。しかし、日本が一定の経済的豊かさを獲得した後、一方では、そのような地域や社会が壊れていき、誰もが他人のプライバシー領域に触れることを恐れるようになった。また他方では、子どものことより自分の欲求を満たすことを優先する親が増えたように思う。お受験競争やステージママなどにはそういうケースが多そうである。学校や芸能は、父親や母親のためのブランドでしかない場合も多いのではないか。もしそうだとすると、ネグレクトや心理的虐待は、確実に増加しているのではないかと思う。性的虐待については、なかなか家庭の外からはうかがうことができないので、わからないとしか言いようもないのであるが、マスメディアにこれだけ性情報が氾濫しているのに、その影響を被っていないとはいえない。もともと性的虐待は巧みに隠されてきたものが発見されるようになったのであるが、性的虐待も確実に増えているのかもしれない。

天童荒太『家族狩り第一部　幻世の祈り』(新潮文庫)では、そのような現代社会の状況全般について、次のような印象が書かれている。親が子どものことより自分の欲求を満たすことを優先させれば、そのような養育下で育った子どもも、自分のプライベートな部分は何より守ろうとするのではないか。そのようなメンタリティを持った人間が社会に増加すると、人間関係は「ひたすら疲れる」ものになるのである。

「他人と共有する時間が、ひたすら疲れるようになったのは、二十世紀最後の二、三年前あたりからのように思える。子どもの頃からプライベートな時間や空間を尊重されることがあたりまえだった世代が、社会人として、人の親として、社会の中心となってきたいまの時代背景と無関係ではな

いのかもしれない。」（三七頁）

また、杉山春『ネグレクト』には、社会福祉法人子どもの虐待防止センター（CCAP）理事長で小児精神科医であった坂井聖二の次のような指摘が書かれている。

「親たちが、子どもの養育や安全には無頓着で、罪悪感がなくあっけらかんとしている。子育ての優先順位が低く、葛藤がない。子どもより自分のパートナーを優先する。自分が手っ取り早く楽しめればいいという人たちが目立つようになってきた、という印象があります。ちょっとした育児困難のレベルを超え、何日も子どもを放ったらかしにして、食事も与えず、風呂に入れない。でも親は着飾って遊びに行き、おいしいものを食べている。そういうケースが急速に増えています。生活保護の手当が入ると気まぐれに子どもをファミレスに連れて行き、服を買ってやる。子どもは大喜びです。でも翌日にはどうなるか。

ネグレクトは経済的に困難だからというわけではありません。貧しい人は、貧しいなりに子どもを最優先します。社会全体が変化していることは、保育園や学校などの現場が感じているのではないでしょうか。」（二八二頁）

これらの印象は、おそらく間違っていないだろうと思う。それほど社会全体が変わってきているのだ。現在は、国家をあげてデジタル情報とIT産業による内需拡大を図ることしか考えつかないほど、貧困な政治・経済状況にあるのだ。その背景でたくさんの人々が傷つき、たくさんの子どもがスポイルされることになっても、「自己責任の原則」という幻想で覆い隠されてきた。もちろん、そうした社会であっても、ごく普通に子どもを大事に育てている家庭はたくさんあって、社会全体が壊れているわけではない。

しかし、酸性雨がコンクリートに染み込んでいくように、経済至上主義から抜け出せない貧困な人たちの発想が社会に蔓延し、人間関係に葛藤を感じながら自分の人格を成長させていくことを避けようとする生き方が、徐々にわれわれの社会を蝕んでいっているのではないか。子どもへの虐待は、そのような社会全体の病理として捉えなければならないと思う。

二　虐待の予防

(1) 虐待を予防するにはどうしたらいいか？

それでは、子どもへの虐待を予防することは、不可能なことなのだろうか。確かに社会全体の病理がどんどん進行しているとすれば、子どもの虐待を予防することはかなり困難な課題になるだろう。しかし、その希望を捨ててしまうほど、日本社会は崩壊していないと思う。病理が進行すればするほど、それじゃいけないと感じる人も増えてくるのだ。それは、本能行動から大幅に離れて脳によって文化を築き上げてきた人間の必然なのだろうと思う。そうだとすれば、子どもへの虐待を予防するにばならない。

は、それではいけないと感じている人々に、それに必要なスキルを備えさせるようにしていかなければならない。

なお、この本は、文学を題材に子どもへの虐待を考えることが目的であるから、子どもへの虐待を予防するには具体的にどのような制度が必要かという点については言及しない。制度的な面については、拙著『親権と子どもの福祉』（明石書店、二〇一〇年）に主として法律的な側面から書いておいたので、そちらを参照してほしい。また原理的に考えるには、横田光平『子ども法の基本構造』（信山社、二〇一〇年）を読むべきだ。福祉的な側面については、児童福祉の専門書を参照してほしい。

天童荒太『家族狩り』は、さまざまな家庭問題を取り上げており、子どもに対する虐待もいろいろな形で出てくる。同書は、一九九六年（平成八年）に第九回山本周五郎賞を受賞したが、文庫化に当たって全面的にリライトされた。二〇〇四年（平成一六年）に文庫となった『家族狩り第一部　幻世の祈り』（新潮文庫）では、幼児を虐待していると思われる母親に関して、警察官である馬見原が「頭を割られてからじゃ遅いんじゃないのかっ」という言葉を投げつけたとき、隣家に住む綾女は次のように言う。

「『赤ん坊の泣き方が激しくなったのは、ごく最近です。わたしも気になって、何度か彼女と話しました。（中略）彼女はパートに出たいそうだけど、子どもを預かってくれる公的な機関は空きがないし、無認可の保育園ですら待つ状態なんです。彼女のような親子を守ってくれる社会になっていないんです』

彼女が、馬見原の前にグラスを置き、隣に座った。

『確かに、問題はあるだろうが、そんななかでも、しっかり子育てをしている人はいる。きみもそうだ』

綾女は首を横に振った。

『全然だめです。でも、もしそう見えたのなら、子どもが一人で、仕事もありました。職場の人も助けてくれてます。それに……』

馬見原は、彼女の視線を感じた。彼女の目の輝きに、隠れていた幼さが表にあらわれてくるのが見て取れた。

『支えてくれる人がいたから……なんとかやってこられたんだと思います。（後略）』（七一頁）

私もそうだろうと思う。誰かが支えてくれたら、虐待にすすんでしまうほどのストレスは蓄積されないことが多いだろう。子育てについて母親が責任を負うような生活形態を取っている場合、本来は、妻である母親を支える役割は夫である父親が担うべきである。逆に、父親が子育てに関する責任を負うような生活形態の場合には、父親を母親が支えるべきである。夫婦の婚姻契約には、そういう役割の合意を含んでいる。キリスト教の結婚式では、神に対して「病めるときも健やかなるときも、この人を愛すると誓いますか」と問われ、それを誓わなければならないが、民法上の婚姻契約では人間である相手に対してそれを誓わなければならない。しかし、子育て責任者でない親を失ってしまったり、子育て責任者でない親が子育て責任者である親を支えることを放棄したりしたとしても、社会の中で誰かが子育て責任者を支えてくれれば、虐待にまで至らないことも多いのである。

一時期、団塊の世代のオピニオン・リーダーのような存在であった三田誠広は、一九九五年(平成七年)に自らの体験をもとに、『父親学入門』(集英社文庫)を刊行した。三田誠広は、まず、次のように宣言する。

「父親には、心の準備が必要なのだ。母親は赤ん坊を産めば、生理的に母親になってしまう。しかし父親には、その種の生理はない。父親は自分が父親であるということを、観念的に、理屈で把握しなければならない。

だからこそ、父親には、哲学が必要だ、と私は思う。

父親が父親であることの原理。父親とはいったい何なのかという、根源的な分析がなされなければ、父親は、父親になることができない。」(一二頁)

まあ確かに父親には父親になるという生理は希薄である。しかし、哲学が必要かというと、そんなこともないだろうと思う。三田誠広も最後には、「父親に関する哲学を語る、と冒頭で述べながら、あまりにも個人的な体験談に終始したかもしれない」(二〇八頁)と書いている。哲学というかどうかはともかく、父親の役割として、三田誠広は次のように論じている。

「私が幼稚園の送り迎えをしたり、次男の子守をしている間、妻は外出することができる。生活に必要なものを買いにいくこともできるし、デパートなどで、自分のものを買うこともできる。

こうした自由な時間は、この時期の母親にとっては、大切なものだ。

乳幼児の育児というのは、大変な緊張をともなう作業だ。掃除や洗濯などの家事労働は、電化製品によって、大幅に軽減された。しかし、育児ばかりは、器械に任せるわけにはいかない。

育児に比べれば、会社の仕事などは、たかが知れている。女性の社会進出によって、出生率が低下するのは当然だろう。出産や育児よりは、会社の仕事の方がはるかにラクだ。会社に行けば、人との出会いがあるし、どんな職場でも、息を抜く時間があるが、相手が乳幼児だと、かたときも緊張をとくことができない。

主婦には、それだけストレスがたまる。

他に子守をしてくれる人がいない核家族の場合、夫の帰りが遅く、休日出勤も多い、ということになれば、妻は赤ん坊に束縛され、一人で気ままに買い物をする、といった時間がとれなくなる。つまり、ストレス解消の手段を断たれてしまうことになる。」（七六頁）

これは全くそのとおりだと思う。母親が子育ての責任を負っている場合、このような母親の育児に関する父親の補助的な役割は案外大事なのではないか。漫画家である石坂啓は、一九九六年（平成八年）に刊行した『コドモ界の人』（朝日新聞社）で次のように書いている。

「夫は出版社に勤めていて朝の四時、五時に帰ってくる生活である。朝八時に起きて保育園にリクオを送るのはさすがに酷なので、これは私が引き受ける。迎えに行く夕方は夫の出社したあとだから、これも私の仕事になる。一晩徹夜すればマンガが仕上がるところも途中で打ちきって、うちあわせを延長することもスタッフと一杯飲みにいくのもあきらめて、私はコドモを寝かしつけに帰ってこなくてはいけない。夫はそこまでの犠牲をはらっているだろうか。結局コドモの守りは全部私の仕事になり、夫は保育園の送り迎えもせず自分の仕事に専念できるではないか。」（二〇頁）

私の家も核家族で共働きであるから、けっこう耳の痛い話である。私も保育園の送り迎えなどはやっていたが、やはり妻の補助的な役割しかしていない。しかし私たちは、少なくとも夏休みは私と妻とで一週間ずつ交替で取ることにしていた。したがって、私も年に一週間は完全な専業主夫（父？）となったのであるが、この一週間ほど「仕事がしたい」と熱望したことは他にない。だからといって、子どもを嫌いになるとかそういうことではない。子どもの寝顔さえ見られれば、それで十分に癒されることになり、お釣りがくるのである。ということは、逆に子どもの寝顔さえ見られないような精神状態になってしまえば、子どもに対する虐待に、あとほんの一歩のところにいるのだと思う。

それでは父親の本来的な役割は何なのだろうか。三田誠広は次のように書く。

「生きる喜びと、希望を、子供に与えるのは、父親の責務だ。

ただし、無理に押し付けられた『希望』ほど迷惑なものはないだろう。

父と子といえども、性格も違えば資質も違う。生まれ育つ時代も環境も異なる。だから、父親が単純に、自分の価値観を子供に押し付けるだけでは、子供はかえって遠ざかっていくだろう。ひとたび子供が顔をそむけてしまうと、いかなる言葉も、空しいものになってしまう。

押し付けるのではなく、子供の前で、父親が、黙々と生きる。そうした人生に臨む父親の姿勢が、言葉を超えて、子供に伝わっていく。それこそが、理想の親子関係ではないだろうか。」（二一一頁）

このくだりについても、私には異論はない。それが理想だと思う。水上勉の『父と子』もそういう小説だった。たぶん子どもはしっかりと親の姿を見ているだろうから、親の姿には言葉を超えた伝達力があるだろう。ただ、子どもに黙々と自分の姿勢を示すには、現代という時代は、あまりにも社会が安定していないのではないか。個人がしっかりすればすむような話ではない。私には、子どもに黙々と自分の姿勢を示したからといって、言葉を超えた希望が伝わるかどうか自信がない。子どもたちに希望を与えるためには、父親の力だけでは足りないことも自覚すべきだろうと思う。子どもたちに希望を与えられる社会をつくること、それは父親という個人を超えた社会的な営みでなければならないと思う。

『家族狩り第一部　幻世の祈り』（新潮文庫）では、駒田という父親が娘玲子を虐待していることが発覚し、児童相談センターで心理職員として働いている氷崎游子《ひざきゆうこ》が一時保護を主張すると、駒田は警察官に対して次のように言い訳する。

「だから、全部、女房のせいです。あいつがオトコを作って出てってから、おかしくなったんですよ。男手ひとつで、小さい子を育てんのが、どれだけ大変か、わかりますか。残業もできない、子どもが熱を出しゃ、休まなきゃいけない。会社はそんな面倒な奴はいらねえと言う。母子家庭には出る扶養手当てが、父親だと出ねえし、酒でも飲みたくなるのが人情でしょ。今日だって、仕事がうまくいかねえもんで、ちょっと酒が過ぎただけなんだ。ふらついた拍子に皿が割れて、破片が娘の額にちょこんと当たった……それを、こいつらが大騒ぎしやがって。旦那方に来ていただくようなことじゃないんです。家庭内のちょっとしたことなんで、どうぞもう……」（二一頁）

これは、虐待をしている親の一般的な言い訳のパターンの一つである。この言葉が示している現代社会の厳しさはその通りである。社会全体に〝ゆとり〟がないところから、ストレスが過剰に高まって虐待が生みだされるのだろう。教育現場にゆとりという名の手抜きが必要なのではなく、社会全体に本当の意味でのゆとりが必要なのである。しかし、そうでないからといって、子どもに八つ当たりすることが正当化されるわけではない。この言い訳パターンは、「躾けをして何が悪い！」という正当化を振りかざして開き直る言い訳パターンよりはましな言い訳なのだが、社会に矛盾があれば、そのしわ寄せが家庭の中でもっとも無力な子どもにいくことを象徴している。だからこそ、虐待をした親たちだけでなく、社会全体が子どもに対する虐待に正面から向き合わなければならない。

(2) われわれに何ができるか？

子どもに対する虐待についてストレートに考える前に、興味深い話を引用しておく。前にも引用した永六輔『親と子』にある話である。もとは朝日新聞の記事にあったものらしいが、子どもが「親に言われる言葉で、いちばん嫌いな言葉を三つあげてください」というアンケートの結果が、母親たち

と子どもたちとで全く違った。まず母親のあげた三つとは、次のものだったそうだ。（一〇四頁以下）

「静かにしなさい」
「勉強しなさい」
「お手伝いしなさい」

これに対して子どもたちのあげた三つは、次のものである。

「あの子と付き合うのはやめて」
「どうせ、あんたはそんな子よ」
「あんたなんか、うちの子じゃない」

これらの答えが全く食い違ったところに、逆に虐待に対処するためのヒントが含まれているのではないか。つまり、母親たちは、自分の日常的な言動について、単に命令を受けることが子どもを不快にさせているだけだと考えているのに対し、子どもたちは、母親たちから一人の人格として信頼されていないことに傷ついているのである。日常生活はあわただしいから、時間がないままに命令ばかりすることになりがちである。でも子どもたちは、それくらいのことは承知している。それで母親を嫌いになったりすることはない。母親たちが自覚しないまま、子どもをいつまでも自分の分身としてしか扱わないことが、深く子どもを傷つけているのだろう。

母親だけでなく、父親も含めて、子どもを一人の人格として、しっかり見守ることが大事なのである。見守るというのは、ただ傍観していることではない。じっと我慢して子どもの様子を熟視しながら、子どもが失敗してもうかつに手を出したりせず、子どもが成功したら一緒に喜んであげることである。ただし、肝心なところではきちんと関与していかなければならない。その按配が大事なのだ。そのタイミングを計るのは難しいが、何も失敗を恐れることはない。失敗してもやり直しはできる。子どもを一人の人格として扱うことは、けっこう難しいことなのだ。親としては、ついつい口をはさんだり、手を出したりしたくなる。子どもを一人の人格として扱うには、親自身が意識的にならなければならない。どんなに時間に追われていても、どんなに子どもが未熟すぎるように見えても、親は意識的に見守りに徹するべきである。

藤原智美は、『家族を「する」家』(講談社＋α文庫)で、次のように指摘している。


「現代家族はただ夫婦と子どもが、住まいという空間のなかで同居していれば、自然に成立するようなものではなく、強い意志をもって営まれなければ、あるきっかけで簡単に瓦解するのだ」「いま、家族は自然に『なる』ものではなく、意識的に『する』必要にせまられている。」(四頁)

ここだけ読むと、まるで家族が演技しあう関係でなければならないようにも見えるし、そうでなくても、そんな神経症的な努力に意味が本当にあるのだろうかという気もするだろう。『家族を「する」

家』は、藤原智美と精神科医であるKとの対話で組み立てられているのであるが、精神科医Kは次のように言っている。

「家庭のなかに『対話を可能にする言葉』をつくる以外に、家族が生き延びる道はない」(二八頁)

私もそれはそのとおりかもしれないと思う。しかし、言葉によるコミュニケーションが成立するのだろうか。私は何も言葉によるコミュニケーションでなくてもいいのではないかという気がする。一九六〇年代にテレビが家庭を侵食していったように、二〇〇〇年代には携帯電話が家庭を侵食していった。テレビについてもそうであったように、もうそろそろ携帯電話によるコミュニケーションに対しては、依存しながらもうんざりしてきているのではないか。情報化社会とは、単に情報が大量にあふれている社会を指すのではない。むしろ、大量の情報をコントロールする能力を試されている社会を指すのだ。それなのに言葉によるコミュニケーションがうまく成立していくものだろうか。過去の歴史においても、言葉によるコミュニケーションが絶対的な優位を保っていたわけではない。どんな形であれ、相互コミュニケーションが大事であって、その前提として、相互に人格を尊重することが必要なのではないかと思う。そういう意味で、意識的に家族することが必要なのだろうと思う。

二〇〇〇年(平成一二年)に刊行された鎌田敏夫『四人家族』(角川文庫)は、寺沢信之・靖子・友紀・徹也という四人家族が、専業主婦だった母親靖子による突然の就職と京都への単身赴任をきっかけとして、再生していく物語である。なぜ靖子が就職して単身赴任しなければならなかったのか、それを靖子は次のように説明している。

「『私、あの子たちが、あなたの転職のことで文句を言うのを聞いていて、これではダメだって思ったのよ』

『あの子たち、親に甘えきっている』

『うちだけじゃない。友達の子供だって、親に甘えきっている。そのくせ、親をバカにしたような口をきいて、親の方は、それに何とも言わないの。私、前から我慢できなかったのよ』（以上一三頁）

『私、あの子たちが、家庭って空気のようなものだって、そこにあるのが当然だって思ってることが、我慢できないのよ』

『家庭ってものは、ただそこにあるものじゃない。みんなで作っていくものだっていうことを、あの子たちに知ってほしいのよ』」（以上一五頁）

しかし、意識的に子どもを一人の人格として尊重し、家族がそれぞれ家庭を作り上げようと努力することは、ときとして難しくなることがある。現代社会では、日常生活がとても息苦しくなることがあるからだ。そういうときには、一人で抱え込まないだけの心構えが必要である。人に依存することは避けるべきことなのだが、依存することと助けを求めることは違う。他者に素直に助けを求めるのも、けっこう難しいことではないかと思う。人に安易に助けを求めたりしたら、自分のアイデンティティが損なわれてしまう。誰だってそうではないかと思う。でも、みんな自分一人で頑張っているというのは幻想なのだ。人はどこかで必ず他者とのつながりがあって存在している。一人で頑張らなければならない瞬間と、一人で頑張ってはいけない瞬間とを、的確に区別できるのが成熟した人格なのではないか。現代社会で子どもを育てていくのは、楽しいけれども困難なことでもある。だから、一人で抱え込まずに早く誰かに助けを求めることが大事である。そうして家庭の外にチャンネルを設けてあれば、家庭はけっして閉塞したりなんかしないだろう。

また、家庭の外にいる人間も、他者から助けを求められたら、「面倒に巻き込まれたくない」などという逃げを打たないことが大事だし、さらに、他者からの助けの求めを一人で抱え込まないことが大事だと思う。虐待が問題となる場面では、加害者である親も、被害者である子どもも、とても痛んでいる。それなのに、たった一人で加害者である親と被害者である子どもを両方支えることなんてできるはずがない。どちらかの味方になれば、どちらかの敵になってしまうからである。だから、虐待ケースでは、常にチームとしての支援体制が必要なのである。われわれにできることは、苦しんでいる親子の話をきちんと聞いてあげることと、適切なチーム編成ができるように、虐待に対応するさまざまな機関（児童相談所やＮＰＯなど）につないでいくこと、である。そして、虐待された子どもに対しては、「社会ってものに、おまえは悪くない、もっと怒ってもいいんだと、認めてもらえることで、傷から立ち直っていける場合もあるんじゃないのか」（天童荒太『永遠の仔　第一巻』二五四頁の有沢梁平の言葉）ということを意識しておくことが大事だろう。これは、ささやかなことかもしれないが、とても役に立つことだろうと思う。

おわりに

明治時代から平成の現代まで、文学作品に表現されている虐待と親子関係の諸相を駆け足で書いてきた。この本のために数多くの文学作品を読ませていただいたが、虐待シーンを意識的に読み続けるというのは、結構、精神的に辛い作業であった。特にノンフィクション的な要素の強い作品についてはそうである。しかし、こういう風に文学作品を読み続けてみると、社会経済史的なさまざまな変化も分かってきたし、文学者たちが身を削るようにしてそれを表現してきたんだなということも理解できた。したがって、この本を書く作業は非常に興味深かったし、集中力が途切れることなく続いたと思う。

現代では子ども虐待が報じられない日がないくらい、子ども虐待が交通事故のように頻繁に起きているような錯覚を覚えている。しかし、子ども虐待が確率的に当然に起こり得る事態ではないからこそ、マスメディアの報道が続いているのだろう。子ども虐待が起きているのに、世間の注目さえ引かないような社会になるほうが恐ろしい。ということは、子ども虐待を何とかしなければならないという気持ちを多くの人々が抱いているということなのだ。

確かにマスメディアの報道では、信じられないような子ども虐待事件が起きている。しかし、振り返ってみると、明治期や大正期にも信じられないような残虐な事件は起きていたのである。現代に特徴的なのは、社会的に孤立した状況のなかで、誰でも子どもを虐待してしまう危険性があるということだろう。社会的な孤立は、子ども虐待だけでなく、ドメスティック・バイオレンスや高齢者虐待の原因にもなるし、悪質商法による訪問販売被害にも結び付く。また、引きこもりや家庭内暴力を生むことにもなりかねない。だから、社会的な孤立を意識的に解消していく作業が必要だろう。今までの政治も経済も、「偉い人に任せておけば大丈夫」という安楽を保障しようとしてきた。しかし、社会的な孤立を阻むには、人任せではいけない。人との交流という少しの面倒が人への虐待という大きな問題を防ぐ最良の方法だろう。

この本が出来るに至ったのは、昨年に明石書店から私の『親権と子どもの福祉』という本が出版され、筑波大学の横田光平先生がその本を手元に置いてくださり、それを見た産経新聞の徳光一輝記者が本書のテーマを取り上げてくださり、その記事に論創社の松永裕衣子さんが目をとめてくださったことから始まっている。この本もそういう人のつながりの賜物である。明石書店、横田先生、徳光記者、論創社と松永さんに感謝したい。そして何よりも、この本の素材を提供してくれた文学者たちの仕事に感謝したい。なお、このあとがきを書いているちょうどそのときに、東北地方太平洋沖地震が起きた。被災地にいる人々は大変辛い生活を強いられているだろう。一日も早く、被災地の人々が安心できる日が来るように祈りたい。

二〇一一年三月

平田　厚

虐待と親子の文学史　年表

明治以前

永禄6年（1563年）：ルイス・フロイス来日　〜『日欧文化比較』
文禄3年（1594年）：アビラ・ヒロン来日　〜『日本王国記』
安永4年（1775年）：ツュンベリー来日　〜『江戸参府随行記』
文政3年（1820年）：フィッセル来日　〜『日本風俗備考』
安政6年（1859年）：オールコック来日　〜『大君の都』

明治前期（明治元年〜明治19年）

（4年：学制発布）
5年：ジョルジュ・ブスケ来日　〜『日本見聞記』
10年：エドワード・モース来日　〜『日本その日その日』
11年：イザベラ・バード来日　〜『日本奥地紀行』
21年：メアリー・フレイザー来日　〜『英国公使夫人の見た明治日本』

明治中期（明治20年〜明治30年）　〜「やさしい父親」の時代

（19年：小学校令公布）
20年：二葉亭四迷『浮雲』
21年：山田美妙『夏木立』
（23年：教育勅語）
23年：尾崎紅葉『おぼろ舟』
（24年：内村鑑三不敬事件）
25年：巌谷小波『当世書生気質』
28年：樋口一葉『たけくらべ』『にごりえ』

明治後期（明治31年〜明治45年）　〜「おそろしい父親」の時代

31年：広津柳浪「幼時」
（31年：明治民法施行）
31年：徳冨蘆花『不如帰』
33年：徳冨蘆花『思出の記』
33年：幸田露伴「少年時代」
36年：国木田独歩「女難」
（41年：改訂修身教科書）
41年：田山花袋『生』
41年：正宗白鳥『何処へ』
42年：森鷗外『ヰタ・セクスアリス』
42年：永井荷風「狐」「監獄署の裏」
42年：佐々木邦『いたずら小僧日記』

43 年：島崎藤村『家』
43 年：長塚節『土』
(44 年：工場法成立)
44 年：夏目漱石「文芸と道徳」講演

大正期

元年：志賀直哉『大津順吉』
(3 年：戸籍法成立)
3 年：岩野泡鳴「毒薬を飲む女」
4 年：夏目漱石『道草』
4 年：徳田秋声『あらくれ』
4 年：荒畑寒村『父親』
5 年：久米正雄『父の死』
6 年：谷崎潤一郎「異端者の悲しみ」
6 年：志賀直哉『和解』
6 年：菊池寛『父帰る』
6 年：宮本百合子『貧しき人々の群』
8 年：室生犀星『幼年時代』『性に眼覚める頃』
9 年：山本有三『嬰児殺し』『生命の冠』『女親』
9 年：志賀直哉「ある男，その姉の死」
12 年：宇野浩二『子を貸し屋』
13 年：葛西善蔵『椎の若葉』
14 年：安成二郎『子を打つ』
15 年：佐々木邦『親鳥小鳥』

昭和初期（昭和元年～ 20 年）　～「君臨する父親」と「尽くす母親」の時代

2 年：武者小路実篤『母と子』
2 年：芥川龍之介『侏儒の言葉　西方の人』
2 年：藤森成吉『何が彼女をさうさせたか』
3 年：山本有三『波』
3 年：宮本百合子『伸子』
3 年：菊池寛『半自叙伝』
6 年：林芙美子「風琴と魚の町」
7 年：林芙美子「耳輪のついた馬」
(8 年：旧児童虐待防止法公布)
8 年：太宰治「魚服記」
10 年：坪田譲治「桐の木」
(12 年：盧溝橋事件)
12 年：尾崎一雄『暢気眼鏡』(第 5 回芥川賞)
(13 年：国家総動員法公布)
14 年：長谷健『あさくさの子供』(第 9 回芥川賞)

(2)

（16年：真珠湾攻撃）
16年：加藤武雄『愛国物語』**〜「死んでこいという父親」と「銃後の母親」の時代**
17年：日比野士朗『貧しい人生』
19年：寒川光太郎『波未だ高し』
（20年：国民勤労動員令公布）
（20年：ポツダム宣言受諾）

昭和中期（昭和21年〜45年）　〜「戸惑う父親」「解き放たれた母親」の時代

（21年：日本国憲法公布）
21年：坂口安吾「石の思い」
21年：佐多稲子『キャラメル工場から』
（22年：教育基本法公布、児童福祉法公布）
22年：河上肇『自叙伝』（第1回毎日出版文化賞）
23年：太宰治「家庭の幸福」「桜桃」『人間失格』
23年：徳永直『妻よねむれ』
24年：正宗白鳥「人間嫌ひ」
26年：田宮虎彦『絵本』（第5回毎日出版文化賞）
26年：壺井栄『母のない子と子のない母と』
29年：住井すゑ『夜あけ朝あけ』（第8回毎日出版文化賞）
29年：幸田文『黒い裾』（第7回読売文学賞）
30年：佐多稲子『子供の眼』
30年：山代巴『荷車の歌』
31年：谷崎潤一郎『幼少時代』
32年：三島由紀夫『美徳のよろめき』
34年：安岡章太郎『海辺の光景』（第10回芸術推奨賞・第13回野間文芸賞）
（35年：所得倍増計画）
35年：荒畑寒村『寒村自伝』（第14回毎日出版文化賞）
（37年：全国総合開発計画）
37年：山本周五郎『季節のない街』
40年：庄野潤三『夕べの雲』（第17回読売文学賞）
40年：小島信夫『抱擁家族』（第1回谷崎潤一郎賞）
40年：源氏鶏太『家庭との戦い』
41年：阿川弘之『舷燈』
42年：三浦朱門『箱庭』（第14回新潮社文学賞）
42年：野坂昭如『火垂るの墓』（第58回直木賞）
（44年：新全国総合開発計画）
44年：庄野潤三『紺野機業場』（第20回芸術推奨賞）
（45年：公害国会）

昭和後期（昭和46年～64年）　　～「不在の父親」「密着する母親」の時代

（46年：ニクソン・ショック）
46年：庄野潤三『絵合せ』（第24回野間文芸賞）
（47年：日本列島改造論）
（48年：第一次石油ショック）
48年：阿部昭『千年』（第27回毎日出版文化賞）
49年：曽野綾子『虚構の家』
49年：三浦綾子『石ころのうた』
50年：檀一雄『火宅の人』（第27回読売文学賞）
50年：三浦哲郎・三浦晶子『林檎とパイプ』
（51年：ロッキード事件）
51年：三好京三『子育てごっこ』（第76回直木賞）
51年：萩原葉子『蕁麻の家』（第15回女流文学賞）
51年：坂上弘『優しい人々』
52年：山田太一『岸辺のアルバム』
52年：田辺聖子『欲しがりません勝つまでは』
52年：島尾敏雄『死の棘』（第29回読売文学賞・第10回日本文学大賞）
53年：向田邦子『父の詫び状』
54年：小山内美江子『親と子と』
54年：円地文子『食卓のない家』
（55年：プラザ合意）
55年：水上勉『父と子』
55年：尾辻克彦『父が消えた』（第84回芥川賞）
56年：本間洋平『家族ゲーム』
59年：干刈あがた『ウホッホ探検隊』
59年：津島佑子『黙市』（第10回川端康成賞）
59年：芝木好子『隅田川暮色』（第16回日本文学大賞）
62年：増田みず子『一人家族』

平成期　　～「子ども虐待の大展開」の時代

（元年：子どもの権利条約採択）
元年：村上春樹「眠り」
（2年：バブル崩壊）
3年：青野聰『母よ』（第43回読売文学賞）
5年：北杜夫『壮年茂吉』（第25回大佛次郎賞）
5年：内田春菊『ファザーファッカー』（第4回Bunkamuraドゥマゴ文学賞）
6年：東野圭吾『むかし僕が死んだ家』
7年：山田太一『親ができることは「ほんのすこしばかり」のこと』
（6年：子どもの権利条約批准）
6年：三田誠広『父親学入門』

6年：天童荒太『家族狩り』(第9回山本周五郎賞)
8年：石坂啓『コドモ界の人』
9年：青木和雄『ハッピーバースデー』
9年：柳美里『家族シネマ』(第116回芥川賞)
9年：小島信夫『うるわしき日々』(第49回読売文学賞)
9年：湯本香樹実『ポプラの秋』
11年：高井有一『高らかな挽歌』(第26回大仏次郎賞)
11年：天童荒太『永遠の仔』(第53回日本推理作家協会賞)
11年：宮本輝『草原の椅子』
(12年：児童虐待防止法成立)
12年：永六輔『親と子』
12年：村上龍『共生虫』(第36回谷崎潤一郎賞)
12年：藤原智美『家族を「する」家』
12年：鎌田敏夫『四人家族』
13年：久世光彦『むかし卓袱台があったころ』
13年：村上龍『最後の家族』
13年：大江健三郎『「自分の木」の下で』
13年：安東能明『鬼子母神』(第1回ホラーサスペンス大賞特別賞)
15年：吉田修一『日曜日たち』
15年：角田光代『空中庭園』(第3回婦人公論文芸賞)
17年：中村文則『土の中の子供』(第133回芥川賞)
17年：リリー・フランキー『東京タワー　オカンとボクと、時々、オトン』
(第3回本屋大賞)
17年：村田沙耶香『授乳』
18年：本谷有希子『生きてるだけで、愛』
18年：小路幸也『東京バンドワゴン』
18年：村上春樹「品川猿」
18年：伊藤たかみ「無花果カレーライス」
19年：重松清『青い鳥』
20年：中島京子『平成大家族』
20年：角田光代『森に眠る魚』
22年：宮部みゆき「聖痕」
22年：柳美里『ファミリー・シークレット』

参考文献

青木和雄『ハッピーバースデー』（金の星社、1998年）
青野　聰『母よ』（講談社文芸文庫、2000年）
阿川弘之『舷燈』（講談社文庫、1975年）
芥川龍之介『侏儒の言葉　西方の人』（新潮文庫、1968年）
阿久根巌『サーカスの歴史』（西田書店、1977年）
阿部　昭『千年』（講談社、1973年）
荒畑寒村「父親」『名短篇』（新潮社、2005年）
　——『寒村自伝（上）』（岩波文庫、1975年）
有賀喜左衛門『家』（至文堂、1972年）
有地　亨『日本の親子二百年』（新潮選書、1986年）
安道　理『走れ！児童相談所』（文芸社、2009年）
安東能明『鬼子母神』（幻冬舎文庫、2003年）
石坂　啓『コドモ界の人』（朝日新聞社、1996年）
石田繁之介『超高層ビル』（中公新書、1968年）
石田勝之『子どもたちの悲鳴が聞こえる』（中央公論事業出版、2005年）
石田　雄『明治政治思想史研究』（未来社、1954年）
磯田光一『永井荷風』（講談社文芸文庫、1989年）
伊藤たかみ『ドライブイン蒲生』（河出書房新社、2006年）
井上ひさし『偽原始人』（新潮文庫、1979年）
岩野泡鳴『耽溺・毒薬を飲む女』（講談社文芸文庫、2003年）
巌谷小波『當世少年氣質』（京文堂書店、1892年）
内田春菊『ファザーファッカー』（文春文庫、1996年）
宇野浩二『蔵の中・子を貸し屋』（岩波文庫、1951年）
江口圭一『大系日本の歴史14』（小学館、1993年）
江藤　淳『成熟と喪失』（講談社文芸文庫、1993年）
円地文子『食卓のない家』（新潮文庫、1982年）
大泉　望責任編集『ＮＯＶＡ２』（河出文庫、2010年）
大江健三郎『「自分の木」の下で』（朝日文庫、2005年）
太田誠一ほか『きこえますか　子どもからのSOS』（ぎょうせい、2001年）
オールコック『大君の都（上）』（岩波文庫、1962年）

沖田行司『日本人をつくった教育』(大巧社、2000 年)
尾崎一雄『暢気眼鏡』(新潮文庫、1950 年)
—— 『あの日この日(一)』(講談社文庫、1978 年)
尾崎宏次『日本のサーカス』(三芽書房、1958 年)
小山内美江子『親と子と』(集英社文庫、1990 年)
小田切秀雄『二葉亭四迷』(岩波新書、1970 年)
尾辻克彦『父が消えた』(文芸春秋、1981 年)
角田光代『空中庭園』(文春文庫、2005 年)
—— 『森に眠る魚』(双葉社、2008 年)
葛西善蔵『椎の若葉・湖畔手記』(旺文社文庫、1976 年)
風早八十二解題『全国民事慣例類集』(日本評論社、1944 年)
加藤武雄『愛国物語』(新潮社、1941 年)
鎌田　慧『ドキュメント家族』(ちくま文庫、1994 年)
鎌田敏夫『四人家族』(角川文庫、2002 年)
香山リカ『親子という病』(講談社現代新書、2008 年)
河上　肇『自叙伝(一)』(岩波文庫、1952 年)
川崎二三彦『児童虐待』(岩波新書、2006 年)
菊池　寛『父帰る』(新潮文庫、1952 年)
—— 『半自叙伝』(岩波文庫、2008 年)
北　杜夫『壮年茂吉』(岩波現代文庫、2001 年)
国木田独歩『牛肉と馬鈴薯』(岩波文庫、1939 年)
久米正雄「父の死」『日本文学全集　87　名作集(二)』(集英社、1975 年)所収
源氏鶏太『家庭との戦い』(新潮文庫、1971 年)
香西　泰『高度成長の時代』(日経ビジネス人文庫、2001 年)
幸田　文『黒い裾』(新潮文庫、1968 年)
幸田露伴『作家の自伝 81　幸田露伴』(日本図書センター、1999 年)
国民教育研究所編『近代日本教育小史』(草土文化、1973 年)
古島敏雄『子供たちの大正時代』(平凡社ライブラリー、1997 年)
小島信夫『抱擁家族』(講談社文庫、1971 年)
—— 『うるわしき日々』(講談社文芸文庫、2001 年)
小堀杏奴『晩年の父』(岩波文庫、1981 年)
斎藤茂男編『妻たちの思秋期』(共同通信社、1982 年)
斎藤　環『社会的ひきこもり』(PHP 新書、1998 年)

坂上　弘『優しい人々』（講談社文庫、1979 年）
坂口安吾『風と光と二十の私と』（講談社文芸文庫、1988 年）
佐々木邦『全集 1　いたずら小僧日記ほか』（講談社、1974 年）
佐多稲子『キャラメル工場から』（新興出版社、1946 年）
――『子供の眼』（角川文庫、1957 年）
佐藤万作子『虐待の家』（中央公論社、2007 年）
寒川光太郎『波未だ高し』（萬里閣、1944 年）
佐和隆光『高度成長』（NHK ブックス、1984 年）
椎名篤子編『凍りついた瞳が見つめるもの』（集英社文庫、1997 年）
志賀直哉『大津順吉・和解・ある男、その姉の死』（岩波文庫、1960 年）
重松　清『青い鳥』（新潮文庫、2010 年）
芝木好子『隅田川暮色』（文春文庫、1987 年）
島尾敏雄『死の棘』（新潮文庫、1981 年）
島崎藤村『家（上）』（新潮文庫、1955 年）
下川耿史編『近代子ども史年表　明治・大正編』（河出書房新社、2002 年）
――『近代子ども史年表　昭和・平成編』（同、2002 年）
下河辺淳『戦後国土計画への証言』（日本経済評論社、1994 年）
小路幸也『東京バンドワゴン』（集英社文庫、2008 年）
庄野潤三『夕べの雲』（講談社文庫、1971 年）
――『紺野機業場』（講談社文芸文庫、1991 年）
――『絵合せ』（講談社文芸文庫、1989 年）
週間朝日編『値段の〈明治・大正・昭和〉風俗史』（朝日文庫、1987 年）
住宅新報社編『首都圏の地価相場』（住宅新報社、1984 年）
城山三郎『素直な戦士たち』（新潮文庫、1982 年）
杉山　春『ネグレクト』（小学館文庫、2007 年）
住井すゑ『夜あけ朝あけ』（新潮文庫、1965 年）
関川夏央『家族の昭和』（新潮文庫、2010 年）
曽野綾子『虚構の家』（文春文庫、1976 年）
高井有一『高らかな挽歌』（新潮文庫、2002 年）
竹内途夫『尋常小学校ものがたり』（福武書店、1991 年）
太宰　治『ヴィヨンの妻』（新潮文庫、1950 年）
――『人間失格』（新潮文庫、1952 年）
――『晩年』（新潮文庫、1949 年）
高見　順『昭和文学盛衰史』（講談社、1965 年）

谷崎潤一郎『刺青・秘密』(新潮文庫、1969 年)
―― 『幼少時代』(岩波文庫、1998 年)
田中角栄『日本列島改造論』(日刊工業新聞社、1972 年)
田辺聖子『欲しがりません勝つまでは』(新潮文庫、1981 年)
田宮虎彦『絵本』(正進社名作文庫、1970 年)
檀 一雄『火宅の人(上)』(新潮文庫、1981 年)
津崎哲郎『子どもの虐待』(朱鷺書房、1992 年)
津島佑子『黙市』(新潮文庫、1990 年)
壺井 栄『母のない子と子のない母と』(新潮文庫、1958 年)
坪内祐三編『明治の文学第 1 巻 仮名垣魯文』(筑摩書房、2002 年)
―― 『明治の文学第 6 巻 尾崎紅葉』(筑摩書房、2001 年)
―― 『明治の文学第 7 巻 広津柳浪』(筑摩書房、2001 年)
坪田譲治「桐の木」『全集 2』(新潮社、1977 年)
C. P. ツュンベリー(高橋文訳)『江戸参府随行記』(平凡社、1994 年)
都留重人『地価を考える』(岩波新書、1990 年)
天童荒太『家族狩り』(新潮文庫、2004 年)
―― 『永遠の仔』(幻冬舎文庫、2004 年)
徳田秋声『あらくれ』(新潮文庫、1949 年)
徳冨蘆花『思出の記』(新潮社、1928 年)
―― 『小説不如帰』(岩波文庫、1938 年)
徳永 直『妻よねむれ』(角川文庫、1951 年)
鳥山敏子・上田紀行『豊かな社会の透明な家族』(法藏館、1998 年)
永井荷風『現代日本文学大系 23 永井荷風集(一)』(筑摩書房、1969 年)
長尾龍一編『穂積八束集』(信山社、2001 年)
中島京子『平成大家族』(集英社文庫、2010 年)
長塚 節『土』(新潮文庫、1950 年)
中村浩美『旅客機大全』(新潮文庫、1995 年)
中村文則『土の中の子供』(新潮文庫、2007 年)
中村光夫『日本の近代小説』(岩波新書、1954 年)
夏目漱石『道草』(新潮文庫、1951 年)
―― 『私の個人主義』(講談社学術文庫、1978 年)
成田龍一『大正デモクラシー』(岩波新書、2007 年)
成島柳北『柳橋新誌』(日本近代文学館、1971 年復刻)
南部さおり『代理ミュンヒハウゼン症候群』(アスキー新書、2010 年)

西澤　哲『子ども虐待』（講談社現代新書、2010 年）
西山　明編『少年事件』（ちくま文庫、2003 年）
野口悠紀雄『土地の経済学』（日本経済新聞社、1989 年）
野坂昭如『火垂るの墓』（新潮文庫、1972 年）
萩原葉子『蕁麻の家』（講談社文芸文庫、1997 年）
長谷　健『あさくさの子供』（大日本雄弁会講談社、1947 年）
馳　　浩『ねじれ国会方程式』（北國新聞社、2008 年）
林芙美子『風琴と魚の町・清貧の書』（新潮文庫、1953 年）
東野圭吾『むかし僕が死んだ家』（講談社文庫、1997 年）
干刈あがた『ウホッホ探検隊』（福武文庫、1985 年）
樋口一葉『にごりえ・たけくらべ』（新潮文庫、1949 年）
日比野士朗『貧しい人生』（錦城出版社、1942 年）
アビラ・ヒロン（佐久間正ほか訳注）『日本王国記』（岩波書店、1965 年）
フィッセル（庄司三男・沼田次郎訳注）『日本風俗備考２』（平凡社、1978 年）
藤森成吉『何が彼女をさうさせたか』（角川文庫、1954 年）
ブスケ（野田良之・久野桂一郎訳）『日本見聞記１・２』（みすず書房、1977 年）
二葉亭四迷『浮雲』（旺文社文庫、1967 年）
藤原智美『家族を「する」家』（講談社＋α文庫、2004 年）
メアリー・フレイザー（横山俊夫訳）『英国公使夫人の見た日本』（淡交社、1988 年）
ルイス・フロイス（岡田章雄訳注）『日欧文化比較』（岩波文庫、1991 年）
弁護実務研究会『児童虐待ものがたり』（大蔵省印刷局、1997 年）
保坂　渉『虐待』（岩波現代文庫、2005 年）
本間洋平『家族ゲーム』（集英社文庫、1984 年）
本間義人『国土計画を考える』（中公新書、1999 年）
正木直子編『六六日記』（新樹社、1988 年）
正宗白鳥『何処へ・入江のほとり』（講談社文芸文庫、1998 年）
――　『正宗白鳥集』（角川書店、1954 年）
増田みず子『一人家族』（中央公論社、1987 年）
三浦綾子『石ころのうた』（角川文庫、1979 年）
三浦朱門『箱庭』（文春文庫、1978 年）
三浦哲郎・三浦晶子『林檎とパイプ』（文芸春秋、1980 年）
三島由紀夫『美徳のよろめき』（新潮文庫、1960 年）
三田誠広『父親学入門』（集英社文庫、1998 年）

水上　勉『父と子』（朝日文庫、2000 年）
宮部みゆき「聖痕」『NOVA2』（河出文庫、2010 年）
宮本常一『家郷の訓』（岩波文庫、1984 年）
宮本　輝『草原の椅子』（新潮文庫、2008 年）
宮本百合子『貧しき人々の群』（角川文庫、1953 年）
――『伸子』（講談社文庫、1972 年）
三好京三『子育てごっこ』（文春文庫、1979 年）
向田邦子『父の詫び状』（文春文庫、1981 年）
武者小路実篤『母と子』（新潮文庫、1960 年）
村上春樹『めくらやなぎと眠る女』（新潮社、2009 年）
――『ねむり』（新潮社、2010 年）
村上　龍『共生虫』（講談社文庫、2003 年）
――『最後の家族』（幻冬舎文庫、2003 年）
村田沙耶香『授乳』（講談社文庫、2010 年）
室生犀星『幼年時代・あにいもうと』（新潮文庫、1955 年）
――『性に眼覚める頃』（新潮文庫、1957 年）
Ｅ．Ｓ．モース（石川欣一訳）『日本その日その日１・２』（平凡社、1970 年）
本谷有希子『生きてるだけで、愛』（新潮文庫、2009 年）
森　鴎外『ヰタ・セクスアリス』（新潮文庫、1949 年）
――『作家の自伝２　森鴎外』（日本図書センター、1994 年）
森　謙二『墓と葬送の社会史』（講談社現代新書、1993 年）
森田ゆり『新・子どもの虐待』（岩波ブックレット、2004 年）
――『子どもへの性的虐待』（岩波新書、2008 年）
安岡章太郎『海辺の光景』（講談社文庫、1971 年）
安成二郎『子を打つ』（合資会社アルス、1925 年）
柳田国男『先祖の話』（筑摩書房、1946 年）
――『明治大正史　世相篇（下）』（講談社学術文庫、1976 年）
山川菊栄『武家の女性』（岩波文庫、1983 年）
山崎正和『鴎外　闘う家長』（新潮文庫、1980 年）
山代　巴『荷車の歌』（径書房、1990 年）
山田太一『岸部のアルバム』（光文社文庫、2006 年）
――『親ができるのは「ほんの少しばかり」のこと』（新潮文庫、1999 年）
山田美妙『夏木立』（日本近代文学館、1971 年復刻）
山本周五郎『季節のない街』（新潮文庫、1970 年）

山本笑月『明治世相百話』(中公文庫、1983年)
山本有三『波』(岩波文庫、1930年)
――『嬰児殺し』(改造社、1922年)
柳　美里『家族シネマ』(講談社文庫、1999年)
――『ファミリー・シークレット』(講談社、2010年)
湯沢雍彦『図説　家族問題』(NHKブックス、1973年)
――『図説　現代日本の家族問題』(NHKブックス、1987年)
――『図説　家族問題の現在』(NHKブックス、1995年)
――『データで読む家族問題』(NHKブックス、2003年)
――『大正期の家族問題』(ミネルヴァ書房、2010年)
湯沢雍彦・宮本みち子『新版　データで読む家族問題』(NHKブックス、2008年)
湯本香樹実『ポプラの秋』(新潮文庫、1997年)
横田光平『子ども法の基本構造』(信山社、2010年)
吉田修一『日曜日たち』(講談社文庫、2006年)
リリー・フランキー『東京タワー　オカンとボクと、時々、オトン』(扶桑社、2005年)
渡辺和博『金魂巻』(主婦の友社文庫、2010年)
渡辺京二『逝きし世の面影』(平凡社ライブラリー、2005年)

平田　厚（ひらた・あつし）

1985年：東京大学経済学部卒業
1990年：第二東京弁護士会登録
1996年：ベルギー、ルーヴェン・カソリック大学留学
2004年：明治大学法科大学院専任教授
2005年：クレオール日比谷法律事務所設立
［主な著書］
『新しい福祉的支援と民事的支援』（筒井書房、2000年）、『これからの権利擁護』（筒井書房、2001年）、『知的障害者の自己決定権（増補版）』（エンパワメント研究所、2002年）、『家族と扶養』（筒井書房、2005年）、『LAWSHOOL 家族法（第3版）』（日本加除出版、2009年）、『親権と子どもの福祉』(明石書店、2010年、第22回尾中郁夫・家族法学術奨励賞受賞)など。

虐待と親子の文学史

2011年5月15日　初版第1刷印刷
2011年5月25日　初版第1刷発行

著　者　平田　　厚
発行者　森下　紀夫
発行所　論　創　社
東京都千代田区神田神保町2-23　北井ビル
tel. 03(3264)5254　fax. 03(3264)5232
http://www.ronso.co.jp/
振替口座 00160-1-155266

印刷・製本　中央精版印刷

ISBN978-4-8460-1064-5　C0091　Printed in Japan

論　創　社

石川啄木『一握の砂』の秘密◉大沢 博

啄木と少女サダと怨霊恐怖『一握の砂』の第一首目，「東海の小島の磯の白砂にわれ泣きぬれて蟹とたはむる」という歌に，著者は〈七人の女性〉と〈恐怖の淵源〉を読み込み，新しい啄木像を提示する！　本体2000円

小林多喜二伝◉倉田 稔

小樽・東京・虐殺……多喜二の息遣いがきこえる……多喜二の小樽時代（小樽高商・北海道拓殖銀行）に焦点をあてて，知人・友人の証言をあつめ新たな多喜二の全体像を彫琢する初の試み！　本体6800円

田中英光評伝◉南雲 智

無頼と無垢と　無頼派作家といわれた田中英光の内面を代表作『オリンポスの果実』等々の作品群と多くの随筆や同時代の証言を手懸りに照射し新たなる田中英光像を創出する異色作！　本体2000円

戦後派作家 梅崎春生◉戸塚麻子

戦争の体験をくぐり抜けた後，作家は〈戦後〉をいかに生き，いかに捉えたのか．処女作「風宴」や代表作「狂い凧」，遺作「幻化」等の作品群を丁寧に読み解き，その営為を浮き彫りにする労作！　本体2500円

林芙美子とその時代◉高山京子

作家の出発期を，アナキズム文学者との交流とした著者は，文壇的処女作「放浪記」を論じた後，林芙美子と〈戦争〉を問い直す．そして戦後の代表作「浮雲」の解読を果たす意欲作！　本体3000円

高山樗牛◉先崎彰容

美とナショナリズム　小説『瀧口入道』で知られる樗牛は，日清戦争後の文壇に彗星のごとく現れ，雑誌『太陽』で論陣を張る．今日，忘れられた思想家の生涯とともに，〈自己〉〈美〉〈国家〉を照射する！　本体2200円

大逆事件と知識人◉中村文雄

無罪の構図　フレーム・アップされた「大逆事件」の真相に多くの資料で迫り，関係者の石川三四郎，平沼騏一郎等にふれ，同時代人の石川啄木，森鷗外，夏目漱石と「事件」との関連にも言及する労作！　本体3800円

好評発売中